이기우의
행복한 도전

이기우의

행복한 도전

이기우 지음

100년에 한 번
나올까 말까 한 공무원

이해찬 | 제36대 국무총리, 더불어민주당 당 대표

이기우 총장은 꾸준한 사람이다. 공무원이 9급에서 차관까지 오르는 과정에서 자신을 지키는 것은 결코 쉽지 않다. 이 총장에게는 그의 삶 전체를 관통하는 분명한 자기 철학이 있다. 그것이 그를 뚝심 있는 리더로 만든 원동력이다. 그래서 이 총장을 좋아하는 사람이 많고, 나도 그렇다. 그는 일을 참 잘한다. 교육부와 국무총리실에서 함께 일할 때도 무엇이든 그가 하면 든든했다. 이 총장이 국무총리 비서실장에서 교육부 차관으로 자리를 옮기고 난 후에도 그를 대신할 사람을 찾지 못했다. 오죽했으면 내가 총리의 짐을 벗을 때까지 비서실장을 공석으로 남겨 두었겠는가.

이 총장 주위에는 사람이 많다. 매우 원활하게 소통한다. 내 편 네편 없이 말이다. 그가 일을 잘할 수 있는 배경도 사람에 대한 이해와 존중, 애정에서 비롯되었다. 이 총장은 공무원과 교육자 또 한 인간으로서도 귀감이 되는 인물이다. 다양한 측면에서 그는 연구할 만한 가치가 있다.

이 총장에게는 흐뭇한 스토리가 많다. 그의 자서전 『이기우의 행복한 도전』에는 공감과 감동, 소중한 지혜를 담은 이야기들이 생생하게 펼쳐져 있다. 이 책을 읽는 동안 이 총장과 함께했던 시간들이 극적인 영화처럼 떠올랐다. '100년에 한 번 나올까 말까 한 공무원', 내가 교육부 장관 시절에 했던 말이 지금도 회자되고 있다. 다시 생각해도 맞는 말이다.

전문성과 따뜻한 성품을 지닌 사람, 이기우 총장

김황식 | 제41대 국무총리, 안중근의사숭모회 이사장

　이기우 총장을 처음 만난 것은 내가 국무총리 재임 시절 이기우 총장이 교육개혁협의회 위원으로 참여했을 때이다. 그 당시를 회고하면, 이기우 총장은 교육에 관한 다양한 경험과 전문적 지식으로 교육개혁협의회 운영에 큰 역할을 했을 뿐만 아니라, 언제나 예의 바르고 따뜻한 성품으로 사람들을 대했던 것으로 기억한다.

　그 후 나는 이기우 총장에 대해 더욱 관심을 갖게 되었다. 이기우 총장은 9급 공무원으로 시작하여 각고의 노력을 다해 국무총리 비서실장, 교육부 차관에 이르렀고, 그 후 인천재능대학교 총장과 한국전문대학교육협의회 회장을 맡아 큰 성과를 내고 있음을 알게 되었다. 그의 삶은 한마디로 말해 끊임없는 탐구와 도전의 연속이었다.

　그는 교육전문가로서 만 3~5세 아동 누리과정 도입, 학교폭력 근절 범정부 종합대책, 대학입학 특별전형 개선, 교권보호 종합대책 등 다양한 교육정책을 마련하는 데 큰 역할을 했다.

　이기우 총장이 이번에 출간하는 자서전 『이기우의 행복한 도전』에는 오늘의 이 총장을 있게 한, 그의 지칠 줄 모르는 일에의 열정, 교육에 관한 전문적 식견, 그 밖에 그가 신중히 여기는 따뜻한 인간관계 등 재미있고 감동적인 이야기들이 담겨 있다. 일독을 권한다.

4선 연임 총장과
9관왕의 신화

박성훈 | 인천재능대학교 이사장, 재능그룹 회장

14년 전 이기우 총장이 취임할 때 나는 "대학 경영의 전권을 줄 테니 좋은 대학을 만들어 주세요."라고 당부했다. 이 총장은 '명품 대학과 명품 인재'의 비전을 제시하고 학교를 정비해 나갔다. 행정의 달인이라는 별명답게 시스템을 갖추고, 일하는 방식을 혁신하면서 열정적이고 창의적으로 일했다. 이사회에서는 안건을 가지고 격론을 벌이는 일이 거의 없었다. 일을 깔끔하게 처리해서 오히려 격려하고 칭찬하는 이사회가 되었다. 학교의 모습이 날로 달라져 갔다. 교육부에서 지원하는 각종 사업을 휩쓸었다. 취업률 수도권 1위, 세계적 수준의 대학 선정 등 9관왕에 오르며 전국에서 벤치마킹을 가장 많이 오는 1등 대학이 되었다. 나는 학교를 위해 헌신하는 이 총장에게 4년 임기의 총장을 4선이나 연임하도록 했다.

『이기우의 행복한 도전』을 통해 이 총장을 더욱 이해하게 되었다. 진실, 성실, 절실의 삼실철학이 탄생하게 된 배경을 흥미롭게 읽었다. 하위직 공무원에서 시작하여 차관까지 한 계단 한 계단 올라가면서 부딪히는 문제를 해결하는 과정이 인상적이고 감동적이었다. 공무원 시절의 지혜와 경륜이 있었기에 인천재능대학교에서 총장 신화를 쓸 수 있었다고 생각한다. 이 책은 공무원과 대학 경영자나 교직원들에게 영감과 지혜를 선물하고 있다. 이 총장의 염원처럼 교육이 희망이 되고, 사람이 희망이 되는 나라가 되기를 기대해 본다.

글을 시작하며

오늘 하루가 인생의 전부다

"이 사무관, 고등학교밖에 안 나왔어요?"

교육부 서무계장 때 정희채 차관이 내 인사 기록 카드를 보다가 깜짝 놀라서 물어본 질문이다. '고졸 신화'의 시작이었다. 달리 생각하면 고등학교만 나왔어도 일하는 데는 지장이 없었다는 뜻이 아닌가. 학력을 보지 않았으면 나타나지도 않았을 질문이다.

내가 고졸 출신의 대명사가 된 것은 일과의 운명적인 만남에서 시작되었다. 대학입시에 실패하고 재수할 돈이 없어 친구 따라 공무원 시험에 응시하여 합격한 것이 발단이었다. 고향인 거제시의 거제교육청 9급 공무원으로 들어가 대학입시를 준비하려고 했다. 마음이 콩밭에 있으니 맡은 일을 제대로 할 리 없었다. 근무 태만으로 갑자기 내 책상이 없어지는 불상사가 생겼다. 정신이 바짝 들었다. 내가 하는 일에 최선을 다하지 않으니 사람들이 바로 알아보았다. 왜 대학에 가려고 하는가? 인정받기 위해서이다. 그런데 대학 문턱에 들어서기도 전에 일을 못해서 그 자리도 쫓겨날 판이었다. 그야말로 위기였다.

당장 때려치우고 재수 공부에 전념할 것인가? 아니면 정신을 차리고 열심히 일을 해서 불성실의 오명을 벗을 것인가? 고민하다가 현재 하는 일에 전념하기로 결심했다. 한 번 실수는 병가지상사(兵家之常事)라고 했다. 이때의 실수가 인생을 송두리째 바꾸어 놓았다. 열심히 하루하루 성실히 일하다 보니 대학을 꼭 가야겠다는 꿈을 잊어버렸다. 물론 친구들이 소위 명문 대학을 다니는 모습을 보면 부럽기도 했다. 하지만 그것이 일을 그만두고 입시 현장으로 달려갈 정도의 강한 힘으로 작용하지는 않았다.

이때부터 진실(眞實), 성실(誠實), 절실(切實)의 '삼실철학(三實哲學)'이 자연스럽게 생겼다. 일을 어떻게 할 것인지, 인생을 어떻게 살 것인지에 대한 원칙이 정해진 것이다. 삼실철학으로 공무원 생활을 하다 보니 일이 재미있고 즐거웠다. 9급 공무원에서 승진의 사다리를 막힘없이 올라갈 수 있었다. 9급에서 7급으로, 5급으로 계속해서 올라갔다. 대학을 나오지 않았다는 것이 업무를 수행하고 승진하는 데 걸림돌이 되지 않았다. 그리고 어느 날 교육부 차관이 되었다. 물론 교육부 사무관 시절에 주경야독으로 대학 과정을 졸업했지만, 고졸에서 사무관을 시작했으니 고졸 하급 공무원에서 차관까지 오른 공무원의 신화라는 별명을 얻게 된 것이다.

공무원 생활을 마치고 인천재능대학교 총장으로 새로운 길을 시작했다. 영업부 대리의 심정으로 열심히 일하다 보니 어느덧 4년 임기의 총장을 네 번이나 연임하게 되었다. '4선 총장'의 신화가 또 따라붙었다. 14년 동안 총장을 하면서 하위권 대학을 1등 대학으로 만들었다는 평가를 받고 있다.

"총장님, 자서전 안 쓰세요?"

오래전부터 주위에서 많은 사람이 자서전 쓰기를 권유했다. 이번에 서툰 글이지만 책을 내기로 결심한 이유는 세 가지이다.

하나는 이 시대 청춘들에 대한 격려와 위로이다. 50년이 넘는 세월 동안 '교육'의 범위를 벗어난 적이 거의 없다. 교육자로서 청년들에 대한 책임과 희망을 가지지 않을 수 없다. 그런데 현재 꿈을 잃은 청춘들, 어쩌면 더 이상 도전하지 않는 청춘들에게 꿈과 도전이 거창하거나 멀리 있지 않다는 것을 들려주기 위해서이다. 점심으로 라면을 맛있게 먹는 것도 꿈이고 도전이 될 수 있다. '겨우 라면'이 아니라, 이 라면이 내 조직 세포를 깨우는 자양분이 될 수 있으면 그것으로 내 하루의 도전은 성공한 것이고 꿈에 한발 더 다가선 것이다. 굳이 인생 설계라는 큰 무게로 자신을 짓누를 필요도 없다. 차라리 지극히 현실주의자가 되어 순간을 채워 나가면 그것으로 충분하다. 수많은 경로의 삶 중에서 실제 그런 삶이 '여기 있다'는 것을 전해 주고 싶은 마음이다.

또 다른 이유는 나를 위해서다. 워낙 대단한 분들의 삶이 많아서, 내 삶 자체가 자랑하거나 과시할 만한 인생이 못 된다는 것을 잘 알고 있다. 그럼에도 부끄러움을 이길 수 있었던 것은 내 삶의 객관화 때문이다. 인간의 가장 높은 지능은 바로 '자기 객관화'라고 한다. 고대 그리스의 철학자 소크라테스가 "너 자신을 알라."라고 했듯이 말이다. 그 어려운 것을 시도함으로써 나도 잘 모르는 나 스스로를 조금이라도 더 잘 알아보기 위함이다. 내 지난 삶을 길게 펴놓고 돌아보니 수많은 인연과 선택의 기로에서 방황하던 나를 다시 만날 수 있었다. 도무지 이해할 수 없는 의사 결정에 몸서리치기도 하고, 쉬운 길을 두고 올곧고 먼 길을 선택한 순간에 잠시 힘들어하기도 했다. 이 치열한 자기 검열을 계기로 나는 나 자신을 제대로 이해할 수 있었고, 능력과 한계도 동시에 깨달을 수 있었다.

세 번째 이유는 내 삶에 의미 있는 국면을 열어 준 소중한 분들에게 감사하기 위해서다. 뼈와 살을 단단히 만들어 주셔서 지금도 맨몸으로 한파를 견딜 수 있는 강철 같은 체력을 물려주신 부모님, 유년 시절 새로운 가능성의 세계를 열어 주신 고향 연초중학교 이명걸 선생님과 김영진 선생님, 그리고 부산고등학교·교육부·국무총리실·한국교직원공제회·인천재능대학교에서 동고동락했던 분들과의 기억을 반추함으로써 그 가치와 의미를 다시 새기고 싶다. 처음 만남은 하늘이 만들어 주는 인연이고, 그다음부터는 사람이 만들어 가는 인연이라고 했다. 서로에게 의미 있는 존재가 되기 위해 함께 노력하며 먼 길을 동행해 준 분들의 이름을 한 자 한 자 눌러 적으면서 감사한 마음을 더 오래 기억하고 새기고 싶다.

총장을 마치고 나면 나는 다시 도전하려고 한다. 그 도전은 무슨 일을 하든지 내 고향 거제와 함께 가는 것이다. 내가 태어나고 자라고 나를 성장시켰던 고향을 외면하고는 나는 잘 살았다고 자신할 수 없다. 아니, 태어난 강을 찾아 죽음을 무릅쓰고 거슬러 올라가는 연어처럼 거제에 치유와 재생을 산란하지 않고서는 내 삶이 완성되었다고 말할 수 없다. 돌이켜 보면, 삼실철학과 영업부 대리의 자세로 오늘 하루를 인생의 전부처럼 살아올 수 있었던 것은 어제의 나를 철저히 잊고 오늘 하루를 새로운 인생으로 시작했기 때문에 가능했다. 오늘의 태양이 어제의 태양과 같을 수 없듯이 또 다른 오늘 하루가 내 인생의 전부라는 마음을 다짐해 본다.

이 책을 펴내는 데 많은 분의 도움을 받았다. 더불어민주당 이해찬 당 대표님, 김황식 제41대 국무총리님, 인천재능대학교 박성훈 이사장님의 따뜻한 격려에 감사드린다. 어려운 일정 가운데서도 기꺼이 출판을 맡아 좋은 책을 만들어 준 출판사 관계자 여러분에게도 감사를 표한다. 내 휴대폰에 저장되어 있는 소중한 한 분 한 분과 좋은 남편이자 아버지라고 말해 주는 가족에게 고마움을 전한다.

감사합니다!

2019년 10월

이기우

차례

Chapter 1

9급 공무원으로 시작하다

100년에 한 번 나올까 말까 한 공무원

Chapter 3

새로운 길, 인천재능대학교의 기반을 다지다

Chapter 4

1등 대학으로 비상하다

Chapter 5

대한민국 교육의 큰 틀을 만들다

Chapter *1*

9급 공무원으로
시작하다

지난번에 가져간 운동화
가져온나

초등학교 시절을 생각하면 특히 돼지가 제일 먼저 떠오른다. 모두가 가난한 시절이라 초등학교에서도 돼지를 키웠다. 학교 운영에 조금이라도 보탬이 될까 해서 하는 일이었다. 우리 학교에서는 돼지 열 마리를 키우게 되었다. 이 일을 5학년이 맡아서 했다. 방학이 한 달이라면 학생들이 동네마다 일주일씩 돌아가면서 돼지를 키웠다. 한 주는 연사리, 한 주는 죽토리, 다음 한 주는 다공리…… 이런 식이었다. 그 당시 나는 다공리에 살았는데 우리 동기 다섯 명이 사육 당번이었다.

우리는 시장통에서 얻어 온 구정물에 동물 사료용 분유를 타서 돼지에게 먹였다. 그런데 한번은 사료용 분유가 상해서 누렇게 굳어 있는 것을 발견했다. 늘 배가 고팠던 시절이다. 분명 사람이 먹어서는 안 된다는 것을 알면서도 손가락으로 찍어서 맛을 보았다. 생각보다 너무 맛있는 것이 아닌가! 그걸 다섯 명이 나누어 다 먹고 말았다. 결국 돼지한테 먹일 것을 빼앗아 먹었다고 6학년 선생님한테 크게 혼났다. 그래도 배가 아팠다는 기억조차 없으니 얼마나 맛있게 사료용 분유를 먹었는지 알 수 있으리라.

6학년에 올라가서는 우연히 축구부에 들어가게 되었다. 공부는 늘 1등을 놓치지 않았지만 운동은 잘하는 편이 아니었다. 다만 좋아하기는 했다. 그런데 웬일인지 축구부 선생님이 나를 좋게 봐서 축구를 해 보면 어떻겠느냐고 권유했다.

"네, 알겠습니다."

축구부에 들어가니 운동화를 주었다. 그때가 1950년대 말이니까 대다수가 검정 고무신을 신고 다닐 때였다. 운동화를 가질 수 있다는 것은 부잣집 아이나 가능한 일이었다. 그래서 축구할 때만 운동화를 신고 집에 갈 때는 벗어서 들고 다녔다. 조금이라도 닳을까 봐서 좀체 신을 수 없었다. 아마도 내 또래의 많은 사람이 이런 추억 하나쯤 있을 것이다. 축구하고 집까지 십 리 길을 운동화 들고 걸어 다니면서도 매일이 즐거웠다.

축구부에 들어가고 보름이나 지났을까. 축구부 담당 선생님이 나를 불렀다.

"기우 니는 아무래도 공부하는 게 낫겠다."

그 말을 듣는 것은 괜찮았다. 그런데 그다음 말이 나를 절망스럽게 만들었다.

"니 지난번에 가져간 운동화 있지. 그거 가져온나."

지금 생각해도 가장 후회스러운 일은 그때 운동화를 더 많이 신었더라면 하는 것이다. 어린 마음에도 운동화를 다시 내주어야 한다는 것이 얼마나 서러웠는지 한동안 학교에 가면 늘 운동화 생각이 났다. 그렇게 허무하게 돌려줄 거면 원 없이 신어 보기라도 했으면 아쉬움이 덜했을 텐데……. 어려운 시절 가난이 서러웠던 사람이 하나둘이 아니겠지만 지금도 그 서러움에 가슴 한구석이 아련하다.

부산고에 다닐 때는 집에서 학비를 대 줄 형편이 아니었기에 입주 가정 교사를 하면서 숙식을 해결했다. 이때 걸린 결핵성 늑막염 또한 어려운 환경에서 혼자 버티며 공부하다가 무리를 해서 생긴 병이라고 해도 과언이 아니었다. 1년을 휴학했다가 다시 학교로 돌아왔을 때 정말 운이 좋게도 친구네 집에서 학교에 다닐 수 있게 되었다. 비록 다락방이기는 했지만, 내 사정을 잘 아는 친구와 친구 부모님이 오갈 데 없는 나를 생각해서 자기 집에 머물라고 허락해 주었기 때문이다.

그렇게 다시 학교에 다니게 되었는데, 생각해 보니 체육 시간에 체육을 한 기억이 없다. 몸이 아팠기 때문이 아니라 체육복이 없어서였다. 체육 담당 선생님은 "체육복 안 입은 놈은 운동장에 나오지 마라."라고 엄포를 놓았다. 학교 매점에 체육복을 갖다 놓았지만 나에게는 체육복 살 돈이 없었다. 친구들은 모두 운동장에 나가서 체육을 하고 있을 때 나는 교실에 앉아서 멍하니 밖을 내다보았다. 그때 그런 시간이 아직도 잊혀지지 않는다.

점심시간도 그렇다. 정말 고맙게도 친구 어머니가 내 도시락까지 싸 주셨다. 그것만도 감지덕지한 일이었다. 그런데 겨울이면 친구들은 매점에 가서 뜨거운 국물을 사서 밥과 함께 먹는 일이 잦았다. 나는 졸업할 때까지 한 번도 그 국물을 먹어 본 일이 없다. 그런 것이 서러웠다.

지금껏 살아오면서 소위 말하는 역경에 부딪힐 때마다 어려웠던 그 시절이 떠오른다. 그렇게 어렵고 서러운 시절도 견디어 냈는데 이것 하나 못 할까 하는 마음이 솟구친다. 그러면 또 꿋꿋이 어려움을 헤치고 나아가는 것이다. 가난을 무조건 찬양하는 것은 잘못된 일이다. 어린 시절 가난했다고 모두가 잘되는 것도 아니다. 다만 어려웠던 시절의 경험을 지금 삶의 힘으로 어떻게 이끌어 오는가가 중요하다. 그럴 때 가난은 끊임없이 나를 돌아보게 만드는 묵직한 힘이 된다.

느그 집 기제가 언제드노?

　내 또래의 사람들이 어릴 적 어렵게 산 이야기를 풀어놓으면 끝이 없을 것이다. 나 역시 마찬가지이다. 중학교를 졸업하고 부산으로 나와서 살게 되었지만 고향 거제도에 대한 추억은 생생하게 남아 있다. 물론 어린 시절을 떠올리면 늘 배가 고팠던 기억이 대부분이다. 쌀밥을 원 없이 먹어 보는 게 소원이던 시절, 간혹 쌀이 생기면 고두밥을 짓는 데 들어가기 일쑤였다.

　고두밥이란 술을 빚기 위해 물기 없이 되게 짓는 밥을 말한다. 아버지가 워낙 술을 좋아하셨기에 집에서 술을 내리기 위해 고두밥을 지었다. 또 가끔 '웁쌀'이라고 해서 보리밥 지을 때 그 위에 쌀 한 줌 얹어 밥을 할 때가 있었다. 그러나 이것도 아버지 밥그릇에 먼저 들어가고 나면 나머지는 보리밥이랑 휘휘 섞이게 마련이고 내 밥그릇에서 쌀알 찾는 것이 보물찾기와 다르지 않았다.

그런 내게도 기다려지는 날이 있었으니 그게 바로 제삿날이었다. 제삿날에는 그래도 쌀밥과 기름진 음식이 제상에 올라가고 생선에 전이라도 주변 이웃들과 나누어 먹게 되니, 늘 배를 곯던 아이들로서는 이보다 반가운 날이 또 없었다. 이 때문에 늘 어느 집에 제사가 있는지 촉각을 곤두세웠다. "느그 집 기제가 언제드노?" 하는 말을 입에 달고 살았다. 마침 친구네 집 제삿날이 되면 초저녁부터 눈을 부릅뜨고 제사가 끝나기만을 기다렸다.

그런데 문제가 하나 있었다. 보통 제사가 끝나는 시각이 새벽이다. 새벽 한두 시쯤 음식을 돌리는데 어린아이들에게는 이때까지 기다리는 것이 가장 힘든 일이었다. 간신히 졸린 눈을 비비며 버텨 보지만 눈꺼풀은 무겁게 내려앉기 일쑤였다. 깜빡 잠이라도 든 날이면 모든 게 도루묵이었다. 아주 잠깐 잔 것 같은데 아침이 되어 있었다. 부엌으로 달려가 보지만 아무것도 없다. 형제 많은 집에서 그 음식이 아침까지 남아 있을 리가 없는 것이다. 울어도 소용이 없었다. 그럼에도 억울한 생각에 눈물이 그치지 않았다. 그런 시절이 있었다.

이런 집안 형편에 늘 하나라도 더 나를 챙겨 주려 하셨던 어머니를 생각하면 고마운 마음이 든다. 어머니가 특별히 챙겨 주신 별식이 하나 있다. 대접에 달걀을 하나 깨서 풀고 거기다 참기름을 넣어 휘휘 저은 것이었다. 그런 식으로 아들 영양 보충을 시켜 주셨다. 없는 집에서는 이런 음식도 정말 별미 중의 별미였다. 생각하면 저절로 침이 넘어간다. 달걀과 참기름이 뒤섞인 고

소하고 부드러운 맛이 지금도 생생하게 기억난다.

아버지는 체격이 좋은 편은 아니었는데 힘이 장사셨다. 환갑을 훌쩍 넘긴 나이에도 똥장군을 지고 밭일을 다니실 정도였다. 워낙 애주가다 보니 술 좋아하는 친구분들과는 흥겹게 어울리시는 일이 많았지만, 자식들에게 애정 어린 표현을 하는 분은 아니셨다. 그런 아버지가 유일하게 내게 해 주신 음식이 하나 있다. 고등학교 때 결핵성 늑막염으로 거제도 집에 내려와 쉬고 있을 때였다. 어디서 들으셨는지 결핵에는 개가 좋다고 황구 한 마리를 사 가지고 오신 것이다. 지금으로 치자면 개소주라고 할 수 있겠다. 한약과 함께 푹 고아 계속 먹었다. 어떤 날은 밤에 얼핏 잠을 깨어 아버지와 어머니가 나누시는 이야기를 들은 적도 있다.

"저놈 자식이 내 반만 닮아도 몸이 좋을 긴데."

아버지는 나를 두고 그런 넋두리를 하고 계셨다. 이전까지는 한 번도 느껴 보지 못한 아버지의 정을 그때 알았다. 그런 아버지의 바람이 전해졌는지 고등학교 때는 병약했던 내가 지금은 어디를 가도 체력만큼은 자신 있다는 이야기를 하게 되었다. 이 나이까지 건강하게 살고 있으니 아버지에게 물려받은 유산이 너무 큰 셈이다. 이제 언제든 먹고 싶은 음식을 먹을 수 있게 되었지만 아직도 어린 시절의 음식들이 그립다.

잊지 못할 선생님

사람들마다 기억나는 은사님이 있겠지만 나에게는 결코 잊을수 없는 은사님이 두 분 계시다. 바로 중1 때의 이명걸 선생님과중3 때의 김영진 선생님이다.

중1 때 담임이셨던 이명걸 선생님은 나에게 "기우야, 니 부산고 가라."라고 처음으로 말해 주신 분이다. 나는 중1 첫 반장이었을 뿐만 아니라 학년 1등을 놓친 적이 없었고, 졸업할 때까지3년 내내 수업료와 기성회비가 모두 면제였다. 졸업 때까지 돈한 푼 안 내고 학교를 다닌 것이다. 선생님이 부산고등학교 출신이어서 더욱 나에게 애정을 많이 쏟으셨다. 거제도에서 나고 자란 나에게는 이명걸 선생님의 그 말씀이 새로운 세상에 대한 기대를 일깨워 준 것이나 마찬가지였다. 나도 부산이라는 큰 도시로 나가서 꿈을 펼칠 수 있으리라는 희망을 그때 갖게 되었다.

1학년 말에는 선생님이 나를 데리고 직접 부산에 간 적도 있다. 부일장학회라는 곳에서 장학생 선발 시험이 있는데, 선생님은 내가 그 시험에 붙어 지원을 받으면서 좀 더 풍족하게 학교에 다니기를 바라셨던 것이다. 부산 서면에 선생님의 형님이 살고 계셔서 그 집에서 하룻밤을 보낸 뒤 다음 날을 맞이했다. 시험 치러 가기 전에 시간이 많이 남아 선생님은 내게 중앙동 현대극장에서 펄벅의 「대지」를 보여 주셨다. 그것이 나에게는 첫 영화였다. 처음 보는 대형 스크린에 영사기 불빛이 쏟아지며 왕룽 일가의 삶이 펼쳐지고, 황량한 대지 위에 가득한 메뚜기 떼! 그 장면이 아직까지도 잊혀지지 않는다. 영화를 보고 나와서는 빵집에 가서 빵을 사 주기도 하셨다. 그러나 아쉽게도 장학생 선발 시험에서 떨어지고 말았다. 나름대로는 거제도에서 공부를 잘한다고 했지만 큰 도시의 학생들에 비해서는 부족함이 있었다.

내가 떨어진 것은 괜찮았지만 선생님께 면목이 없었다. 나를 위해 장학회를 알아보고, 부산으로 데려와 시험까지 치게 해 주신 선생님을 기쁘게 해 드리지 못했다는 것이 아쉽고 분했다고 할까. 어쨌든 선생님이 내 삶에 끼친 영향만큼은 부정할 수가 없다. 거제도에서 벗어나 부산이라는 공간을 열어 주고, 더 큰 세상을 꿈꾸게 해 주신 분이다.

중3 때 김영진 선생님은 내게 지속적으로 용기를 주신 분이다. 고등학교 원서를 써야 할 때가 되었을 때 담임이셨던 김영진 선생님은 흔쾌히 부산고 원서를 써 주셨다. 선생님은 내게 이렇게 말씀하셨다.

"넌 반드시 합격한다. 걱정 말고 마무리 잘해라. 그리고 앞으로 좋은 일 할 수 있는 사람이 되어라. 넌 충분히 가능해."

선생님은 나를 볼 때마다 항상 애정 어린 목소리로 "기우 너는 뭘 해도 잘할 거다."라는 말씀을 해 주셨다. 나는 김영진 선생님을 통해 누군가 나를 믿어 준다는 것이 얼마나 큰 힘이 되는지를 배웠다. 가능성은 본인의 각성으로도 깨어나지만 주변에 그를 믿어 주는 사람이 있을 때 훨씬 극적으로 피어날 수 있다. 사람은 그 믿음으로 성장한다. 김영진 선생님은 나에게 그런 분이셨다. 선생님 덕분에 부산고에 합격할 수 있었다. 그해 거제도 11개 중학교에서 32명이 시험을 쳤는데 나 혼자만 붙었던 것이다. 모두가 선생님 덕분이라고 생각한다.

그 후로 세월이 한참 지난 뒤에 김영진 선생님을 다시 만난 적이 있다. 교육환경개선국장으로 이해찬 장관을 모시고 있을 때였다. 스승의 날 행사를 준비하면서 간부급들이 옛 은사들을 한 분씩 초청하자 해서 행사를 진행하게 된 일이 있었다. 그때 김영진 선생님을 먼저 초청하게 되었다. 중학교 교장 선생님이 되신 후였다. 선생님도 좋아하시고 나도 반가워서 그날은 종일 행복했던 기억이 있다.

그리고 바로 그다음 해에 이명걸 선생님을 모시려고 수소문을 했는데 연락이 닿지 않았다. 그사이 선생님이 암으로 돌아가셨다는 말을 전해 듣게 되었다. 아쉽고 슬픈 마음을 금할 길이 없었다. 사실 1996년도에 이명걸 선생님을 만난 적이 있었다. 내가 부산시 부교육감으로 일할 때 이명걸 선생님이 부산고 수학 선생님으로 재직 중이셨던 것이다. 연락을 드려 날을 잡고 식사를 했는데 선생님이 얼마나 좋아하셨는지 모른다.

그때도 제자 사랑하는 마음과 열정이 그대로셨다. 제자를 사랑하고 잘 가르치고, 자기 몸을 던져 제자를 위하는 예전의 모습이 그대로 남아 있었다. 그런데 그런 분이 암으로 돌아가셨다는 소식을 들은 것이다. 그때의 무너지는 마음을 어떻게 표현해야 할까. 지금 내가 대학 총장으로 학생들을 대하는 자세는 바로 이 두 분 선생님에게서 배운 것이다. 그러나 따라가려 해도 아직도 부족하다는 생각이 든다. 제자들을 대할 때 선생님들이 보여 주셨던 조건 없는 사랑과 헌신, 사람의 가능성에 대한 선한 믿음은 지금도 내가 귀하게 생각하는 덕목이 되었다.

전환기였던 휴학 시절

살다 보면 누구나 힘든 시련을 겪는다. 시련은 곧 기회가 되기도 한다. 내게는 그 시련과 기회가 고등학교 2학년 때 찾아왔다.

부산고에 들어가 보니 동기들은 벌써부터 대학입시를 준비하는 등 거제도의 분위기와는 완전히 달랐다. 그런 속에서 내 공부는 못 하고 입주 가정 교사로 학생을 가르치고 있으니까 자괴감도 들고 학업을 따라가기가 점점 힘들어졌다. 결국 2학년이 되자마자, 부산 대연동에 살고 있는 형님의 단칸방에 합류했다. 그런데 2학년 1학기 5월 중간고사 때 이틀째 시험을 치고 그대로 쓰러져 버리고 말았다. 병원에 가 보니 결핵성 늑막염이라는 진단이었다. 폐에 동공이 두 개가 생겼다는 설명과 함께였다. 부산에서는 치료받을 상황이 아니어서 결국 부모님이 계시는 고향에 내려가게 되었다.

내 인생에서 가장 힘든 시기였다. 친구들은 좋은 환경에서 부모 지원을 받으며 공부에 매진하고 있는데 나만 낙오자가 된 기분이었다. 동네에 있는 의사한테 일주일에 한 번씩 주사도 맞고 병을 치료하기 위해 노력했다. 그럼에도 이 1년이라는 휴학 기간은 나에게 하나의 전환점이기도 했다. 학교 공부에서 벗어나 다양한 책을 많이 읽게 된 것이다. 눈에 보이는 책은 다 읽었다고 해도 될 정도였다. 동네에 있는 모든 책을 다 읽어서 옆 동네로 책을 구하러 다니기도 했다. 나중에는 읽을 책이 없어서『세계대백과사전』을 비롯해서『의학대백과사전』까지 서너 번씩 읽었다.

그때 읽은 책 중에서 아직도 기억에 선명하게 남는 책이 있다. 100세인 지금도 활동을 활발히 하고 계시는 김형석 교수의『영원과 사랑의 대화』,『운명도 허무도 아니라는 이야기』와 같은 책이다. 그 당시 김형석 교수의 수필집은 전후 최고의 베스트셀러였고 그만큼 많은 사람에게 널리 읽혔다. 이 책들은 그 당시의 감수성이 풍부한 내게도 큰 울림으로 다가왔다. 사색적이고 서정적인 문체가 깊은 철학적 내용을 담아내고 있었다. 밤늦게까지 이 책을 펼쳐 놓고 "존재의 의미는 사랑이다.", "영원한 것에 대한 그리움과 사랑의 의미를 깨닫고 싶은 고뇌 어린 열정.", "어떻게 절망을 희망으로 바꾸며 허무를 넘어 다시 삶을 긍정할 수 있는가."와 같은 문장을 읽을 때면 마음 깊은 안쪽에서 뜨거운 것이 밀고 올라오는 것을 느낄 수 있었다. 정말 열 번씩은 읽은 것 같다.

특히나 세상은 빠르게 변화하는데 나 자신의 삶만 정지된 것 같은 불안과 외로움 속에서 책이 주는 위로와 성찰은 큰 힘이 되었다. 역경이 왔지만 당당하게 부딪쳐 나 자신과의 싸움에서 이기는 사람이 될 수 있으리라는 희망을 품고 새롭게 마음을 다잡을 수 있었다. 그뿐만 아니라 『영원과 사랑의 대화』 후반부에는 「어느 구도자의 일기」라는 제목으로 신부와 그를 연모하는 제자의 이루어지지 못한 러브 스토리가 실려 있기도 했는데, 이 이야기를 읽으며 나는 얼마나 애틋한 마음에 사로잡혔던가.

휴학 기간 중 읽은 책들은 나에게 마음의 양식이 되었다. 매일 마음 놓고 철학, 역사, 문학 등 다양한 분야의 책을 섭렵하다 보니 인문학의 기본 소양을 갖추게 되었다. 휴학 기간이 아니었다면 고등학교 시절에 입시에 쪼들려 독서하는 시간은 꿈조차 꿀 수 없었으리라. 이때 읽은 책들이 훗날 내 삶의 자양분이 되었다. 안중근 의사가 "일일부독서(一日不讀書) 구중생형극(口中生荊棘): 하루라도 독서를 하지 않으면 입안에 가시가 생긴다."라고 한 말을 실감하던 때이기도 했다.

또 휴학하는 동안 나는 고향을 더욱 자세히 알게 되었다. 고향의 바다와 산을 벗 삼아 산책하고 운동하면서 향토의 내음을 한껏 맡을 수 있었다. 독서를 하고 건강 회복을 위해 운동을 하면서 몸과 마음을 달래는 시기였기 때문이다. 내 고향 사랑이 휴학 기간에 더욱 체화되는 계기가 되었던 것이다.

얼마 전 김형석 교수가 『백년을 살아보니』라는 책을 낸 것을 보면서 노교수인데도 여전히 책을 쓰고 강연을 하는 모습에 어찌나 기쁘고 감사했는지 모른다. 휴학 시절에 감동을 주고 인생

을 풍성하게 해 준 김형석 교수가 100세가 되어서도 건강을 과
시하며 강연하는 모습이 인상적이고 감동적이었다.

책상이 사라지다

결핵성 늑막염에 걸려 1년을 휴학한 뒤 다시 2학년으로 복학했지만 공부가 쉽지는 않았다. 상의할 어른도 없었고 신경을 써 줄 만한 가족도 멀리 떨어져 있었다. 그뿐만 아니라 막상 공부를 하려 해도 언제 늑막염이 재발할지 몰라 공부 자체가 두려운 상태였다. 친구네 집 다락방에 기거하며 혼자 학교를 다니는 것도 마음을 잡기가 어려운 조건이었다. 대학 준비는커녕 이러지도 저러지도 못하는 상태로 졸업을 맞이하게 되었다. 남들이 대학 간다니까 엉겁결에 원서나 써 보자는 마음이었지만 꼭 어느 대학에 가겠다는 목표도 없었다.

돈을 모아서 입시 준비를 다시 해야겠다는 생각이 들었다. 그러던 차에 공무원을 준비하는 친구를 우연히 만나 시험을 같이 치게 되었다. 그 당시에 부산고를 다닐 정도의 실력이면 9급 시험에 합격하는 일이 별로 어렵지는 않았다. 그렇게 해서 처음 근무하게 된 곳이 바로 부산 대연동 우체국이었다.

그 당시 9급으로 들어가면 조건부 서기보로 6개월을 지내야 했다. 하숙방이 필요해서 같은 우체국 서기보로 있는 선배와 함께 방을 쓰게 되었다. 그런데 서기보 월급으로는 한 달 하숙비가 해결이 안 되는 것이 아닌가. 자연스럽게 돈을 벌려면 고향으로 가야겠다는 생각이 들었다. 하숙비를 아껴 저축할 요량이었다. 다시 시험을 치고 교육 행정 공무원이 되었다. 자청해서 거제교육청으로 보내 달라고 했다. 그렇게 거제교육청 서무계 서기보로 자리를 바꾸게 되었다.

이때 일을 제대로 배우고 제대로 할 마음을 가졌으면 좋았을 것이다. 하지만 나는 그때까지 대학을 포기하지 않고 있었기에 얼른 돈을 벌어서 대학 공부를 시작하겠다는 생각뿐이었다. 그러니 일이 손에 잡힐 리가 없었다. 마음은 늘 딴 곳에 가 있었다. 지금 생각하면 얼굴이 화끈거리지만 그때는 정말 그랬다.

그렇게 몇 개월이 지났을 때였다. 어느 날 출근해서 깜짝 놀라고 말았다. 내 책상이 사라진 것이 아닌가? 알고 보니 근무 태도가 성실하지 못한 나를 마땅치 않게 생각하던 상사가 나를 시설계로 전출 보낸 것이었다. 시설계로 가서 내가 한 일이라고는 하루 종일 책상에 앉아 서류 베껴 쓰는 일이 전부였다. 그 당시만 해도 복사기가 없을 때라서 서류 사이에다 먹지를 넣어 사람이 직접 눌러서 써야 복사본을 만들 수 있었다. 내가 맡은 일이 바로 그 일이었다.

사실 내게 그 일을 맡긴 것은 나가라는 말이나 마찬가지였다. 하지만 나는 바로 그때 제대로 정신을 차릴 수 있었다.

'그래, 지금까지 내가 대체 무슨 생각으로 일했던 거지?'

반성하는 마음이 밀려왔다. 책상이 사라진 일은 나에게 충격인 동시에 정신을 차릴 수 있는 계기가 되었다. 갑자기 모든 것이 선명해지면서 정신이 번쩍 들었다.

참회하는 심정으로 매일 책상에 정자세로 앉아 서류를 베껴 썼다. 소처럼 내게 맡겨진 서류를 꾸역꾸역 베껴 나갔다. 이건 누가 나에게 맡긴 일이 아니라 나 스스로가 나에게 내린 형벌임을 곱씹었다. 그러면서 내 속마음을 들여다보았다.

'그래, 지금 정신 차리지 않으면 앞으로 무슨 일을 한다 한들 과연 누가 나를 믿을까. 제대로 하지 않으면 이 순간은 내 인생에서 씻을 수 없는 기억으로 남을 거다. 내가 이런 식으로 일을 그만두면 평생 욕을 먹는 것은 물론이고, 나에게는 실패의 기억으로 남게 될 텐데 앞으로 어떤 일을 하더라도 지금 순간의 기억이 멍에가 되겠지. 이 순간에 이걸 극복하지 못하면 안 된다. 열심히 하자. 그저 묵묵히, 열심히, 내 진짜 모습을 보여 주자.'

그 뒤로 정말로 3개월간 화장실 가는 시간만 빼고 정자세로 앉아서 서류 베껴 쓰는 일만 했다. 동료 직원들과 상사들은 내가 며칠 버티지 못하고 사표를 쓰고 나갈 것으로 생각했던 모양이었다. 처음에는 여기저기서 나를 보고 쑥덕거리는 소리가 들렸지만 차츰 그 소리가 사라져 갔다. 나를 보는 직원들의 눈길이 달라졌다고 느껴지던 어느 날, 출근해 보니 내 책상이 다시 원래의 서무계로 돌아와 있는 것이 아닌가. 자그마치 3개월이 지난 뒤였다.

　나에게는 그 3개월이 평생 잊을 수 없는 기억으로 남아 있다. 왜냐하면 그 뒤의 내 성실한 공무원 생활은 서류를 베끼던 그 책상 앞의 반성과 마음가짐에서 출발한 것이라고 해도 과언이 아니기 때문이다. 그런 의미에서 책상이 사라진 그날은 내가 진짜 공무원으로 태어난 첫날이라고 할 수 있다.

모두가 이기는 전략

혈기 왕성한 20대의 삶을 온전히 거제교육청 공무원으로 성실하게 일하며 보냈다. 서기보(9급)로 출발해서 서기(8급)가 되고 그다음에 주사보(7급)까지 승진하면서 나는 중학교 서무 책임자로 발령을 받았다. 성포중학교 서무 책임자로 있을 때는 교감 선생님의 부탁으로 담임 선생님이 자리를 비운 반의 담임 일을 대신한 적도 있었다.

그때 하루 만에 그 반 학생 이름을 다 외우고 아이들을 만났다. 아이들이 소중하다고 생각하니까 이름을 외우게 된 것이다. 짧은 기간의 책임이라도 대충하려는 생각을 하지 않았다. 한번은 교무회의 때마다 교장·교감 선생님에게 무조건 딴지를 걸고 따지는 선생님을 따로 만난 적이 있었다. 일반적으로 이런 경우 그 선생님을 몰아붙이는 방식으로 접근할 수 있지만 나는 그렇게 하지 않았다.

"교감이나 교장 선생님 자리는 열심히 하면 나중에 선생님 자리가 됩니다. 그런데 왜 그렇게 매번 흔드세요. 지금 그렇게 흔들면 선생님이 교장 되었을 때는 어떻겠습니까. 매번 선생님들이 그렇게 흔들면 의자에 나사도 빠지고 못도 빠지고 결국은 아무런 일도 못 한 채 그 의자만 붙들고 있어야 되지 않습니까. 오히려 선생님이 의자를 잘 잡아 주시면 어떻습니까? 제대로 가도록 도와주면서 갈 수도 있잖아요. 방법을 바꿔 보면 어떻습니까?"

나는 한 번도 누구를 승리자로 만들고 누구를 패배자로 만드는 식의 일방적인 충고를 해 본 적이 없다. 늘 염두에 두었던 것은 모두에게 도움이 될 수 있는 방법이었다. 그 선생님에게 내가 한 방법이 바로 그랬다. 그 결과, 선생님도 내 뜻을 이해하고 그 후로는 태도를 바꾸었다. 나중에 교장 선생님이 된 것은 물론이다.

몇 군데 중학교의 서무 책임자를 거쳐 1973년 1월 1일에 경상남도교육청으로 발령을 받았다. 막 결혼했을 때였다. 그 덕분에 신혼여행도 뒤로 미루고 새해 첫날 바로 경상남도교육청으로 출근했다. 거제교육청에서 근무하다가 경상남도교육청으로 발탁돼서 옮겨 간 것은 큰 기회가 주어진 것이나 마찬가지였다. 도교육청은 시군 단위 조직보다 실력을 펼칠 수 있는 기회가 더 많이 주어졌다. 나는 잠재된 능력을 발휘하기 위해 노력했다.

그 당시 내가 능력을 인정받은 일 중에는 이런 것도 있었다.

1974년 6월 4일부터 6월 7일까지 서울에서 제3회 소년체육대회가 있었다. 이때 경상남도가 종합 2위의 쾌거를 거두었다. 바로 전 해에 10위였는데 불과 한 해 만에 2위로 수직 상승한 것이었다. 어떻게 이런 일이 가능했을까. 바로 점수 계산 방법을 세밀하게 파악하여 새로운 전략으로 대응했기 때문이었다.

팀별로 싸웠을 때 꼭 승리하지는 못하더라도 점수가 차등 부여되기 마련이다. 그 전까지는 이 점수를 모두 버리는 점수로 생각하고 오직 이기는 경기만을 하기 위해 전력을 다하는 경우가 많았다. 하지만 모든 경기에서 다 승리를 할 수는 없는 법이다. 따라서 강세를 보이는 종목에서는 최선을 다해 승리하도록 전략을 짜고, 그 나머지 종목에서는 종목별 성취도에 따라 점수를 최대한 많이 받을 수 있는 등수를 확보하기 위해 보다 전략적으로 노력했다. 또 무승부가 됐을 때 얻을 수 있는 점수도 상당했다. 이 점수까지 꼬박꼬박 챙기기 위해 최선을 다해 경기를 치르도록 주문했다.

내가 한 일이 바로 이 종합 점수를 최대한 끌어올릴 수 있는 방법을 연구해서 전파하는 일이었다. 소년체육대회가 열리기 전, 합천 해인사에서 시군 교육장들을 모아서 설명회를 열었다. 어떻게 하면 점수를 따고, 어떻게 하면 무승부 또는 패하더라도 점수를 확보할 수 있는지 경우의 수를 따져서 치밀하게 설명했다. 그 정도로 내가 업무에 통달했다는 말도 된다. 무조건 승부에 연연하는 것이 아니라, 지더라도 어떻게 진다는 목표가 구체적으로 마련되면 경기 결과가 달라질 수 있다는 믿음이 있었다.

특히 내가 주목한 것은 바로 승패로만 경기 결과를 보지 않는 관점의 변화였다. 매 경기를 승패의 결과로만 접근하면 많은 것을 놓치게 된다. 1, 2등이 아니라 3, 4, 5등도 중요하다. 그뿐만 아니라 무승부도 중요하다. 이런 시각으로 경기 전체를 다시 보니 지난 대회 우리 팀의 성적에서 만회할 부분이 보이기 시작했다. 당장 놀랄 만큼 실력을 끌어올리는 것보다 지금 할 수 있는 정도에서 최선을 다했을 때 결과는 충분히 달라질 수 있을 것 같았다. 결국 경상남도는 종합 준우승이라는 놀라운 성적을 받을 수 있었다. 나 역시 공로를 인정받아 경기가 끝난 뒤에 경상남도 체육상을 받았다.

이런 일들이 축적되니 주목받는 공무원이 될 수 있었다. 어떤 일이든 신나서 하게 되었고 정말 일에만 빠져 지낸 시절이었다.

최초의 학부모 초청
입시 설명회를 열다

중고등학교에서 근무하다 보면 가끔 운동장에서 노는 아이들을 보게 된다. 조용조용 놀다 가면 상관없지만 그렇게 노는 아이들이 어디 있을까. 아직 재학생 수업이 끝나지도 않았는데 운동장에 들어온 아이들이 소란을 피우면 교장 선생님이 화를 내게 마련이다. 일하는 용원 아저씨를 시켜 아이들을 내쫓게 하면 아이들이 그 기세에 몰려 나갔다가 금세 다시 들어와서 운동장을 휩쓸고 다니기 일쑤였다. "너 이놈들, 나가라고 했지. 빨리 안 나가?" 하는 소리가 서무실에까지 들릴 정도로 고함을 쳐도 아이들은 미꾸라지처럼 도망갔다가 다시 돌아왔다.

한번은 보다 못한 내가 나서서 아이들을 쫓아 보겠노라고 팔을 걷어붙였다. 나는 금방이라도 아이들을 잡을 듯이 아이들에게 다가가며 이렇게 외쳤다.

"이놈들, 어서 이리 와!"

나는 용원 아저씨와 반대로 아이들에게 저리 가라고 외치지 않고 이리 오라고 외쳤다. 그러면 신기하게도 아이들이 다시 돌아오는 확률이 줄어들었다. 저리 가라고 말하면 반발심이 생겨서 더 달려들지만 이리 오라고 하면 웬일인지 다시 오기 싫은 생각이 드는 것이다. 생각을 바꾸는 일이 그만큼 중요하다.

1970년대 후반 경남교육청에 근무하다가 진주여고 서무과장으로 나가 있을 때의 일도 마찬가지였다. 학생들의 대학 진학률을 높이기 위해 학교에서 기성회를 조직했다. 학생들의 과외 공부를 돕기 위한 비용을 충당하기 위해서다. 8천만 원을 목표로 했지만 그 절반에도 미치지 못하는 3천5백만 원이 모였다. 다급해진 교장 선생님은 나에게 자문을 구했다.

살펴보니 전부 돈 많은 사람 위주로 임원이 구성되어 있었다. 학교에서는 당연히 돈 많은 부모일수록 적극적으로 기성회에 참여해서 기부금을 낼 것으로 생각한 것이다. 하지만 내게는 바로 그 생각이 잘못된 것임이 한눈에 보였다. 그래서 나는 열 개 반 담임 선생님들에게 이렇게 말했다.

"담임 선생님들이 관심을 기울여 초청할 분들은 다음 세 가지 조건을 충족하는 학부모님들이어야 합니다. 먼저 장녀인 아이들, 다음으로 반에서 10등 이내인 아이들, 마지막으로 앞의 두 조건을 충족하면서 경제 수준이 높은 분들을 모셔야 합니다. 이 세 가지 조건이 충족되는 분들에게 연락을 돌리십시오. 그다음부터는 제가 책임지겠습니다."

날짜도 잊지 않았다. 1979년 4월 13일. 그날을 '학교 방문의 날'로 정했다. 무조건 기성회비를 달라고 요청하는 것이 아니라 학교의 전반적인 분위기와 상황을 먼저 알리고, 자연스럽게 기성회비를 모을 수 있도록 분위기를 만드는 일이 중요했다. 학부모들을 모시고 1년 치 입시 지도 계획을 성심성의껏 브리핑했다. 질문이 나오면 대답을 했고, 추가할 부분이 있으면 자세히 설명을 해 드렸다. 식당에서 맛있는 점심까지 대접했다. 분위기가 좋지 않을 이유가 없었다. 자기 자식을 열심히 공부시키겠다는데 어느 학부모가 토를 달겠는가. 그리고 학부모들이 돌아가는 길에 '진주여고 학교 방문의 날'이라는 글자가 새겨진 타월을 나누어 드렸다.

결과는 어떻게 되었을까? 9천만 원의 기성회비를 모았다! 최초 기성회비의 세 배가 되는 금액이었다. 모두 다 생각을 바꾼 결과였다. 무조건 돈을 모으겠다는 생각을 앞세웠기 때문에 처음 시도는 실패로 돌아간 것이다. 그 당시 시대 분위기상 여학생을 대학까지 보내 공부시키겠다는 학부모가 많은 편이 아니었다. 그러나 내 생각에 장녀라면 이야기는 달라질 것 같았다. 더군다나 공부를 더 잘할 가능성이 있는 장녀를 둔 학부모가 자신의 경제적 능력이 그것을 뒷받침할 정도가 된다면, 기성회에 임원으로 참여할 확률은 더 높아지지 않겠는가.

학부모를 학교로 초청해서 입시 설명회식으로 그 마음을 설득하는 것은 그 전까지 시도해 본 적이 없는 일이었다. 이러한 발상 또한 학부모들의 마음을 움직이는 데 큰 역할을 했다. 이렇게 해서 학교는 물론 학부모도, 학생들도 모두가 이기는 결과로 이어진 것이다.

이것이 바로 내가 일을 하는 방식이었다. 타성에 젖어 늘 하던 대로, 아무 전략 없이 그대로 일을 반복하는 것이 아니라 세세한 부분까지 연구하고 파악한 뒤, 모두가 행복해질 수 있는 길을 찾는 것! 승패의 관점에서 이분법적으로 접근하거나 내가 이기고 너는 지는 식의 '이해관계'를 따져 일을 추구하는 것이 아니다. 너와 내가 모두 이길 수 있는 방법을 연구하는 것이 바로 내 스타일이었다.

진주여고에서 내 방식이 큰 성공을 거두자 곧바로 진주고등학교의 교장 선생님이 나를 찾아왔다. 남자고등학교는 여자고등학교보다 학부모의 관심도가 훨씬 높으니 진주고등학교로 와서 자기를 도와 달라는 부탁이었다. 하지만 나는 이미 다음 근무지가 정해진 상태였다. 교육감이 창원기계공고에 가서 일을 도우라는 명령을 주신 뒤였던 것이다. 그때 진주고등학교 교장 선생님의 안타까워하는 얼굴이 지금도 기억에 남는다.

교육부 서무계장으로 발탁되다

　33세가 되던 1981년에 교육부(당시 문교부)에 파견 근무를 나갔다가 도 교육청으로 복귀했다. 파견 근무를 나갔을 때 내가 맡은 일은 정화담당관실 사무관이었다. 전두환 정권이 들어서고 한창 청탁 배격 운동을 할 때였다. 모든 분야에 거품을 없애고 부정과 비리를 발본색원하겠다는 의지로 만들어진 조직이 바로 정화담당관실이었다. 이 조직은 모두 전국 각지의 일 잘하는 공무원들이 파견되는 자리였다.

　정화담당관실에 파견 갔을 때는 가족을 데리고 서울로 이사하지 않고 창원에 집이 그대로 있었다. 그 당시 아들이 창원에 있는 초등학교 1학년에 다닐 때였는데 공교롭게도 반장이 되었다. 내가 청탁 배격 운동, 촌지 배격 운동을 진두지휘하던 사람이었으니 당연히 아내에게도 아이 학교로 절대 찾아가지 말라는 말을 전했다. 그런데 몇 개월 있다가 반장이 바뀌게 되었다. 지금이라면 상상할 수 없는 일이지만 그 당시에는 그런 일이 심심치 않게 일어났다. 아이가 반장이 되면 엄마가 담임 선생님을 찾아가서 이리저리 학교 일에 보탬이 되는 일을 도맡아 하던 시절이었다. 반장 엄마가 학교에 코빼기도 안 비치니 선생님으로서는 화가 났던 모양이었다. 결국 반장이 바뀌게 된 것이다. 아이한테는 참으로 미안한 일이 아닐 수 없었다. 그럼에도 나는 끝까지 그 입장을 견지했다. 이 일이 정화담당관실에 두루 알려졌고 강한 인상을 남겼던 것 같다. 게다가 일도 잘한다는 소문이 나서 35세가 되던 1983년에 교육부 총무과 서무계장으로 전격 발탁된 것이다.

이건 정말 큰 사건이었다. 고졸 9급 출신으로 공무원 생활을 시작하여 32세의 나이로 5급 사무관에 승진한 것도 주위의 놀라움과 부러움을 사는 일이었다. 그런데 지방 도 교육청 소속 공무원이 다시 1년 뒤에 중앙 부처로 이동하게 된 것이다. 물론 걱정이 아예 없었던 것은 아니다. 교육부에서 일하던 공무원들이 나를 질시와 텃세의 대상으로 생각하지 않을까 하는 염려가 있었다. 하지만 그건 불필요한 우려에 불과했다. 내가 맡은 직책이 바로 총무과 서무계장이었기 때문이다.

이 자리를 한마디로 설명하면 '살림 사는 자리'라고 할 수 있다. 장관이나 차관이 조찬을 하거나 점심을 먹을 때, 외부 모임을 가질 때 전부 뒷바라지하는 자리이다. 장관 집에 전화기를 교체해 주거나 기사를 데리고 가서 전기배선을 갈아 주는 일도 했다. 그야말로 몸을 던져 봉사하고 헌신하는 자리이지 권한을 행사하는 자리가 결코 아니었다.

교육부 서무계장 시절, 내 선임자 중에 전설적인 분이 있었다. 이진선이라고 하는 분이었다. 이진선 계장이 얼마나 제 역할을 잘했는지 이분이 국회에 들어가면 국회의원과 직원들이 이 계장에게만 인사를 할 정도로 장차관뿐만 아니라 국회까지 다 잡고 있던 사람이기도 했다. 이진선 계장과 관련된 에피소드가 하나 있다. 새마을호가 막 생겼을 때의 일이다. 장관이 부산 출장을 간다 하면 잴 것도 없이 바로 이진선 계장에게 연락이 갔다. 그러면 순식간에 새마을호 표가 마련되었다. 그런데 언젠가는 이 계장이 자리에 없었다고 한다. 할 수 없이 장관실에서 총무과장을 찾았다. 연락을 받은 총무과장이 허둥지둥 서울역 역장실에 들어가서 "교육부 총무과장입니다. 장관님의 부산 출장 때문에 새마을호 표가 필요합니다." 하니까 그 말을 들은 직원이 어리둥절한 표정으로 이렇게 말했다고 한다.

"네? 무슨 말씀이세요? 지금 서무계장이 역장님하고 말씀을 나누고 계시는데요?"

알고 봤더니 이진선 서무계장이 어느새 연락을 받고 총무과장보다 먼저 출동해서 표를 구하고 있었던 것이다. 그만큼 빠릿빠릿하게 일을 잘하던 사람이 바로 이진선 계장이었다. 그런데 이진선 계장이 떠난 뒤로 두세 명의 새로운 계장이 거쳐 간 뒤에 적임자를 찾던 중 바로 내가 발탁되어서 들어간 상황이었다. 팔방미인이 되어야 하고 그만큼 막중한 책임이 뒤따르는 자리였다. 중앙 부처인 교육부는 대학을 담당하거나 시도 교육청을 담당하는 등 중요한 권한을 쥐고 있는데 서무계장을 희망하는 사람이 없으니 당연히 그 자리에 가려는 사람도 없었다. 책임을 맡기려고 해도 누구 하나 하겠다는 사람이 없고 다 못 하겠다는 말뿐이었다. 결국 나한테 기회가 왔다고 하는 편이 정확하리라.

그러나 나는 서무계장을 맡게 된 것이 기뻤다. 오히려 감사한 일이었고 큰 기회라는 생각이 들었다. 생각해 보라. 만약 내가 지방 도 교육청에서 서울로 오면서 정책 부서나 권한 있는 부서로 바로 가게 되었다면 기존 사무관이나 6급들이 나를 많이 흔들 수도 있었다. 그런데 서무계장은 누가 봐도 궂은일을 하는 자리이고, 헌신해야 하는 힘든 자리였기에 그만큼 저항이 적지 않겠는가. 나로서는 일석이조의 기회나 마찬가지였다. 주어진 직책에 맞게 내 할 일을 똑 부러지게 해내면 되는 것이니 누구 눈치를 볼 일도 없었다. 나는 당당하게 일을 해내야겠다고 결심했다.

들어가서 정말 많은 일을 했다. 내 주관하에 공무원 모내기 행사와 벼 베기 행사도 진행했다. 관광버스에 공무원들을 싣고 가는데 명단이 나오면 버스에 올라 인원 체크를 하는 것도 내 몫이었다. 한번은 어떤 낯선 사람이 맨 앞좌석에 앉아 있기에 명단을 내밀면서 이름을 체크해 달라고 했더니 "내 이름은 없는데?" 하는 것이 아닌가. 시간이 촉박해서 다른 사람들을 먼저 체크하고 버스 뒤로 가서 아는 직원에게 불평 아닌 불평을 털어놓았다.

"아니, 저 양반은 누군데 체크도 안 하고 말이야 저렇게 앉아 있는지 모르겠어."

내 말과 동시에 직원들이 웃기 시작했다. 알고 보니 다른 부서의 국장이었다. 보통 국장은 업무용 승용차로 오는데 이분은 직원들이 이용하는 관광버스에 함께 탄 것이다. 나는 화들짝 놀라서 찾아가 사과를 했다. 그때가 바로 내가 막 계장이 되고 얼마 지나지 않아서였다. 신출내기니까 잘 몰랐던 것이다. 그뿐만 아니라 실국장 회의를 하면 연락을 돌리는 것도 내 일이었다. 한번은 긴급 소집이 있어서 연락을 돌리는데 대학정책실장이 연락이 안 되는 게 아닌가. 그때는 삐삐 시절이어서 전화도 할 수 없었다. 황급히 실장실에 올라가 보니 삐삐가 책상 위에 있었다. 아무리 해도 연락이 안 된다는 이야기를 전해 듣고 망연자실했던 생각도 난다. 아무튼 이런 일까지도 전부 도맡아 하는 게 바로 서무계장의 몫이었다.

일을 열심히 하다 보니 정말 힘들었다. 웬만해서는 힘들다는 말을 하지 않는 나에게도 너무너무 힘들다는 말이 절로 나오는 자리였다. 그런 이유로 서무계장 자리는 보통 교육부 안에서도 1년만 하면 바꿔 주는 자리로, 그리고 고생한 의미로 그다음 자리는 좋은 직책으로 영전하는 자리로 정평이 나 있었다. 나는 1년 6개월이 넘게 계장직을 수행하고 있었다. 어느 날에는 큰 결심을 하고 총무과장을 찾아갔다. 그러자 총무과장은 나를 보고 솔직하게 말하는 것이 아닌가.

"이 사무관 꼭 가야겠어? 나 좀 더 도와주면 안 되겠나? 이 사무관 없으면 내가 참 힘들어. 6개월 더 해 주면 내가 고생한 보답을 할게."

그런 이유로 6개월 더 계장 직책을 수행하게 되었다. 그리고 내가 옮긴 자리가 바로 교육행정과 주무사무관이었다. 교육행정과는 보통교육국의 주무과이자 교육부 내 다섯 개 과 중에서도 주무부서에 해당한다. 다섯 개 과면 사무관만 열대여섯 명이 된다. 주무과라서 근무 성적 평정을 모두 교육행정과에서 한다. 시도 교육감 인사도 담당하며, 국장을 뒷바라지하면서 근무 성적 평정을 내는 기초 자료를 만들어서 사인을 받는 자리이기도 하다. 서무계와는 달리 고유 권한을 가진 중요한 자리였다. 드디어 내 역량을 제대로 펼칠 수 있는 기회를 얻은 것이 기뻤다. 더 기쁜 것은 2년을 채워 서무계장으로 일하면서 마침내 '이진선 이후에 이기우'라는 이름을 얻게 됐다는 사실이었다.

진실한 자에게 문이 열린다

　살면서 내가 가장 중요하게 생각하는 가치는 바로 삼실(三實)이다. 진실, 성실, 절실이 바로 그것이다. 이 중에서 우선 꼽을 수 있는 것이 진실이다. 다른 말로 진정성이라고 불러도 좋겠다. 무슨 일이든 진정성이 전달되어야 상대방의 마음을 움직일 수 있다. 천하를 얻으려면 사람을 얻으라는 말이 있듯이 사람을 얻으려면 그 사람의 마음을 움직여야 하고, 마음을 움직이려면 절대 거짓으로는 안 된다. 오직 진실만이 상대방을 움직일 수 있다.

　사람을 만나고 일을 추진할 때에도 다르지 않다. 그런데 사람들이 착각하는 것이 하나 있다. 말만 진실하게 하면 되지 않느냐는 생각이다. 그렇지 않다. 먼저 전제되어야 할 것은 '자기 자신과의 관계에서 오는 진실'이다. 자신에게 진실하지 못한 일을 하면서 어떻게 상대방을 움직일 수 있을까. 스스로 믿지 못하는 진실을 상대방에게 진실하게 전달한다는 생각은 말이 되지 않는다. 그냥 내 생각을 힘주어 전달한다고 해서 진실이 전달되는 게 아니다. 내가 스스로 내 진실에 확신이 있어야 하며, 그것이 전제되었을 때만이 절절하게 진실을 전달할 수 있다.

교육부 과장 시절, 교육방송과 관련한 조직을 만들게 된 일이 있었다. 조직을 만드는 데에는 여러 정부 조직의 협조가 필요하지만 기본적으로 기획재정부와 협의를 한다. 조직이 생기면 인원이 배정되고 운영비가 필요하기 때문에 기획재정부가 승인을 해야 다음 단계의 일을 진행할 수 있다.

그런데 문제가 있었다. 가장 먼저 기재부 예산실 예산총괄과장을 만나서 승낙을 받아야 하는데 합의를 안 해 주었다. 물론 나름의 이유가 있었을 것이다. 하지만 제대로 이야기도 들어 주지 않고 번번이 퇴짜를 놓는 것이 아닌가. 그 당시 교육부는 광화문에 있고 예산실은 과천에 있었다. 열 번을 찾아갔다 열 번 모두 퇴짜를 맞았다. 물론 그 과장은 내가 열 번 찾아갔다는 사실을 몰랐다. 찾아간 사람만이 숫자를 셀 수 있으니까.

내가 갈 때마다 예산총괄과장은 "아, 이 과장, 뭐 그거 가지고 또 왔어요." 이렇게만 가볍게 지나쳤다. 그럼에도 나는 마음속으로 '내가 열 번은 지키겠다'고 다짐하며 결국 열 번을 찾아갔다. 나 스스로의 진실함에 관한 나름의 기준이었다. 보통 사람 같으면 한두 번 찾아가서 안 되면 포기를 하거나, 좀 더 열의가 있는 사람이라면 세 번까지 시도해 보기도 할 것이다. 그러나 나는 열 번을 실천했다.

열 번 찾아가고 나서도 일은 끝내 해결되지 않았다. 그래서 나는 그다음 월요일 아침에 예산총괄과장 방으로 출근했다. 아침 7시 30분이었다. 예산총괄과장은 8시에 출근을 했다. 그는 방에 들어와서 나를 보고는 깜짝 놀랐다. 나는 깍듯하게 인사하고 이야기를 건넸다.

"아, 과장님, 양해 말씀 드리겠습니다. 사실 제가 이 교육방송 관련 조직 건 때문에 광화문에서 여기 과천까지 여러 차례 왔다 갔다 했습니다. 오는 데 한 시간, 가는 데 한 시간, 머무는 시간 한참. 이렇게 하면 오전 시간을 다 보내다시피 하는데 이 건이 해결되지 않아서 오늘은 여기로 바로 출근했습니다. 저한테 신경 쓰지 마세요. 저는 어차피 며칠 여기 왔다 갔다 할 테니까 신경 안 쓰셔도 됩니다."

그 과장은 당황한 얼굴이었다. 자신이 콧방귀도 안 뀌고 무시했던 상대가 아침 댓바람부터 사무실에 나와 있으니 심리적으로 부담을 느끼지 않을 수가 없었던 것이다. 나는 아무 말도 없이 사무실 손님용 의자에 앉아 있었다. 그 와중에 예산실 공무원들은 출근해서 하루 일과를 시작하고 있었다. 예산실에 손님이 오면 나는 복도로 나갔다. 그리고 손님이 가면 다시 사무실로 들어가 손님용 의자에 가만히 앉아 있었다. 그렇게 하루가 지났다.

나는 그다음 날도 과천의 예산실로 출근했다. 예산총괄과장은 아침에 나를 보고는 또 한 번 놀랐다.

"또…… 왔어요?"

나는 태연하게 맞받아쳤다.

"네, 과장님. 제가 여기 앉아 있는 거 신경 쓰지 마시고 업무 보십시오."

고개를 절레절레 흔들던 그는 그날 점심을 먹고 늦게 사무실로 돌아왔다. 여전히 의자에 앉아 있는 나를 보더니 이제는 답답하다는 듯 말을 건넸다.

"이 과장, 대체 어떻게 하자는 말이오?"

"아니, 신경 쓰지 말라니까 왜 신경을 쓰십니까?"

"신경 안 쓸 수가 있습니까. 뭘 어쩌자는 거예요?"

약간은 화가 난 듯 그가 물었다. 나는 그때서야 진지하게 말을 꺼냈다.

"과장님은 헤아리질 않았을 겁니다. 제가 여길 몇 번 왔다 간 줄 아십니까? 열 번 왔다 갔습니다. 과장님은 늘 과장님이 하시고 싶은 이야기만 했지 제가 하고 싶은 말을 들어 주신 적이 있습니까?"

당황한 듯 예산총괄과장의 얼굴이 붉어졌다. 비로소 자신이 나를 어떻게 대해 왔는지를 깨달은 것이었다. 내친김에 나는 계속 말을 이어 나갔다.

"한 시간만 제 이야기를 들어 주세요."

고개를 끄덕이는 모습을 보고 나는 내가 늘 준비해서 가지고 다녔던 자료를 펼쳐 놓고 간결하지만 진실하게 설명을 했다. 30분이 채 지나지 않아 예산총괄과장은 고개를 끄덕이며 사인을 해주었다.

"오늘은 내가 이 과장한테 졌습니다."

만약 내가 단순히 그 과장의 사인이 필요해서 사인받는 것을 목적으로 생각했다면 그 순간에 미소를 지으며 그냥 지나쳤을 것이다. 신이 나서 곧바로 교육부로 돌아왔을 것이다. 그러나 나는 단순히 사인을 받으려고 그렇게 긴 시간을 보낸 것이 아니었다. 나 스스로 내가 하는 일의 중요성과 가치를 믿고 있었다. 그런 진실함이 있었기에 열 번 넘게 예산실을 찾았고, 새벽부터 예산실로 출근해서 이틀을 더 앉아 있을 수 있었다. 그래서 나는 이렇게 대답했다.

"과장님, 저한테 졌다는 말이 무슨 말입니까. 교육의 미래를 위해서 매우 중요한 결정을 해 주신 겁니다. 과장님이 이긴 것이지 졌다는 것은 말이 안 됩니다."

나는 이것이 진실이라고 생각한다. 이게 진정성이고 정성이다. 만약 열 번을 가도 일이 잘 풀리지 않으면 사무실에 앉아서 내 말을 들어 줄 때까지 기다릴 생각이었고, 그래도 답이 없으면 그다음에 무엇을 해야 할지를 손님용 의자에 앉아서 계속 생각하려고 했다. 내가 하는 일의 가치를 나 스스로가 확신하지 않았다면 이런 과정을 견딜 수 있었을까? 자신에게 진실한 것이 먼저다. 누구도 진실한 자를 무시하지는 못한다. 진실에게는 결국 문이 열린다.

성실에서 비롯된 자신감

가끔 나에게 이렇게 묻는 사람들이 있다.

"고졸 출신인데 행정 고시 출신들이 가득한 공무원 조직에서 어려운 점은 없었나요?"

아마도 이 질문에는 학력이 낮으면 그만한 능력이 없지 않느냐는 의문과, 학력 때문에 차별이 있지 않았느냐는 질문이 함께 들어 있는 것으로 보인다.

결론부터 말하자면 어려움이 없었다. 편견에 근거한 것이니 질문 자체가 잘못된 것이다. 하지만 만약 일말의 가능성을 염두에 둔 질문일지라도 내 경우에는 해당 사항이 없었다. 내가 이렇게 자신 있게 말할 수 있는 이유는 공무원으로 살면서 한 번도 내가 가고 싶어서 간 자리가 없었기 때문이다. 무슨 말인가? 언제나 나를 필요로 하는 사람들이 먼저 있었다. 그 사람들이 나를 데려다 쓰려고 한 결과 내 자리가 정해졌다. 일을 철저하게 하다 보니 어디서든 나를 필요로 하는 사람들이 늘 있었다. 자리가 정해지면 그 자리에 어울리는 사람이 되기 위해 최선을 다해 일했다. 그러다 보니 고시 출신보다 오히려 승진이 빨랐다.

교육부에 있으면서 많은 장관을 모셨지만 그중에서도 윤형섭 장관 시절의 일이 먼저 생각난다. 그 당시에는 장관실에 과장들이 들어가면 늘 지적을 받고 나오기 일쑤였다. 결재 서류를 받아 들고 장관이 직접 빨간 펜으로 고쳐서 돌려주는데 어느 누가 견딜 수 있었겠는가. 그 당시 나는 교과서 담당 과장으로 일하고 있었는데, 그 1년 반 사이에 결재받으러 들어가서 한 번도 퇴짜를 맞은 적이 없었다. 다른 과장들이 늘 놀라워하는 대목 중 하나였다. 대체 어떻게 그럴 수가 있느냐고 묻는 그들에게 잘 준비하면 된다고 말해 주기는 했지만 내 말을 곧이곧대로 믿는 눈치는 아니었다. 한참 뒤에야 그 비밀이 밝혀졌다.

우연히 과장 서너 명이 함께 들어가서 각자의 서류를 결재받게 된 일이 있었다. 장관이 제일 먼저 내 서류를 들여다보고 이렇게 묻는 것이 아닌가.

"이 과장, 이거 사인해야 돼?"

준비 없이 그런 질문을 받았다면 순간적으로 당황했을지도 모른다. 하지만 장관실에 들어가기 전에 이미 모든 사항을 완벽하게 점검했고, 내가 준비한 일에 확신이 있었기에 나는 이렇게 대답했다.

"네, 해야 합니다."

장관도 곧바로 되물었다.

"왜 해야 되는데?"

"제가 충분히 검토했고, 잘 준비했고, 자신 있습니다."

그 서류는 사실 교과서 가격에 관한 내용이었다. 장관이 그런 세세한 부분까지 미리 알고 판단을 내리기에는 어려운 부분이기도 했다. 이런 경우 윗사람은 준비한 직원이 얼마나 확신을 가지고 있느냐에 따라 최종 결정을 내리기도 한다. 왜냐하면 모든 업무를 파악할 수 없는 까닭에 그것을 전문적으로 준비한 직원이 확신을 가지고 있다면 그 일은 어떻든 최선을 다해 준비가 되었다는 말과 다르지 않기 때문이다. 그럼에도 불구하고 장관은 한 번 더 내게 물었다.

"이걸 내가 어떻게 믿고 할 수 있어?"

이럴 때 처음부터 구구절절 사안에 대해 상세하게 다시 설명하는 것이 맞는 일일까? 그렇지는 않다. 상사는 내용을 몰라서가 아니라 내가 얼마나 준비되었는지를 보고 싶은 것이다. 나는 당당하게 다시 말했다.

"걱정 마십시오. 사인하시면 됩니다."

여기서 끝났으면 모르겠는데 내 대답에도 불구하고 장관은 한 번 더 물었다.

"그러면 나보고 눈 감고 사인하라는 말이야?"

"네, 그렇습니다! 제가 철저하게 했잖습니까."

그때서야 장관은 웃으며 서류에 사인을 했다. 장관실 밖을 나오자 같이 있었던 다른 과장들의 입에서 "이기우 웃긴다. 장관에게 못 하는 말이 없다."라는 우스갯소리가 나올 정도였다. 하지만 장관은 내심 그런 걸 좋아했다. 내가 어떤 일의 책임자가 되어 보니 그걸 알 수 있었다. 책임자가 되면 부하 직원들이 자신감 있게 다가올 때 그를 믿게 된다. 만약 의심 가득한 질문을 받고 "아, 장관님의 뜻이 그러하시다면 제가 어쩌고저쩌고 수정을 해서……." 등등 쓸데없이 말을 늘어뜨리기 시작하면 신뢰가 떨어진다. 나는 이미 그 마음을 알고 있었던 것이다.

세월이 흘러 윤형섭 장관이 장관직을 그만두고 서울신문사의 사장으로 일하게 되었을 때, 장관 시절에 비서실에서 같이 있었던 사람들을 불러 저녁을 먹는 자리가 있었다고 한다. 그런데 그 자리에서 이야기를 나눈 시간의 반 정도는 내 이야기만 하더라는 소식을 전해 들은 적이 있다. 자신이 만나 본 공무원 중에 이기우가 최고라는 칭찬이었다. 나는 내 철저한 준비와 자신감이 장관의 마음을 움직인 것이라고 생각한다. 내가 그만큼 노력했기에 상대방 가슴에 가 닿을 수 있었고 그래서 모든 것이 가능했다. 성실한 자는 준비된 자이고, 준비된 자는 믿음을 얻는다. 그 믿음이 쌓여서 지금의 나를 만들었다.

영전하기 싫습니다

초기 사무관 시절 나는 정말 정신없이 일했다. 보통교육국 교육행정과 사무관이 되면서 핵심 부서의 힘을 실감할 수 있었다. 보통교육국은 대학교육국과 함께 교육부 내에서도 2대 핵심 부서 중 하나였기에 일하는 재미도 남달랐다. 그만큼 확실하게 인정을 받았던 것도 사실이다.

이때 모시던 상사 중 한 분이 박병용 국장이다. 굉장한 추진력으로 상사들의 신임은 물론 많은 부하 직원의 존경까지 한 몸에 받았던 분이다. 그야말로 카리스마가 대단했다. 한 번 지시해서 안을 만들어 내면 장관에게까지 꼭 그 안을 관철시키는 분이었다. 당연히 무슨 일을 하든 믿고 따를 수밖에 없었고 밑에서 열심히 보좌하면 할수록 그만큼, 아니 그 이상의 보람을 부하들에게 안겨 주셨다.

이분의 유명한 일화가 하나 있다. 한번은 박병용 국장이 대학 정책실 조정관 시절에 장관을 모시고 광주를 방문하게 되었다. 전라북도를 거쳐 광주로 들어가는 길에 고속도로에서 그만 교통사고가 나고 말았다. 장관은 안 다쳤는데 수행차를 타고 있던 박병용 국장과 동승했던 신문 기자가 크게 다쳤다. 신문 기자는 결혼을 일주일 남겨 놓은 예비 신랑이었다. 구급차를 타고 전남대병원 응급실에 두 사람이 들어갔다. 그런데 수술 장비와 인력에 한계가 있어서 한 명씩 수술을 해야 하는 상황이 된 것이다. 박병용 국장은 고통 속에서도 젊은 기자에게 수술을 먼저 받으라고 양보했고, 자신은 그다음으로 수술을 받겠다고 했다. 그 덕분에 기자는 수술을 무사히 끝내고 회복할 수 있었다.

나중에 알고 보니 박병용 국장이 더 많이 다쳐서 목숨이 위태로운 위급한 상황이었다. 이때 수술을 집도했던 의사가 세월이 흐른 뒤에 전남대병원 원장이 되었다. 한번은 내가 박병용 국장을 모시고 같이 점심을 먹은 일이 있었다. 그때 옆에서 들은 이야기로는 그 당시 박 국장의 상처 부위를 열어 보니 뼈가 하도 많이 부서져서 도저히 수술을 할 수 없는 상황이었다고 한다. 할 수 없이 뼈를 이리저리 얽은 채로 봉합할 수밖에 없었단다. 천만다행으로 그게 제대로 자리를 잡아 붙었고, 박 국장의 사례는 학계에서 아주 예외적인 모델케이스로 써먹을 정도라는 말을 전해 들을 수 있었다. 그런 말을 들으면서도 박병용 국장은 호기롭게 웃을 뿐이었다. 그 정도로 카리스마가 대단한 분이었다.

바로 이 박병용 국장이 나를 신임하고 좋아해 주었다. 그러던 와중에 나는 능력을 인정받아 사무관(5급)에서 서기관(4급)으로 승진하게 되었고 곧바로 부산 한국해양대학교 서무과장으로 나가게 되었다. 서무과장으로 근무한 지 6개월 정도 지난 어느 날, 교육부 총무과장이 나를 불렀다.

"박병용 국장님한테 연락이 왔다. 이 과장을 의무교육과장으로 달라고 하는데, 어떻게 생각해?"

"네?"

나는 일말의 망설임도 없이 곧바로 대답했다.

"과장님, 절대 안 됩니다! 안 된다고 해 주십시오!"

총무과장은 크게 놀라는 눈치였다. 내가 당연히 수락할 줄 알았던 것이다.

"정말 그래? 그럼 곤란한데……."

장관의 신임을 받고 있는 잘나가는 국장이 일을 더 열심히 해 보겠다고 멀리 있는 나를 달라고 하는 상황이었다. 당연히 감사한 일이다. 나를 필요로 하는 상사가 있다는 것이 얼마나 행복한가. 교육부 본부의 과장이 되는 일은 서기관급에서도 영광된 자리이고, 또 열심히 하면 승진의 기회가 있는 자리이므로 공무원이라면 환호하며 기뻐할 일이라고 할 수 있다. 서기관 승진 6개월 만에 다시 본부로 영전을 시켜 주는 파격적인 인사였다. 그만큼 내가 필요하다는 말이기도 했다. 그러나 나는 그 소리를 듣자마자 그럴 수 없다고 반응한 것이다.

부산에서 서울로 박병용 국장을 직접 찾아갔다. 국장은 반갑게 나를 맞아 주었다. 아마도 내가 자신의 제안에 기쁘게 응답하리라는 기대를 했던 것 같다.

"국장님, 아니 제가 앞으로 공무원 생활 하라고 하시는 겁니까, 아니면 말라고 하시는 겁니까? 저를 의무교육과장으로 달라고 하셨다면서요?"

"그래, 맞아. 내가 함께 일하려고 이 과장을 달라고 했지. 이 과장만큼 일 잘하는 사람이 어디 있어?"

"네, 국장님. 그 부분은 정말 감사하게 생각합니다."

나는 진지한 태도로 말을 이어 나갔다.

"그런데 교육부 과장 되는 게 하늘의 별따기잖습니까. 제가 앞으로 공무원으로 살 날이 까마득한데 서기관 승진 6개월 만에 다시 교육부 과장으로 영전을 해서 돌아오게 되면, 저보다 먼저 승진해서 교육부를 떠나 외곽에 있는 선배 스물두 분이 전부 저하고 적대 관계가 됩니다."

나는 간절하게 말씀을 드렸다.

"저 좀 살려 주십시오. 선배들이 있는데 제가 들어가면 아무리 일을 잘해도 누가 저를 곱게 보겠습니까?"

내 속마음이 바로 그랬다. 일은 혼자서만 하는 것이 아니다. 주변 사람들과의 인화도 매우 중요한 덕목 중 하나이다. 특히나 조직 생활을 할 때에는 늘 겸손한 자세로 주변과의 어울림도 생각하면서 관계를 맺어 나가야 한다. 총무과장의 말을 들었을 때, 바로 그런 상황이 예상되었고 당연히 선배들에게 먼저 기회가 돌아가야 한다는 생각을 했던 것이다. 또 시간이 걸리더라도 정당한 수순을 밟아 가며 많은 사람의 신뢰가 바탕이 된 후에 영전하는 것이 길게 보면 중요하다는 생각을 했다. 이처럼 나에게는 나름대로의 이유가 있었다. 나는 그 당시 서울시교육청에 근무하는 선배를 나 대신 추천했고 결국 그 선배가 발령을 받게 되었다. 일을 무사히 끝마치고 한국해양대학교로 돌아와 교육부 총무과장에게 그동안의 상황을 보고했다. 총무과장은 껄껄껄 웃으며 말했다.

"이기우니까 국장님이 이야기 들어줬지 다른 사람은 어림없다. 어느 상사가 자기 대신 다른 사람을 써 달라는 부하 직원의 청을 들어주겠나. 그만큼 국장님이 이 과장을 신뢰한다는 말도 되고. 참, 살다가 영전하기 싫다는 사람도 보네. 하하하."

교육부 과장이 북한 책을?

1989년 교육부 편수과장 시절의 일이다. 원래 편수과장이라는 직책은 교과서 개발을 지원하고 연구하는 등 대한민국의 교과서를 총 책임지는 자리이다. 직책을 맡고 업무 파악을 하고 보니 아쉬운 점이 눈에 띄었다. 우리 교과서에 북한 관련 정보나 자료가 부실하다는 점이었다. 아마도 보통의 공무원이라면 이런 쪽에는 손도 대지 않았을지 모른다. 괜히 긁어서 부스럼이 될까 싶어 움츠러들 수도 있다.

내 생각은 달랐다. 제대로 된 교과서를 개발해서 학생들에게 올바른 정보를 주기 위해서는 북한에서 발행된 책이 필요했다. 즉 국익을 위해서 북한 책이 필요하다고 판단했던 것이다. 그러나 우리나라에서 볼 수 있는 북한 책이 그 당시에는 거의 없었다. 통일부와 안기부(현재 국정원)를 통해 20~30년 전 북한 관련 책 몇 권을 손에 넣는 것이 고작이었다.

기회는 예상치 않은 곳에서 열렸다. 우연히 중국 연길에서 조선족을 대상으로 교과서를 만들어 파는 회사의 사장이 한국을 방문해서 나를 찾아왔다. 한국의 교과서와 교과서 행정에 관한 것을 알고 싶다는 요청이었다.

"여기 며칠 계실 예정이십니까?"

"네, 3일 정도 있을 것 같습니다."

"그러면 3일 뒤에 오시겠습니까? 제가 자료를 다 정리해서 드리겠습니다."

3일 뒤에 그 사장이 다시 왔을 때, 나는 교과서는 물론 교육과정에 대한 자료, 관련된 참고 도서 목록까지 리스트를 만들어 한 보따리 되는 자료를 건네주었다. 자료별로 띠지까지 붙여서 찾아보기 쉽게 하는 것도 잊지 않았다. 그러자 자료를 넘겨받은 이 사장이 큰 감동을 받아서 내 손을 잡는 것이 아닌가.

"감사합니다, 과장님. 이 정도로 꼼꼼하게 자료를 준비해 주실 줄은 몰랐습니다."

나로서는 모든 일에 진실하고 성실한 자세로 임한다는 평소의 지론을 그대로 실행한 것이었는데, 그쪽에서는 보통 감동을 받은 얼굴이 아니었다. 나 역시 기분이 좋았다.

"도움이 된다니 다행입니다."

"제가 도울 게 없습니까? 제가 이 은혜를 꼭 갚고 싶습니다."

그 말을 들으니까 갑자기 북한 관련 책 때문에 고생하던 생각이 났다.

"혹시 북한에 다녀오셨습니까?"

그러자 그 사장이 북한에는 밥 먹듯이 다닌다고 화답하는 것이 아닌가.

"아, 그래요? 그럼 북한 책 구할 수 있습니까?"

"힘들어도 제가 구하면 구해질 겁니다."

그렇게 해서 전화번호를 받고 중국 연길에 가면 연락하겠다고 악수를 나누고 헤어졌다. 그로부터 몇 개월 후에 정말로 중국에 가게 될 일이 생겼다. 몇몇 대학 학생들과 중국을 거쳐 일본을 여행하는 일정에 동행하게 된 것이다. 더군다나 중국 일정은 연길을 들러 백두산까지 가는 코스였다. 나는 미리 전화를 넣어 어느 날 어떤 호텔로 도착한다. 그때 부탁드렸던 책 준비되면 가져다주시면 감사하겠다는 말을 전했다.

그렇게 연길의 호텔에 도착하고 10분 뒤에 사장이 도착했다. 반가운 인사를 나누고 서른여덟 권이나 되는 책을 넘겨받았다. 나는 무척 기뻤다. 이제 우리도 북한 책을 연구 자료로 삼아 더 좋은 교과서를 만들 수 있을 거라는 생각이 들었던 것이다.

하지만 일은 그렇게 순탄치 않았다. 여행을 마치고 배를 통해 인천으로 들어오는 과정에서 난리가 났다. 내 가방에서 북한 책이 잔뜩 나오는 것을 보고 세관에서 입국 정지를 시킨 것이다. 그러나 나는 포기하지 않았다. 다행히 그 당시 편수관리관으로 모시던 박병호 국장의 친구가 안기부 요직에 과장으로 있는 걸 알았기에 일단 국장에게 전화를 걸어 공문을 발송하기로 했다. 불온한 생각으로 책을 들여온 것이 아니라 교과서 연구에 도움을 얻고자 들여온 사정을 적극 알려야 했다. 결국 그 뒤에 교육부 장관 명의로 정식 공문을 다시 보냈고 안기부장의 승인을 받았다. 교육부 내에 비밀에 준해서 보관하겠다는 약속을 하고 책을 들여왔다. 그렇게 들여온 북한 책은 추후 교과서를 개발하는 데 중요한 자료로 활용할 수 있었다.

아마도 시키면 시키는 대로 주어진 일만 하는 것이 공무원의 임무라고 생각했다면 절대로 시도할 수 없는 일이었을 것이다. 적극적인 공무원이 아니라면 누가 위험을 무릅쓰고 이런 일을 하려고 하겠는가. 그때 나에게는 국가에 대한 한없는 충성의 마음이 있었다. 그래서 공무원으로서의 자부심이 대단했다. 항상 주어진 일 이상을 해내겠다는 적극적인 집념과 의지로 충만했다. 북한 책을 들여온 일도 그런 집념과 의지의 결과였다.

Chapter *2*

100년에 한 번
나올까 말까 한
공무원

이 국장 막내가 고3이잖아

1995년에서 1996년까지 1년 동안 교육부 공보관으로 일했다. 신문 가판이 나오던 시절이다. 저녁에 가판이 나오면 새벽 본판이 나오기 전에 교육부와 관련된 과장, 오보 등을 전부 다 체크했다. 그리고 해당 신문사 야간국장을 찾아가서 기사를 아예 빼거나 수정을 요청해야 했다. 그다음 날 아침에 새로 나온 신문과 비교해서 어떤 내용이 어떻게 변했는지를 전부 정리해서 교육부의 해당 업무 담당 국장에게 통보했다.

나에게는 신문사 담당 국장을 설득하는 특별한 기술이 있었다. 기사를 조정함으로써 교육부가 이득을 얻는 것이 아니라 해당 신문사에 어떤 이득이 생기는지를 중점적으로 부각하면서 설득을 했던 것이다. 그러니 나에 대한 실국장이나 장차관의 의존도가 높아질 수밖에 없었다. 이 시절 에피소드를 풀자면 정말로 소설책 한 권이 될 것이다.

한번은 이런 일이 있었다. 나와 대학국장이 장관을 모시고 경남 창원대학에 가서 부산·경남 지역 대학 총장 간담회를 실시하게 되었다. A장관은 장관 전에 대학 총장까지 지낸 분이었다. 그러다 보니 장관으로 총장들을 만나는 자리에 마음이 편해져서 허심탄회한 이야기를 하게 되었다.

원래 그 자리에는 기자가 없었다. 처음부터 기자를 들이지 않는 자리로 만들었고 모두가 그런 줄 알고 있었다. 그런데 나중에 보니 KBS 기자가 있었던 것이다. 그런 사실을 전혀 알지 못한 채로 장관이 이야기하다가 그만 기자에 대한 불만을 털어놓게 되었다. 기자들이야 당연히 장관들과 긴장 관계일 수밖에 없고, 평소 그런 관계에서 오는 이러저러한 불만을 솔직하게 털어놓았다. 말하고 나서 장관도 아차 싶은 마음이 들었던 것 같다.

"여기는 뭐, 신문쟁이 없겠지요?"

그렇게 웃으며 말을 정리했는데 그때 내 예감이 이상했다. 다들 웃고 있는데 딱 한 사람만 표정이 달랐다. 옆으로 가서 조용히 말을 건넸다.

"혹시 이 대학 직원이십니까?"

그 사람의 얼굴이 벌게졌다. 나는 그를 복도로 데리고 나갔다.

"죄송하지만 소속이 어떻게 되십니까?"

"KBS 창원총국 기자입니다."

내 예감이 틀리지 않았다. 기자는 우연히 직원들 틈에 섞여 회의장에 들어오게 되었고 말석에 자리를 잡게 되었다. 그러다가 장관의 발언을 들은 것이다. 나는 곧바로 정중하게 고개를 숙였다.

"죄송합니다. 정말 죄송합니다."

그렇게 민감하게 반응할 수밖에 없었던 것은 전임 장관이 강연 자리에서 말실수를 하는 바람에 장관직을 그만두게 된 사건 직후였기 때문이었다. 그런데 이번에도 같은 일로 기자에 대한 서운함을 이야기했으니 구설이 생길 상황이었다. 기자의 비위를 건드린 것이니 마음을 다해 사죄하는 수밖에 도리가 없었다. 다행히 기자도 크게 문제 삼고 싶은 생각은 없는 것 같았다.

"알겠습니다. 못 들은 걸로 하겠습니다."

그렇게 일이 끝난 줄 알았지만 그게 아니었다. 이 기자가 3~4일 후에 도청 기자실에서 차를 마시다가 자기도 모르게 장관의 지난 발언에 대해 이야기를 꺼낸 것이다. 때마침 거기에 『연합뉴스』 주재 기자가 있었다. 그 발언을 듣자마자 '기자 수첩' 코너에 기사를 올리고 말았다. 중앙의 교육부 기자실에서 이 기사를 발견하고는 난리가 났다.

"공보관님, 큰일 났습니다! 빨리 들어오세요!"

내 밑의 과장 전화였다. 그때 국회에 나가 있던 나는 전화로 간단한 경과를 듣자마자 문을 뛰쳐나갔다. '큰일이다. 어떻게든 막아야 한다!'라는 생각으로 머릿속이 꽉 찼다. 우선 기자실에 바로 들어가면 안 되겠다는 생각이 들었다. 기자가 스물여덟 명인데 그중에서도 핵심 역할을 하는 기자 여섯 명이 있었다. 그 여섯 명의 기자에게 먼저 전화를 돌렸다.

"미안합니다. 제가 지금 기자실 들어가는데, 좀 도와주세요.

제가 공보관을 1년 했는데 막바지에 이거 잘못하면 어찌 되겠습니까?"

무조건 읍소하는 길밖에 보이지 않았다. 천만다행으로 기자들에게 장관의 말은 도전적이었지만 이기우 공보관은 돕자는 뜻이 있었다. 아마도 나와 통화를 한 여섯 명의 기자들끼리 상의가 있었던 모양이다. 하지만 자기들의 뜻만으로는 나머지 20여 명 기자들의 마음을 움직이기는 힘드니까 강수가 필요하다는 판단이 들었던 것 같다. 곧바로 기자들 중 한 사람의 전화가 왔다.

"공보관님, 기자실에 들어올 때 각오하고 들어오세요. 그리고 차분하게 대응하세요."

기자실에 들어가자 아니나 다를까 그 여섯 명 중 평소 친했던 두세 명이 갑자기 기자실이 떠나가라 소리를 질러 대기 시작했다.

"야, 공보관! 여기가 어디라고 들어와? 당장 안 나가?"

"우리를 이렇게 개망신시키고 당신이 들어올 자격이 있어? 빨리 안 나가?"

얼굴이 화끈거릴 정도의 막말이었다. 옆의 다른 기자들도 적극 동조하는 분위기였다. 나는 정신을 똑바로 차리고 그 소리를 견디며 90도로 고개를 숙였다. 그러고는 정중하게 말을 꺼냈다.

"잘못했습니다. 저를 죽이더라도 차분히 이야기는 한번 들어보고 하시면 안 되겠습니까?"

내게 소리를 질렀던 기자 중 한 명이 앙칼지게 말을 받았다.

"무슨 할 말이 있다고, 어?"

그러자 또 한 명의 기자가 말을 받았다.

"그래도 무슨 이야기인지 들어나 봅시다!"

내가 터놓고 자초지종을 이야기했다. 기자에 관한 장관의 발언은 실제 장관의 견해가 아니라 이러저러한 말들이 있다는 식으로 열거를 한 것에 불과하다고 설명했다. 진심을 담은 사과의 말도 함께였다. 내 말이 끝나자 잠시 침묵이 흘렀다. 어떻게 해야 할지 각자 생각에 빠진 듯했다. 그러자 여섯 명의 기자가 아니라 다른 기자 중 한 명이 말을 꺼냈다.

"이 국장 막내가 고3이잖아. 우리, 이기우 국장 보고 수습합시다."

그 자리에 있던 기자 중 반은 이미 기사를 3분의 2 이상 쓴 상태였다. 마무리해서 발송만 하면 되는 긴박한 상황이었다. 이번에는 기자 대표가 말을 받았다.

"기사 뺄 수 있으면 빼고, 만약 못 빼면 기자 대표인 제가 데스크한테 양해를 구하겠다고 말해 주세요."

그렇게 해서 결국 기사는 나가지 않았다. 이번 건은 다루지 않겠다는 확인을 받고 나서야 긴장을 풀 수 있었다. 정말 온몸에 힘이 다 빠진 기분이었다. 기자실 밖에는 차관까지 나와서 사태를 지켜보고 있었다. 나는 멀리서 잘됐다는 신호를 보냈다. 만약 기자들이 평소 나에게 신뢰를 갖지 못했다면 일이 어떻게 되었을까. 아들이 고3이라는 말이 통할 수 있었을까? 신뢰가 있었기에 그 말도 통할 수 있었다. 지금 생각해도 아찔한 순간이었다.

불편한 만남이 좋은 인연으로

공보관을 거쳐 1996년도에 부산시교육청 부교육감으로 발령 받았다. 정순택 교육감이 고등학교 선배였는데 부산시 교육감으로 자리를 옮기면서 장관에게 나를 보내 달라고 요청해서 이루어진 일이다. 그리고 얼마 안 있어 국정 감사가 시작되었다. 원래는 시도 교육청별로 국회의원들이 직접 와서 감사를 했는데 특이하게도 그해에는 부산·경남·제주·울산 네 군데 교육감이 부산시교육청에 모여 한꺼번에 국정 감사를 받게 되었다. 행정 일이라는 것이 대동소이해서 주로 감사를 받는 것은 주관 교육청인 부산시교육청의 일이 되었다.

그런데 이게 웬일인가. 국정 감사 하루 전에 그만 정순택 교육감의 맹장이 터지고 말았다. 직원들은 큰 혼란에 빠졌다. 그동안 교육감이 모든 자료를 소화하여 감사에 대비하고 있었는데 졸지에 교육감이 감사를 받을 수 없게 된 것이다. 할 수 없이 부교육감인 내가 나서야 하는 상황이 되었다. 다행히 교육부에서 다양한 직책을 맡으며 잔뼈가 굵은 내게 국감 자료를 내 것으로 만드는 것은 몇 시간이면 충분한 일이었다. 자만심에서 나온 말이 아니다. 정말로 그랬다. 애가 타는 표정으로 자료를 준비해 내게 보고하던 직원들도 깜짝 놀랐다. 국감 하루 전날 밤에 국감 자료 전부를 내 것으로 만들었기 때문이다.

드디어 감사 당일이 되었다. 국회의원들의 다양한 질문이 있었고 별 이상 없이 대답을 잘하면서 넘어가고 있었다. 그런데 김한길 의원 차례가 오자 분위기가 완전히 달라졌다. 그 당시는 초등학교 3학년에게 영어를 가르치는 정책으로 언론에서 말들이 많던 때였다. 특히 김한길 의원은 국정 감사 가는 곳마다 날카로운 질문으로 교육 관료들을 녹다운시키고 있었다. 나에게도 같은 방식으로 접근해 들어왔다. 아마도 부교육감이라는 직책 때문에 나를 무시하는 마음도 없지 않았던 것 같다. 질의응답을 계속하다 보니 시간이 갈수록 설득할 수 있다는 자신감이 들었다.

"이걸 왜 이렇게 급하게 추진하죠? 짧은 시일 안에 추진하면 당연히 문제가 생기지 않겠습니까?"

나중에는 그런 식으로 질의해 왔다. 하지만 나는 물러서지 않았다.

"의원님, 시험공부할 때 제일 공부가 잘될 때가 언제입니까? 시험 치기 전날 아닙니까? 발등에 불이 떨어지면 효과가 빨리

나타납니다. 그래서 이 정책도 가능한 겁니다."

이렇게 설명하자 김한길 의원이 더 이상 공격하지 않았다. 물론 나는 김 의원의 눈 밖에 났다고 생각했다. 한 마디도 지지 않고 대응을 했기 때문이다. 아무튼 나 때문에 다른 교육감들은 수월하게 넘어갈 수 있었다. 김한길 의원은 나중에 나와 악수를 나누면서 부교육감이 된 지 얼마나 됐느냐고 물었다. 몇 개월 안되었다고 했더니 고개를 끄덕이며 "그래요?" 하면서 헤어졌다. 김한길 의원과의 인연은 그것으로 끝인 줄 알았다.

그리고 세월이 흘러 안병영 장관 때 나는 교육부의 지방교육행정국장으로 발령받았고, 그사이 김대중 정권이 들어서면서 대통령직인수위원회가 만들어졌다. 1998년 1월 1일부터 2월 28일까지 인수위를 운영하는데 그때 부처별로 인수위에 국장급 전문위원 한 명씩을 추천받았다. 교육부에서는 1, 2번으로 유력한 국장 둘을 추천했다. 보통 인수위에 다녀오면 차관이 되는 것은 당연한 일처럼 여겨지는 분위기였기에 신중하게 추천을 한 상황이었다. 그런데 이게 웬일인가? 뚜껑을 열고 보니 추천한 국장을 제치고 내가 전문위원으로 선정된 것이 아닌가.

아무리 생각해도 영문을 알 수가 없었다. 결국 뒤에 알게 된 사정은 이러했다. 국회 사회·문화분과위원으로 여섯 명이 있었는데 그중 한 명이 바로 김한길 의원이었다. 김한길 의원이 교육부를 담당하면서 추천된 전문위원 후보를 봤더니 둘 다 자신이 모르는 사람이었던 모양이다. 그래서 그 당시 몇몇 교육부 인사를 통해 다른 사람 추천을 부탁했다. 그중 한 명이 우연하게도 이기우라는 이름을 거명하게 되었고, 그 소리를 듣자마자 김한길 의원이 "알았습니다!" 하고 전화를 끊었다고 한다. 그리고 바로 내가 인수위에 발탁이 된 것이다. 부산시 국정 감사 때 만났던 김한길 의원에게 내가 일 잘하는 사람으로 각인되었을 줄 어떻게 상상이나 했겠는가. 자신의 질문을 꿋꿋이 견뎌 내고 부교육감의 임무를 적극적으로 수행한 것이 좋은 이미지로 남았다니……. 인연이 그렇게 이어지고 있었다. 이 일은 내 인생에 있어서 또 다른 중요한 인연으로 이어지는 계기가 된다.

달라진 게 뭐 있어요?

1998년 대통령직인수위원회 전문위원 자격으로 참여하게 되면서 제일 먼저 한 일은 대통령이 5년 동안 추진해야 할 100대 과제를 만드는 일이었다. 부처별로 3~4개씩 만들라는 지시가 내려왔다. 과제를 만들기 위해 교육부의 두뇌라고 할 수 있는 과장과 국장을 전부 모았다. 그렇게 마라톤 회의를 하여 꼭 필요한 12개의 안을 만들었다. 12개 안 모두 교육부로서는 반드시 추진해야 할 사안이었기에 12개 모두를 보고하기로 했다.

그 당시 인수위의 위원장은 따로 있었고, 부위원장 격이 바로 이해찬 의원이었다. 하지만 이해찬 의원이 실질적인 주무위원이나 마찬가지였다. 마침내 보고를 하게 되었는데 각 부처의 전문위원들이 벌떼처럼 달려들어서 교육부의 안을 조목조목 반박하는 것이 아닌가. 물론 회의와 토론을 통해 더 좋은 안을 만들어 내는 과정은 필요했지만, 나중에는 이해찬 의원까지 나서서 교육부 안을 하나하나 지적하기 시작하자 나는 속에서 열불이 났다. 솔직히 말하자면 교육에 대한 경험도 없는 다른 부처의 위원들이 교육에 대해서 알면 얼마나 알겠는가 하는 마음도 없지는 않았기에 마음이 많이 상했다. 삐걱대는 소리를 내며 진행된 회의 마지막에 이해찬 의원이 왜 3~4개의 안이 아니라 12개나 되는 안을 들고 왔느냐고 몰아쳤다. 거기에 대해서는 더 이상 할 말이 없었다.

"새로 해 오세요."

"알겠습니다."

교육부로 돌아오면서 나는 면목이 없었다. 내가 12개 안을 준비시켰는데 관철을 못 시켰으니 모두가 내 책임이나 마찬가지였다. 다시 국장과 과장 들을 소집했다. 하지만 아무리 다시 봐도 12개 안을 4개로 축소시킨다는 것은 불가능했다. 회의를 거듭한 끝에 안을 축소시키지 말고 12개 안을 4개 안 속에 녹여 넣겠다는 전략을 세웠다. 그러면 실질적으로는 12개 안이 모두 관철되는 것이나 마찬가지라는 판단이었던 셈이다. 다시 보고를 하게 되었는데 여기서 기절초풍할 일이 생겼다. 다른 사람들은 안이 어떻게 바뀌었는지 전혀 알지 못한 채로 4개 안을 통과시키려는 분위기였다. 그때 이해찬 의원이 제지를 했다.

"이거 달라진 게 뭐 있어요? 저번 거에 비해 개수만 줄어들었는데?"

심장이 쿵 하고 내려앉는 기분이 들었다. 이해찬 의원을 다시 보게 된 순간이었다. 지난번에 그렇게 말이 많았던 다른 부처의 전문위원들은 아무도 몰랐다. 오직 이해찬 의원만이 이전 내용을 전부 기억하고 이 안이 달라지지 않았다고 정확하게 지적한 것이다.

그러나 나도 이대로 물러설 수는 없었다. 정책 입안자로서의 오랜 고민과 자존심이 담긴 안이었기에 12개의 과제를 꼭 통과시키고 싶었다.

"네, 다시 하겠습니다."

그렇게 고개를 숙이고 나오면서 회의실 참석 인원에게 보여 준 자료를 전부 다시 걷어 왔다. 보통 나눠 준 자료는 그대로 두고 내 자료만 챙겨 나오는데 거기 있던 자료 전부를 회수해 온 것이다.

'좋다. 다시 검토해 보자.' 하고 돌아왔지만 다시 국·과장들을 불러 모을 수는 없었다. 밤을 새워 내용을 다시 마련했다. 12개의 안을 4개로 다시 만든 이 안이 교육부에 꼭 필요한 과제라는 판단이 없었다면 그렇게까지 추진하지도 않았을 것이다. 교육부를 대표하는 전문위원이라는 책임감으로 아무리 원점에서 재검토를 해도 크게 뺄 것이 없었다. 그렇다면 답은 하나였다. 보고서를 바로 내지 않고 버텼다.

시간이 지나자 인수위원회의 실무자가 교육부 쪽 자료가 넘어오지 않는다고 야단이었다. 나는 태연하게 맞받아쳤다.

"독촉한다고 그렇게 쉽게 만들어집니까?"

"당장 내일이 당선자께 보고하는 날인데 어떻게 하실 겁니까?"

내 복안은 따로 있었다. 데드라인까지 버티다가 교육부의 안을 넘기면 자연스럽게 기존의 교육부 안이 100대 과제에 포함되어 통과될 것으로 생각했다.

예상대로 마지막 날 제출된 교육부의 안은 결국 100대 과제에 자연스럽게 포함되었다. 그런데 이게 웬일인가. 내가 모셔야 할 새 정부의 교육부 장관으로 이해찬 의원이 오게 된 것이다.

이기우는 찍혔다

이해찬 의원이 교육부 장관으로 취임하면서 '이제 나는 죽었구나.'라는 생각이 들었다. 거친 표현 같지만 이 말은 부인할 수 없는 진실이었다. 인수위 시절 그렇게나 내 주장을 꺾지 않았으니 이해찬 장관의 눈 밖에 났을 거라는 생각은 다섯 살짜리 어린애도 할 수 있는 판단이 아니겠는가. 이해찬 장관은 취임 일성으로 "실국장 인사를 6개월 뒤에 하겠다."라고 선언했다. 이미 미운털이 박힌 나로서는 한숨 돌릴 여유가 생긴 셈이지만 그래도 결과가 뒤바뀔 리는 없었다.

실제로 겪어 보니 이해찬 장관은 정말로 일을 열심히 하고, 또 잘하는 장관이었다. 그가 취임하고 난 뒤 교육부에서는 매주 토요일 오후 2시, 일요일 오후 2시 두 차례씩 정책 토론회가 열렸다. 교육부 내 관련 담당자와 과장, 국장, 실장 들이 모여서 업무별·부서별로 장관과 함께 벌이는 집단 토론회였다. 예를 들면 이런 식이었다. 대학입시제도에 대한 토론이라면 해당 업무와 관련된 사무관, 과장은 물론이고 나머지 국장 이상은 의무적으로 들어가는데, 보통 스무 명 이상이 장관실에서 담당 과장이 배부한 자료를 보고하고 토론하는 형식으로 회의를 진행하는 것이었다. 이해찬 장관은 책상 위에 큰 백지를 놓아두고 궁금한 것이 생기면 질문하고, 답변이 나오면 메모하고, 참석자들 간에 의견이 갑론을박 이어지면 백지 위에 그것을 다시 찬반으로 정리해 가면서 전체 회의 내용을 이끌어 나갔다.

토론을 하다 보면 의견이 완벽하게 일치되지 않고 견해차로 충돌하는 것은 당연한 일이었다. 그럼에도 불구하고 보통 회의를 해 보면 아무리 서로 의견이 다른 사람들이라고 하더라도 큰 틀에서 30~40%는 일치하기 마련이다. 나머지 내용은 다시 두 가지 정도로 나뉜다. 몇 가지 문제만 보완한다면 합의 가능한 것이 30~40%, 합의가 완전히 불가능한 의견이 다시 30~40% 정도. 이럴 경우 이해찬 장관의 일처리는 그야말로 실용적이고 능률적이었다. 일단 그 자리에서 총론은 확정시키고 안 된다는 부분은 아예 제외시켜 버린다. 그리고 지금 당장 의견이 다른 것들만 골라서 다음 회의로 넘기는 식이다.

그렇게 다음 회의를 진행하여 앞선 회의에서 넘어온 의견에 반대가 다시 50~60% 정도 되면 떼어 버리고, 지지가 50~60% 정도까지 확보되면 새로운 정책을 출범시킨다. 그러면서 보완해 가는 것이다. 이렇게 효율적으로 회의를 반복하면서 답을 만들어 가는 과정은 교육부 공무원들로서도 처음 해 보는 고도의 과외 수업이나 마찬가지였다. 장관은 교육부 전반의 업무를 파악하고, 공무원들은 새로운 정책을 개발하는 장이 되었던 이 토론회는 총 65회가 열렸다.

그런데 토론을 하다 보니 문제가 있었다. 6개월 뒤에 인사를 하겠다는 장관의 말이 있고 보니, 실국장들이 대체로 장관의 입맛에 맞는 말만 하는 부작용이 생겼다. 반면 나는 달랐다. 이왕 장관의 눈 밖에 났으니 눈치를 볼 이유가 없었다. 내가 판단하기에 분명히 안 되는 일에 대해서는 반대 의견을 밝혔다. 그러다 보니 회의 내내 안 된다는 말을 거리낌 없이 하는 사람이 유일하게 나 혼자가 된 것이다. 걱정이 없었던 것은 아니다. 혹시라도 다른 사람들이 '고시 출신이 아니니까 저렇게 막 나가는구나.' 혹은 '아예 장관 눈에 들 생각을 포기하고 무조건 반대하는구나.' 하는 생각을 할까 봐 염려했던 것도 사실이었다. 하지만 나는 나대로 할 역할이 있다고 믿었다. 지금까지 사리사욕을 위해 어떤 결정을 내린 적이 있었던가. 아니면 누군가의 눈에 들기 위해 양심에 걸리는 판단을 내린 적이 있었던가. 스스로 자문하여 부끄러움이 없다면 내 행동의 원칙을 끝까지 지켜 나가는 것이 중요하다고 생각했다. 토론 과정에서 나는 내 원칙을 그대로 지켰다.

이런 일이 반복되고, 시간이 흐르면서 내가 곧 자리에서 물러나게 될 것이라는 소문은 더 퍼져 나갔다. 심지어 기자들에게도 떠돌게 되었다. 한번은 장관을 모시고 기자들과 술자리를 가진 적이 있었다. 화장실에 다녀오자 이해찬 장관이 기다렸다는 듯이 말을 꺼냈다.

"이 국장, 잘 왔어."

"아, 네."

"이 국장 말이야, 내가 나중에 국회로 돌아가면 반드시 이 국장은 혼을 내 줄 거야."

갑자기 무슨 말인가 싶었다. 아마도 내가 없는 와중에 기자들 사이에서 내 이야기가 나왔던 모양이다. 그 자리에는 내가 공보관 할 때의 신문사 기자들도 있었다. 그중에는 자신들이 믿고 한 시절을 친하게 같이 보낸 내가 장관에게 미움을 받고 있는 상황을 받아들일 수 없던 기자도 있었다.

"장관님, 그게 무슨 소립니까? 왜 이 국장을 혼내 준다는 겁니까? 이 국장이 얼마나 뛰어난 공보관이었는지 아십니까!"

이렇게 기자가 장관에게 정색하면서 항의하는 것도 이례적인 일이었다. 이해찬 장관 역시 술이 좀 오른 상황이었기에 정말로 기자들과 싸움이 일어나기 직전의 상황까지 갔다.

나중에 이 사건이 있고 난 뒤 곰곰이 생각해 보니 이런 일들이 나쁜 일만은 아니었음을 알게 되었다. 이해찬 장관으로서는 무수한 토론과 회의를 거치면서 내가 맷집이 있다는 것을 알게 되었다. 그런 이유로 일부러 나라는 사람이 어떤 사람인지 확인하려고 했던 기간이 바로 이 기간이었던 것이다. 물론 나는 그런 상황에서도 흔들림 없이 성실하게 내 할 일을 해 나갔다. 술자리에서 그런 사건이 있은 다음 날부터 기자들 사이에서 소문이 돌기 시작했다. 장관에게 내가 확실하게 찍혔고, 지방교육행정국장이라는 내 직책이 곧 다른 사람으로 바뀔 거라는 확신에 찬 소문이었다.

교육부의 맨파워를 증명하다

금방이라도 인사 조치가 이루어질 것 같은 분위기였지만 술자리 이후 한 달이 지났는데도 내 직책은 그대로였다. 나중에 들은 이야기지만 이때 이해찬 장관은 나에 대한 신뢰를 한창 저울질하던 때였던 것 같다. 한번은 친한 사람의 초대로 저녁을 먹게 된 일이 있었다. 식사 말미에 지인은 나에게 이런 말을 꺼내 놓았다.

"니 자리 옮긴다던데 안 옮기나? 잘린다던데?"

"내도 모르겠다."

나는 그렇게 대답할 정도로 이미 마음이 자유로웠다. 그럼에도 불구하고 나는 내가 할 일은 철저하게 해야 한다고 생각했다. 거제교육청에서 불성실한 태도 때문에 시설계로 자리를 옮겨 세

달을 먹지에 글씨만 썼던 때의 기억이 떠올랐다. 그때와 같은 마음이었다. 언제 일을 그만두더라도 이기우는 맡은 일만큼은 최선을 다해 할 줄 아는 사람이라는 신뢰를 주고 떠나야겠다는 생각을 했다. 그런데 이상한 일이 계속됐다. 기획관리실장이 할 일도 나한테 시키는 일이 잦아지는 게 아닌가. 물론 일이 주어지면 '되면 된다, 안 되면 안 된다'는 것을 분명히 했다. 되는 일은 끝까지 관철시켜 해냈고, 장관에게 확실하게 보고했다. 이런 일이 반복되자 이해찬 장관이 나를 다시 보기 시작했다. 결정적인 사건은 얼마 뒤에 일어났다.

시간이 지나 대통령 업무 보고가 닥쳐왔다. 부처마다 보고가 이루어지고 교육부가 마지막 보고를 하기로 배정되었다. 이때 대통령은 보고를 받고 질문을 하게 되어 있는데, 이 질문을 미리 여섯 개 정도 만들어서 대통령께 보고드리는 것이 관례였다. 그러면 이 질문에 배석한 교육부 공무원이 답을 하게 되어 있었다. 마지막 한 꼭지는 대통령이 질문이나 건의할 것이 더 이상 없느냐는 말을 했을 때 정해진 부처의 대표 선수가 건의하는 것으로 보고가 마무리되는 수순이었다. 바로 이 마지막 질문을 교육부를 대표하는 국장이 하게 되었다.

보고 당일 12시, 국무위원 식당에 모여 대통령 업무 보고 최종 점검에 들어갔다. 보고까지는 두 시간이 남은 상황이었다. 그런데 마지막 건의를 하기로 한 해당 국장의 발언 내용이 장관의 마음에 들지 않았던 모양이었다. 갑자기 이해찬 장관이 말을 꺼냈다.

"이거 이기우 국장이 대신 해 보세요."

그때가 12시 30분이었다. 한 시간 반을 남기고 대통령께 보고하는 사람을 바꾸고, 그 내용까지 새로 준비하라는 지시였다. 당연히 놀랄 수밖에 없었다. '일부러 나를 골탕 먹이려고 장관이 이러는 것인가.' 하는 생각까지 들 정도였다. 하지만 나는 곧 마음을 바꿔 먹었다. 어찌 되었든 내게 맡겨진 일이라면 충실하게 수행하는 것이 내 몫이라고 생각했다. 장관의 말을 듣고 곧바로 떠오른 생각을 말씀드렸다.

보고가 시작되고 다른 사람들은 한 명의 예외도 없이 보고서에 적힌 내용을 보고 읽는 식으로 진행됐다. 하지만 나는 자료를 만들 시간이 없었기 때문에 머릿속에 있는 그대로 이야기를 풀어 나가야 했다. 드디어 교육부의 보고가 끝나고 몇 차례의 질문과 응답이 이루어진 뒤에 내 차례가 되었다.

"지방교육행정국장 이기우입니다."

늘 하던 대로, 편안한 마음으로 말을 풀어 나가기 시작했다.

"제가 부산에서 부교육감을 하면서 경험한 일을 먼저 말씀드리겠습니다. 해운대 신시가지에 그 좋은 환경의 아파트를 지었지만 처음에는 분양이 되지 않았습니다. 제가 그때 부교육감으로서 문정수 부산시장과 정순택 교육감에게 건의를 했습니다. '아파트 단지 안에 학교를 짓되, 교육에 관해서는 최상의 학교를 만들어서 부산시의 우수한 교사를 배치하는 겁니다. 그렇게 학교를 중심으로 홍보하면 분양 문제가 잘 풀릴 겁니다.'라고 말입니다."

이렇게 말을 풀어 나가자 회의장의 모든 눈길이 내게 집중되는 것이 느껴졌다.

"시장이 '그거 좋은 생각이다. 우리 한번 해 보자.' 이렇게 받아 주었습니다. 그래서 학교를 최고 시설로 지어서, 또 최고의 선생님을 배치하여 개교했더니 이게 소문이 나서 나중에는 아파트에 프리미엄이 붙고 엄청난 관심이 집중됐습니다. 대통령님, 대단위 아파트를 지을 때 교육 시설이 주민들의 가장 큰 관심사입니다. 제대로 할 수 있도록 정책을 마련해야 합니다. 그 하나의 방법으로 업자가 부담금을 내고 또 나머지는 지방교육자치단체가 분담해서 교육 시설을 잘 지었으면 합니다.

제가 평소에 건설교통부 관료들하고 부딪치는 게 실은 이 문제입니다. 늘 학교는 인적이 드문 한적한 곳에 배치되는데, 사실은 주거 지역 중앙에 짓는 게 가장 좋다고 생각합니다. 단적으로 보자면 옛날에는 화장실을 먼 곳에 두었는데 지금은 다 교실에서 가장 가까운 거리에 두고 있습니다. 그런 뒤로는 쉬는 시간에 화장실 가는 시간이 단축되어서 아이들이 너무 좋아합니다. 초등학교 병설 유치원의 경우는 아예 교실 안에다 화장실 시설을 해 줍니다. 이렇게 하면 아이들이 바뀌고 학교가 바뀝니다. 그렇게 지역사회와 학교가 소통할 수 있도록 하기 위해서는 기존의 편견을 뛰어넘어야 합니다."

김대중 대통령을 마주 보고 이렇게 말하니까 대통령이 고개를 끄덕이며 내 말을 경청하고 있다는 것이 분명하게 보였다. 이해찬 장관 역시 그걸 느꼈던 것 같다. 나는 마지막 말을 덧붙였다.

"교육에 관한 것은 미래에 대한 투자입니다. 교육을 위한 투자는 어떤 부분보다도 우선되어야 합니다. 대통령님께서 각별한 관심을 가지고 챙겨 주셨으면 좋겠습니다."

내 말이 끝나자 고개를 끄덕이던 김대중 대통령은 그 자리에서 김종필 총리에게 말을 건넸다.

"이 문제는 총리가 맡아서 책임지고 하세요."

"네, 그렇게 하겠습니다."

곧이어 대통령의 마무리 말씀이 끝나고 참석한 사람이 모두 일어나서 인사를 하는 시간이 되었다. 이해찬 장관이 내게 다가오더니 환한 얼굴로 말하는 것이 아닌가.

"이 국장, 잘했어요."

그날 저녁에 고생한 간부가 모두 모여서 저녁을 먹었다. 그 자리에서 나는 처음으로 이해찬 장관에게 공식적인 인정을 받았다.

"교육부의 맨파워가 재경부 등 경제 부처에 비해 떨어지는 줄 알았는데 와서 경험해 보니까 교육부 대단해요!"

이때를 계기로 이해찬 장관은 나를 무한히 신뢰하게 되었다. 대통령 보고가 끝나고 다른 부처의 관계자들이 한결같이 교육부가 제일 잘했다 하고, 장관하고 악수하는 사람마다 교육부가 1등이다 해 주니까 정말로 기분이 좋았던 것이다. 정말로 한 편의 각본 없는 드라마였다. 하지만 나로서는 늘 하던 대로 내가 맡은 일을 충실히 하다 보니 얻게 된 자연스러운 결과이기도 했다. 바로 이 이해찬 장관으로부터 나중에 "100년에 한 번 나올까 말까 한 공무원이다."라는 말을 듣게 되었으니 사람의 일이라는 것은 정말 끝까지 지켜보지 않으면 모를 일 아닌가.

정년 단축의 비밀

이해찬 장관 재임 중에 한국 교육에 많은 변화가 있었다. 고교 야간 자율학습, 모의고사, 보충 수업 폐지 등의 일이 바로 이 시기에 추진된 일들이다. 특히 많은 사람에게 이해찬 장관 시절 가장 기억에 남는 정책 하나만 꼽으라면 아마도 '하나만 잘하면 대학에 가게 하겠다'는 기치를 내걸었던 입시제도의 변화일 것이다. 그러나 이것은 언론에 의해 잘못 소개된 예 중 하나이다. 하나만 잘해도 대학에 갈 수 있다는 것이 아니라 '다 잘해야 하지만 그래도 하나만은 더 잘하는 게 있어야 한다'는 의미였지만 기자들이 그렇게 자세하게 기사를 내주지는 않았다.

그 당시 이해찬 장관이 누구에게든 거침없이 말하는 스타일이었기에 장관에 대해서 적극적으로 변호하는 기자가 많지 않았던 것이 문제였다. 그런 의미에서 이해찬 장관은 언론을 타면서 피해를 본 케이스라고 할 수 있다.

이 시기 더 중요한 것은 교원 정년을 65세에서 62세로 낮춘 일이었다. 이 정책을 추진할 때 한 가지 숨겨진 일화가 있다. 그당시 이해찬 장관의 생각은 단계적으로 정년을 64세, 다시 63세까지 줄이는 것이 목표였던 것으로 알고 있다. 하지만 그런 단계를 밟기에는 김대중 대통령의 의지가 너무 강했다. 단칼에 60세로 줄이기를 원하셨기 때문이다. 더군다나 국정 과제 속에 이 문제는 포함이 안 된 상황이었다. 결과적으로는 교원 정년 조정의 문제는 반드시 국정 수행 과제에 들어가야 했는데 빠진 셈이 되었고, 이것을 확인한 대통령이 엄청 화를 내게 된 배경이 있다.

게다가 그 당시 기자들은 대체로 자녀들이 초등학교 1, 2학년인 경우가 많았다. 학부모 입장에서 젊은 선생님이 아무래도 아이들 교육에 적극적일 것이라고 생각했는지, 기자들이 똘똘 뭉쳐서 이 안이 국정 수행 과제에 들어가지 않은 것으로 대통령을 강력하게 성토하는 분위기가 만들어진 것이다.

아무리 김대중 대통령과 이해찬 장관의 관계가 돈독해도 이 분야만큼은 대통령의 의지가 워낙 강하셨다. 다만 대통령은 60세를 원하셨지만 이해찬 장관이 정치권과 겨우 타협하여 62세로 조정하게 되었다. 하지만 이해찬 장관은 지금 이때까지 그 당시 교원 정년 조정이 대통령의 의지라는 걸 한 번도 입 밖에 낸 적이 없다. 모든 것을 자기 책임하에 결정한 것으로 하고 언론을 비롯한 교원 단체의 온갖 돌팔매를 자기가 받아 막고 끝까지 대통령을 지킨 것이다.

이런 일을 겪으며 나 역시 차츰 이해찬 장관을 더욱 남다르게 생각하게 되었다.

교육부의 꽃,
기획관리실장이 되다

많은 사람이 알기로는 이해찬 장관이 나를 워낙 아꼈기에 교육부 기획관리실장으로 발령한 사람도 이해찬 장관으로 알고 있지만 여기에는 약간의 착오가 있다. 물론 애초에 나를 기획관리실장으로 발탁하려고 했던 분은 이해찬 장관인 것이 맞다. 하지만 내가 기획관리실장으로 발령받은 것은 그 한참 뒤의 일이다.

저간의 사정은 이러하다. 어느 날, 교육부 차관이 이해찬 장관이 나를 기획관리실장으로 앉히려고 한다는 말을 전했다. 나로서는 정말 꿈에도 생각지 못한 자리였다. 감사했지만 조금 벅찼다고 할까. 교육부에서 장관, 차관 다음이 바로 기획관리실장이라는 자리이다. 나는 차관한테 이렇게 말했다.

"차관님, 제가 어떻게 기획관리실장을 한단 말입니까. 지금 현직 실장이 제 선배인데. 아닙니다, 그 자리는 제가 갈 자리가 아 닙니다."

며칠이 지나고 다시 차관이 나를 불러 하는 말이 아무리 생각 해도 내가 실장을 해야 한다는 말이었다. 그래도 역시 안 한다고 말하니 차관이 대뜸 화를 냈다.

"그럼 항명하겠다는 겁니까?"

그때는 이미 장관이 총무과장을 시켜서 원래 있던 기획관리실 장을 한국교직원공제회 이사장으로 보내려고 일을 착착 진행하 고 있던 터였다. 밖에는 내가 기획관리실장으로 내정됐다는 소 문이 파다하게 퍼진 뒤였다. 여기저기서 축하 전화가 걸려 왔다. 그런 와중에 장관이 바뀌게 된 것이다. 장관이 바뀌니까 그 당시 한국교직원공제회 이사장으로 있던 분이 자신과 친한 연줄을 타 고 전화를 걸어 이야기를 꺼냈다. 장관도 바뀌었는데 그 인사를 꼭 진행해야겠냐고 말이다. 이러저러한 경로를 거쳐 내 인사에 관한 말은 새로 부임한 김덕중 장관에게까지 전해졌다. 얼마 지 나지 않아 장관이 나를 불렀다.

"이 국장, 실장으로 내정되어 있는데, 안 하려고 애를 썼다는 데 지금도 그 마음에 변함이 없습니까?"

"네, 저 진짜 안 하고 싶습니다. 국장 더 하고 싶습니다."

"그래요?"

결국 내 인사는 다시 원점으로 돌아가게 되었다. 이미 장관직 을 떠난 이해찬 장관으로서는 자신이 장관을 그만둔 것도 마음 이 좋지 않은데, 자기가 해 놓고 나간 인사가 도루묵이 되자 더 욱 화가 난 것 같았다. 그래서 어떻게든 나를 자기 가까운 곳에 데려가려고 힘을 썼고 결국 당에서 연락이 왔다. 수석전문위원 자리를 하나 만들어 났으니 당으로 들어오라는 이야기였다. 나는 그동안의 사정은 알지 못했지만 가야겠다는 결심을 굳히고 준비를 마쳤다. 마침내 당에서 공식적으로 공문이 왔다.

그러자 김덕중 장관이 다시 나를 불렀다. 그 당시 나는 교육자 치지원국장으로 일하고 있었는데 여전히 교육부 내에서 나에 대한 의존도가 높은 상황이었다. 김덕중 장관이 나를 불러 진지하게 말을 꺼냈다.

"꼭 가야 되겠어요?"

"네, 제가 교육부 대표 선수로서 당으로 가서 교육부 일을 돕겠습니다."

"좀 더 신중하게 생각해 보면 안 되겠습니까?"

"네, 장관님이 그렇게까지 말씀하시면 더 생각해 보겠습니다."

장관은 그래도 미덥지 못했는지 그다음 날 다시 나를 불러 이번에는 분명하게 나를 잡았다.

"가지 말고 나 좀 도와주세요. 아무리 생각해도 이 국장이 빠지면 내가 힘들겠습니다."

"그러면 저쪽에 1급 자리 하나를 놓치게 되는데 괜찮으시겠습니까?"

"1급 자리 하나 놓쳐도 이 국장 없으면 일이 안 되겠어요."

결국 그 파견 자리는 보건복지부 쪽으로 넘어갔고, 계속 국장으로 일한 지 4개월 만에 나는 마침내 김덕중 장관 밑에서 기획관리실장으로 발령을 받게 되었다. 순리를 따르며 최대한 선후배의 도리를 지키려 노력한 끝에 얻은 결과였다. 이제는 더 이상 자리를 거부할 수 없게 되었다는 생각이 들었다. 고졸 출신 9급 공무원이 교육부의 쟁쟁한 고시 출신 공무원들을 제치고 서열 3위, 교육부의 꽃 기획관리실장에 오르게 된 순간이었다.

대한민국 1급이 이것밖에 안 돼?

김대중 대통령이 역사에 어떻게 기록될 것인지는 내가 왈가왈부할 것은 아니지만 교육 분야에 있어서는 높은 평가를 받아야 한다고 나는 생각한다. 그 핵심에는 소위 말하는 '7.20 교육여건 개선 추진 사업'이 있다. 2001년 7월 20일, 초중고 교원을 2만 3천6백 명 증원하겠다는 정책이 발표된다. 3년 동안 1,208개 학교를 신설해서 학급당 학생 수를 35명으로 줄이겠다는 혁명적인 결정이었다. 이것을 적극적으로 추진한 분이 바로 김대중 대통령이었다. 총 소요액만 16조 원이 들어가는 교육 환경 대수술 작업이었다. 그리고 이 정책을 실무적으로 추진한 책임자가 바로 그 당시 교육부 기획관리실장이었던 나였다.

일을 추진하는 과정은 그야말로 가시밭길이었다. 인원은 행정자치부와, 예산은 기획예산처와 각각 합의를 해야 하는데 이 부처에서 쉽게 승인을 해 줄 리가 없었다. 그냥 접근하면 도무지 답이 나오지 않는 막대한 인원과 예산 규모였기 때문이다. 청와대 한광옥 비서실장이 해당 부처 장관을 여러 번 모아서 회의를 진행했다. 그러나 좀처럼 진도가 나가지 않았다. 만날 때마다 장관들끼리 의견이 충돌하는 바람에 디데이는 7월 20일로 정해 놨지만 도무지 조율이 될 기미가 보이지 않았다. 나는 이 정책의 필요성을 납득시키기 위해 적극적으로 노력했다.

"현재 45~50명 되는 학생으로는 새 교육과정을 학교 현장에서 진행하기에 역부족입니다. 우리가 경험했지만 한 학급당 50명이 있으면 그냥 전달만 하는 수업에 그칠 뿐입니다. 새 교육과정은 단원마다 성취 수준이 정해져 있는데 이걸 실현하기 위해서는 학생 수가 많아서는 안 됩니다. 주입식 교육으로 대학에 들어가는 데만 초점을 맞추다 보니 문제 해결 능력이라든지 상상하는 능력이 너무 부족합니다. 지금 방식으로는 문제 해결 능력, 판단력, 창의력 전부 갖추기란 역부족입니다. 다들 아시잖습니까. 경제가 급속도로 발전할 때는 대학 교육의 방향도 질보다 양이었지만 이제 그런 방식으로는 경쟁력을 갖추기가 힘듭니다."

정말 그랬다. 체험적으로 보자면 오히려 학벌이 좋을수록 문제에 부딪혔을 때 해결 능력이 떨어지는 경우가 많았다. 기존의 우리 교육은 비판적·성찰적 해결 능력보다는 단순한 수동적 수용 능력만을 요구하는 경우가 많았기 때문이다. 이렇게 공부를 하게 되면 답이 이미 마련된 사례에서 자기가 가지고 있는 지식을 써먹을 때는 좋지만, 아예 답이 없거나 새로운 창조력을 요구하는 경우에는 어떻게 해야 할지 몰라 쩔쩔매는 경우가 생긴다. 언제나 예정된, 예측 가능한 문제만 맞닥뜨리면서 살 수는 없는 노릇이다. 그렇게 변화한 교육을 위해서는 단계적으로 교실당 학생 수를 35명까지는 반드시 줄여야 각종 교육 개선이 가능한 기본적인 인프라가 갖추어지는 셈이었다.

그러나 내 호소는 잘 먹혀들지 않았다. 부처마다 자기 이익을 고수하려니까 말이 안 통했던 것이다. 장관들을 모아서 진행한 회의는 모두 다 실패로 돌아가고 결국 디데이 하루 전 날인 7월 19일, 청와대 서별관에서 1급들만 모이는 마지막 회의가 잡혔다. 청와대 교육비서관, 재경비서관, 행정자치부 기획관리실장, 교육부 기획관리실장 등이 모여서 최종 협의를 하는 자리였다. 대통령은 속이 타는 상황이었다. 이 엄청난 정책을 조율해서 당장 내일 발표를 해야 하는데 아무런 소득도 없으니 말이다.

1급들끼리 회의를 했지만 역시 진전은 없었다. 그때 나도 모르게 벌떡 일어서고 말았다.

"이런 한심한 사람들 말이야. 대한민국 1급이 이것밖에 안 돼?"

나의 갑작스러운 고함으로 회의장 안은 금세 긴장감이 맴돌았다. 나는 계속해서 더 크게 소리 질렀다.

"나는 돌아갈게요. 오늘 오후에 기자 만나서 그만두겠다고 말하겠습니다. 교육을 위해서 투자하는 게 미래를 위한 투자이지 어디 뭐 돈 버리는 일입니까?"

몇몇 사람이 나를 진정시키기 위해 말을 걸어오는 것이 들렸다. 그러나 나는 아무렇지도 않게 그 말을 무시하며 내 말을 이어 나갔다. 그러고는 열쇠를 틀어쥐고 있는 해당 부처 실장들에게 목청을 높였다.

"어이, 박 실장. 당신도 그만둬, 이런 식으로 하려면. 내도 그만두려니까."

그러고는 사무관에게 백지를 가져오라고 시켰다.

"당신 사표 써. 내도 사표 바로 써 줄게."

일이 이런 식으로 전개되자 참석자들 사이에서 끄응, 소리가 터져 나왔다. 못마땅하다는 표시였다. 그러나 좀 전까지의 팽팽한 반대의 기류는 한풀 꺾인 느낌이었다. 이때 오종남 재경비서관이 말을 거들었다.

"대통령이 의지를 갖고 추진하는 일입니다. 우리가 해내야 합니다. 어렵더라도 합시다."

그러나 누구도 선뜻 대답을 하지 않았다. 분위기는 확실히 바뀌어 가고 있었지만 조금 더 추동력이 필요했다. 나는 그것을 느낄 수 있었다. 다시 한번 목청을 높였다.

"되니 안 되니 토론만 하다가 그냥 이렇게 끝낼 겁니까? 오 비서관님, 이거 되는 거예요 안 되는 거예요?"

"이 실장님, 조금 기다려 보세요."

여기저기서 탄식과 웅성대는 소리가 터져 나오기 시작했다.

"빨리합시다. 머뭇거릴 시간이 어디 있습니까? 되면 되고 안 되면 안 되고."

나는 단호하게 목소리를 내며 힘 있게 사람들을 다그쳤다.

"이렇게 웅성거리기만 할 거면 내는 못 믿습니다. 각서 씁시다!"

그 자리에서 나는 내 손으로 합의 사항을 만들었다. 사람들이
웅성웅성하는 사이 내가 확실하게 치고 나간 것이다. 예산 확보
와 인원 확보에 대한 합의를 한다는 내용이었다. 내가 먼저 교육
부를 대표해 사인하고 청와대부터 돌렸다. 교육비서관, 재경비
서관의 사인을 받고 나머지 참석자들에게도 돌렸다. 마침내 사
람들이 마지못해 각서에 사인을 하기 시작했다. 분위기는 완전
히 반전됐다. 그렇게 각 부처의 참석자들이 모두 사인을 했다.
그때의 합의 각서 내용이다.

합의 사항

1. 소요 재원은 2002년과 2003년 예산에 각각 전액 반영하기로
   확정하고
2. 교원 증원 및 교수 증원에 대하여도 계획대로 2002년부터 증
   원하기로 함.

2001년 7월 19일

청와대 재경비서관 오종남

청와대 교육비서관 정기언

행정자치부 기획관리실장 김범일

기획예산처 예산실장 박봉흠

교육인적자원부 기획관리실장 이기우

재정경제부 세제실장 이용섭

나는 합의 각서를 들고 당당하게 정부종합청사로 돌아가게 되
었다. 내 옆에는 행정자치부 김범일 기획관리실장이 차를 함께

타고 있었다. 행자부 김 실장은 나에게 자기 서류철을 보여 주었다.

"이 실장, 이거 한번 보세요. 오늘 합의 내용이 전부 불가하다는 서류들입니다."

나는 그 서류들을 바라보았다. 정말 한결같이 합의 불가를 뒷받침하는 자료들이었다.

"하, 이 실장 시퍼런 서슬 때문에 오늘 할 말 한마디도 못 하고 돌아갑니다. 돌아가면 우리 행자부 안에서 나를 보고 뭐라고 할지……."

그의 깊은 한숨에 나는 당당하게 대답했다.

"실장님, 오늘 감사했습니다. 그런데 이거요, 우리가 오늘 중대한 결정을 한 겁니다. 이거 말입니다, 이런 일을 교육부의 이익이다 이런 식으로 보면 안 됩니다. 우리의 후손, 우리나라 경쟁력을 위해서 꼭 넘어야 하는 벽이었습니다. 그 벽을 넘는 데 큰 힘을 보태 주신 거예요."

마침내 7.20 교육여건개선 추진 사업은 예정대로 발표되었다. 김대중 대통령의 의지가 없었다면 넘기 힘든 벽이었다. 이로써 김대중 대통령은 교육 대통령이 될 수 있었다. 또 그날 대통령이 결단할 수 있도록 용단을 내려 준 각 부처 실장들에게 진심으로 감사드린다. 이분들이 자기 부처의 입장을 떠나서 대승적인 결단을 내려 주었기에 가능한 일이었다. 그리고 이 역사적인 합의를 이끌어 내는 자리에 내가 참여하게 된 것은 큰 영광이 아닐 수 없었다. 아직도 나는 그때의 일을 자랑스럽게 생각한다.

부탁하지 말고 도움을 주어라

1년 하면 잘했다는 기획관리실장을 3년 반이나 하면서 일곱 분의 장관을 모셨다. 그러다 보니 장관이 오해할 일도 많았다. 그중에는 이런 일도 있었다.

장관이 처음 오면 국회 해당 상임위원회에 인사를 하러 간다. 인사를 하고 나면 국회의원들이 장관을 조금만 계시라고 말할 때가 많았다. 그리고 나한테 말을 건넸다.

"이 실장, 좀 봅시다."

그러고는 나를 데리고 자리를 옮겨 이야기를 꺼낸다. 대체로 여러 가지 부탁을 하는 경우다. 그 당시의 국회의원은 장관이나 차관에게 부탁을 하지 않는다. 장차관이 자주 바뀌기 때문이다. 하지만 나에게 이야기를 하면 확실히 처리를 해 주니 장관을 세워 두고 나를 불러 평소 간직하고 있던 부탁을 해 오는 것이다. 그런데 바로 이런 일들이 장관을 기분 나쁘게 했다. 사정을 모르는 신임 장관이 보기에는 자신을 물 먹이는 일로 받아들여지기 때문이다. 그래서 여러 가지로 곤란을 겪었던 일이 많았다. 물론 시간이 지나 상황이 파악되면서 저절로 풀리는 오해이기도 했다.

무엇보다 나는 공무원으로서 정부의 행정 과제나 예산 문제 해결을 위해 국회의원들을 밤낮 가리지 않고 만나 왔다. 오랜 경험을 통해 나는 국회통, 국회 전문가라는 별칭을 얻었는데 여기에는 한 가지 비결이 있다. 국회의원들을 만날 때 '부탁을 하는 사람'의 입장으로 접근하지 말고 '도움을 주는 역할'을 하는 쪽으로 만나야 한다는 것이다.

예를 들면 이런 식이다. 국회의원 입장에서 공무원을 상대할 때 공무원보다 더 많은 지식이나 자료를 가지고 있어야 우위를 점할 수 있다. 그래야 자신이 원하는 쪽으로 논의를 이끌어 나갈 수 있다. 이런 성향 앞에서 공무원은 어떻게 해야 할까? 국회의원에게 정보를 제한적으로 제공하고 우리 쪽에 불리한 정보는 아예 제공하지 않으면서 무조건 읍소하는 식으로 부탁하는 것이 좋을까? 아마도 일반적인 사람들이라면 충분히 이런 식으로 생각할 수 있겠다. 하지만 결코 그렇지 않다.

오히려 더욱 철저하게 국회의원이 자기 논리를 펼칠 수 있도록 자료를 만들어 주어야 한다. 그뿐만 아니라 우리 정책의 문제점을 지적할 수 있는 수준까지 자료를 만들어서 국회의원에게 제공해 줄 필요가 있다. 이것은 그만큼 이쪽에서 정책을 완벽하게 준비했다는 뜻이기도 하고, 부족한 부분까지도 이쪽에서 이미 다 알고 있다는 은근한 자신감의 표현이기도 하다. 자, 그다음에는 어떤 일이 생길까. 이제 국회의원들은 오히려 해당 공무원에게 고마운 마음을 갖게 된다. 그러면서 정책의 중요한 동반자가 될 준비를 한다. 혹시 법안에 반대하더라도 거기에는 상대를 일부러 골탕 먹이겠다거나 곤경에 빠뜨리겠다는 나쁜 마음은 없다.

오히려 중요한 문제점을 적절하게 지적하여 애초의 법안이 수정될 기회를 이쪽에 제공해 주게 된다. 이런 관계가 축적되면 국회의원은 해당 공무원과 우호적인 관계를 유지하면서 자신이 늘 도움을 얻고 있다는 고마운 마음을 갖게 된다. 해당 분야의 중요하고 핵심적인 자료를 제공해 주는데 어느 국회의원이 마다하겠는가. 이제 어느 한쪽으로 기울어진 일방적 관계가 아니라 공무원이나 국회의원이 서로 '윈윈 관계'로 변하는 것이다.

여기에 진정성, 정성과 성실함을 보태야 한다. 지방교육행정국장 시절, 임명장을 받음과 동시에 장관이 중요하게 생각하는 법안을 통과시켜야 하는 책임을 맡게 된 일이 있다. 선임자가 노력했지만 결국 뜻대로 되지 않은 일이었다. 나는 전략을 세웠다. 16명의 교육위원회 국회의원들 이름을 적은 '1일 체크리스트'를 만들었다. 그리고 매일 국회의원들과 접촉하면서 하루하루의 동향을 기록해 나갔다. 동그라미(○)는 '가능', 세모(△)는 '애매', 엑스(×)는 '가능성 희박'이라는 표시였다. 매일매일 그 표시를 갱신해 나갔다.

처음에는 엑스가 월등히 많았다. 하지만 그들을 만나면서 과정을 체크해 나갔다. 원인을 찾아 그것을 해결하기 위해 고민하고 다음에 만날 때는 취약 부분에 대한 대안을 들고 국회의원들을 만났다. 물론 무조건 읍소하는 것이 아니라 더 많은 대안과 정보를 제공하는 방식이었다. 결국 나중에는 끝까지 반대 의견을 표시하는 국회의원 세 명이 남았다. 그 결과를 정리하여 장관에게 보고했다.

"와, 이 사람 참. 정말로 국회의원들을 이렇게 매일 만났어요?"

"네, 장관님. 제가 할 수 있는 일을 다 했습니다. 이제 장관님이 남은 세 분을 만나 주세요. 만나 주시는데, 꼭 성사가 안 되어도 됩니다. 어떻게 보면 이분들은 장관님이 먼저 만나자고 말해 주기를 기다리고 있는지도 모릅니다."

정책이나 법률 개정 같은 경우 진정성이 전달되고 소신과 믿음이 있어야 먹혀들어 간다. 자료만 주고 끝나면 아무도 감동받지 않는다. 상대를 감동시킬 때까지 찾아가야 한다. 장관이 국회의원을 만날 정도로 성의를 보이는 법안이라면, 성의를 받아들이는 쪽에서 감동을 받지 않을 이유가 없다. 문을 두드려야 한다. 흔히들 삼세번이라고 말하는데, 그걸로는 어림없다. 네 번은 부딪쳐야 한다. 삼세번은 흔한 '상식'이고, 이 흔한 상식에 마음을 바꿀 사람은 없다. 그러나 네 번째부터 상대의 생각이 조금 바뀐다. 거기서부터는 상식을 조금씩 넘어서는 것이다. 만남의 횟수가 다섯 번, 여섯 번으로 점점 늘어날수록 상대의 생각은 더 달라진다.

'뭐지? 이렇게 하는 거 보니 뭔가 있나 본데?'

상대가 이런 생각을 해야 분위기가 바뀐다. 내 모든 국회 활동은 이런 과정을 거쳤다. 내 열정과 뚝심을 지켜본 국회의원들이 여야를 막론하고 나를 국회통, 국회 전문가로 인정해 준 것이다. 다른 분야라고 다르겠는가.

기자들이 교육부에 출입하는 경우, 자신이 속한 언론사의 데스크가 교육과 관련된 상황 돌아가는 것을 보고 "기사 한번 써!" 하면 자판기에서 음료수를 빼 먹듯이 바로 기사를 쓸 수 있을 정도로 평소에 기자들에게 정책과 현안에 대해 소상하게 정보를 제공했다. 그냥 단순한 보도 자료를 만들어서 "이거 해 주세요.", "이거 좀 부탁합니다." 하는 식이 아니라 왜 이 정책이 필요한가를 기자들이 스스로 알 수 있도록 자료를 만들어서 제공했던 것이다. 그 뒤, 그 기자의 주관하에 기사가 나오면 그 기사가 비록 문제를 제기하는 기사라도 받아들였다. 이미 서로 충분히 의사소통이 되었기 때문에 정말 그 기자의 생각이라면 잘못을 지적하는 부분도 충분히 받아들일 수 있는 마음의 준비가 우리 쪽에서도 평상시 늘 돼 있는 것이다.

부탁을 하지 말고 도움을 주어라. 나는 그렇게 생각한다. 그것이 소통의 시작이다. 소통은 신뢰를 만든다. 신뢰가 깔려 있다면 잘못을 지적하는 일도 받아들일 수 있는 여유를 갖추게 된다. 그것이 인간의 품격을 만든다.

이기우를 통하면
안 되는 일이 없다

1998년도에 교육세 문제로 청와대에 협의하러 들어간 적이 있다. 바로 교육세 폐지 때문이었다. 교육세라는 것은 안정적인 교육 재정 확보를 위해 꼭 필요한 것인데 이를 없앤다는 것은 교육부로서는 도저히 받아들이기 힘든 일이었다.

결과적으로 교육세를 없애지 않게 된 것은 이해찬 장관의 공이었다. 하지만 그 진행 과정에서 부처 합의가 되지 않아 애를 먹었고, 청와대에서 이 문제로 부처 1급들만 모아서 회의를 하게 된 것이다. 청와대 관계자는 교육부 대표로 국장 자격인 내가 나오자 무척 놀라는 눈치였다. 평상시에도 내가 어떤 문제든 한 번 잡으면 결코 놓지 않고 뜻을 관철시킨다는 것을 알고 있었기에 부담스러웠던 것 같다. 내가 발언할 차례가 되자 나는 교육부를 대표해 거침없이 말을 시작했다.

"이거 없애면 안 됩니다. 김대중 대통령이 교육을 망친다는 그런 비판도 나올 수 있는 사항입니다. 교육세를 대통령이 없앴다? 그러면 엄청난 부담이 됩니다. 여기 계신 분들이 아무리 국가 재정 문제를 잘 해결한다지만 교육계 정서는 절대 그렇지 않습니다. 이거는 함부로 해서는 안 됩니다."

그러자 비서관이 어쩔 수 없다는 듯이 말했다.

"네, 그러면 오늘 결론을 내리지 말고 다음에 다시 회의하도록 합시다."

물론 그 뒤로 회의는 다시 열리지 않았다. 그대로 교육세 폐지 문제는 별도의 언급 없이 없었던 일이 된 것이다. 이유는 간단했다. 청와대 비서관이 보기에도 내 말이 틀린 것이 없다고 판단한 것이다. 평상시 일을 하면서 대충대충 넘어가 본 적이 없는 내 이미지가 큰 도움이 되었다고 생각한다.

이렇게 일을 확실하게 처리하는 것은 민원을 해결할 때도 똑같았다. 보통 민원을 받아 합리적인 과정을 거쳐 해결이 잘되면 서로 좋을 뿐만 아니라 아무런 문제가 안 생긴다. 그러나 해결이 안 되었을 경우는 어떻게 될까. 이런 경우 별다른 설명도 없이 유야무야 넘기는 경우가 많다. 바로 이때가 조심해야 할 때이다. 이 순간 결정적으로 상대방의 신뢰를 잃게 된다. 나는 다르게 생각했다. 민원 요청이 들어왔을 때, 일이 잘 풀릴 때보다 잘 풀리지 않았을 때 어떻게 하느냐가 중요하다. 언제나 그렇다. 잘될 때보다 잘 안 될 때가 더 중요하다.

예를 들어 어느 지역 고등학교 교감 선생님을 승진시켜 달라는 누군가의 요청이 있다고 하자. 그해에 교장 승진 자리가 일곱 명이 있는데 이 사람이 평가 결과 10위라면 아무리 합리적인 노력을 해도 안 된다. 안 되는 일은 안 되는 것이다. 민원을 넣었던 사람에게 미안하다고 한마디 하고 넘어가면 될까? 아니다. 그러면 안 된다. 부탁하는 당사자는 '백(back)'이 들어가면 될 수 있을 것으로 믿고 부탁했을 것이다. 그런데 잘 안 되었다고 하면 민원을 넣었던 사람은 '이 양반한테 부탁해서는 안 되겠다. 다음에는 더 센 사람한테 해야겠다.'라고 잘못 생각할 것이다.

나는 달랐다. 이미 안 되는 일로 판명된 경우라도 거기에서 그치지 않았다. 안 되면 왜 안 되는지, 어떻게 해야 만회할 수 있는지를 마치 의사가 수술하듯이 정확하게 진단해서 알려 주었다. 이 경우 백이면 백 민원을 넣었던 사람이 감동을 받았다. 당연히 소문이 날 수밖에 없었다. "이기우를 통하면 안 되는 일이 없다.", "이기우가 못 하면 정말 할 수 없는 일이다."라는 말은 바로 이런 과정을 거쳐 탄생했다. 이 말은 내가 부정한 방법으로 무소불위의 힘을 휘둘렀다는 뜻이 결코 아니다. 잘되는 일보다는 오히려 안 되는 일이 어떻게 해서 안 되는지, 안 되는 일을 되게 하려면 어떤 합리적인 과정이 필요한지를 그 누구보다 성실하게, 진심을 담아 알려 주는 일을 자처했기에 얻게 된 평판이었다.

원망의 마음은
흐르는 물에 새겨라

내가 등불로 삼는 좌우명이 몇 개 있다. 그중 하나가 바로 "하루가 인생의 전부다."라는 말이다. 사실 덧붙일 것이 별로 없는 말이다. 말 그대로 매일매일의 하루를 전부인 것처럼 생각하면서 최선을 다해 산다는 뜻이다. 최선을 다해 하루를 사는 것은 결코 쉬운 일이 아니다. 말은 쉽지만 실천이 어렵다. 매일 결심을 새롭게 다져야 하고, 자신을 성찰해야 하며, 특히 감사하는 마음으로 하루를 맞이해야 이렇게 살 수 있다.

그런데 이게 전부는 아니다. "하루가 인생의 전부다."라는 말은 분명 중요한 말이지만 여기에 그쳐서는 안 된다. 만약 하루를 인생의 전부처럼 열심히 살았는데 생각처럼 결과가 나오지 않는다면 어쩌겠는가? 이럴 때가 힘든 순간이다. 매번 열심히 한 만큼 좋은 결과가 나온다면 좋겠지만 삶이 늘 그렇지는 않다. 그렇게 안 되는 경우도 많고 오히려 예상보다 더 나쁜 결과가 나오기도 한다. 이런 때에 어떤 마음 자세로 대처하느냐에 따라 "하루가 인생의 전부다."라는 말의 무게가 달라진다. 흔들림 없이 연장될 수도 있고 아니면 아주 손쉽게 무너질 수도 있다.

2003년 3월의 어느 일요일이었다. 처리해야 할 일이 있어 일요일임에도 기획관리실장 사무실에 출근하여 일을 하고 있었다. 업무가 있을 때는 일요일에도 나와 일하는 것이 나에게는 일상적인 일이었다. 잠깐 쉬는 틈에 우연히 TV를 켜고 보는데 차관급 인사 발표 기사가 뉴스 자막으로 나오고 있었다. 나는 전화기를 들어 아내에게 전화를 했다.

"여보, 차관 발표 났어."

실은 그때가 한창 교육부 차관 인사 결과가 발표되려던 무렵이었다. 인사 발표 전에 분위기라는 것이 있어서 나 역시 내심 기대하고 있던 것도 사실이었다. 밖으로 말은 안 하고 있었지만 내 그런 예감이 아내에게도 전해졌을 것이다. 아내는 당연히 내가 된 줄 알고 기뻐했다.

"정말요? 축하해요!"

"아니, 내가 된 게 아니고 ○○○ 씨가 됐어."

나는 기분 좋은 듯 그렇게 말했다. 일순 어색한 정적이 흐르고 아내는 크게 실망한 눈치였다. 게다가 내 태연한 목소리를 듣더니 더 이해할 수 없다는 듯이 말했다.

"진짜예요? 어떻게 다른 사람이 됐는데 그렇게 기분 좋은 듯이 이야기할 수 있어요?"

"후배지만 나보다 일을 더 잘할 사람이니까 축하할 일이고, 나는 그 골치 아픈 차관 직책 수행 안 해도 되니 좋은 거지."

내가 계속 웃으며 말하니까 아내가 전화를 탁 하고 끊어 버렸다.

나라고 왜 더 높은 직급으로 승진하고 싶지 않았겠는가. 게다가 이전 정권에서 장관과 차관이 같은 지역 출신이면 안 된다는 상피제 때문에 여러 번 차관이 될 기회를 잃었던 나로서는 '이번에는……' 하는 기대가 없었다면 거짓말이다. 하지만 TV를 통해 나 말고 다른 사람의 이름이 흘러나오는 순간, 나는 곧바로 이전의 나를 잊었다. 차관이 되고 싶어 하던 나를 말이다.

내가 조직 생활을 하면서 지치지 않을 수 있었던 비결은 하루를 열심히 사는 것에도 있었지만, 만약 그렇게 했는데도 결과가 예상처럼 나오지 않았을 경우 예전의 나를 빨리 정리하는 방법에도 있었다. 필요하다면 예전의 나를 철저히 죽일 수 있어야 한다.

예전의 나는 오늘의 나와 라이벌이다. 남보다는 나라는 라이벌과의 싸움을 잘해야 한다. 어제의 나는 예상된 노력과 예상된 결과를 추구하는 낡은 존재이기에 이 라이벌을 죽여야 새로운 나로 매일을 새롭게 살아갈 수 있는 것이다. 이것은 수많은 경험을 통해 숱하게 단련된 나만의 대처 방법이다. 100% 차관이 될 것이라고 믿었던 그 예전의 나를 TV 자막을 보는 순간 딱 잘라 냈다. 그러고는 버렸다. 예전의 나를 죽이니까 금세 현실을 인정할 수 있었다. 현실을 인정하니까 내가 스트레스를 받을 이유가 전혀 없었다. 나는 주어진 시간을 다시 열심히 살면 되니까 말이다.

어쩌면 그날 하루만큼은 술이라도 마시면서 서운함을 표현하면 좋았을지 모른다. 하루 정도는 말이다. 그러나 나는 그렇게 하지 않았다. 감사의 마음은 바위에 새기고 원망의 마음은 흐르는 물에 새겨야 한다. 나는 그렇게 믿는다. 내가 조금이라도 원망하고, 실망하고, 좋지 않은 마음을 갖게 된다면 그 핑계로 최선을 다해 하루를 살 수 없게 된다. 감사를 잊어서는 안 되지만 원망은 빨리 잊어야 한다. 원망은 흐르는 물에 새기면 된다. 물이 흐르면 원망은 자연스럽게 없어진다.

그날 저녁 우리 부부는 지인 내외와 함께 저녁을 먹었다. 마침 그날이 내 생일이어서 저녁 약속이 잡혀 있었던 것이다. 우리는 맛있는 음식을 먹고 일상적이면서도 소소한 대화를 나누며 즐거운 시간을 가졌다. 그냥 헤어지기가 아쉬워 음식점 건너편 노래방에 들러 한 시간 동안 노래를 불렀다. 그리고 집으로 돌아와 기분 좋게 잠들었다.

인간에게 매일 하루라는 시간이 공평하게 주어진다는 것은 생각만으로도 얼마나 가슴 벅찬 일인가. 감사하기에 열심히 살아야 한다. 하루를 온통 그런 마음 자세로 살 수 있다면 그 또한 감사한 일이다. 긴 인생을 내다보고 늘 계획을 세워 사는 것도 중요하지만 그 긴 인생도 당장 오늘 하루가 쌓여서 만들어지는 것이다. 나는 앞으로 똑같은 느낌으로 살 것이다. 이 결심은 결코 흔들리지 않을 것 같다.

어려울 때 함께한 인연

앞서 차관 발표가 나기 전까지의 뒷이야기에 대해서는 말을 하지 않았는데 이야기를 조금 더 설명할 필요가 있겠다. 2002년 11월로 거슬러 올라가야 할 것 같다. 그 당시 부산에서 골프를 칠 일이 있었다. 친구와 동행하여 비행기에 탔다. 좌석을 확인하고 자리에 앉아 있는데 출입문 쪽에서 대통령 후보였던 노무현 후보가 비서관을 대동하고 타는 것이 아닌가. 신기하게도 비행기에 탄 사람들이 아무도 아는 척을 하지 않았다. 그때는 야권 단일화 합의 과정 중이었다. 노 후보는 대통령 후보자 중 가장 낮은 지지도를 얻고 있는 상황이었기에 그럴 수도 있겠다는 생각이 들었지만 그래도 이건 아닌 것 같았다. 나는 안전벨트를 풀고 일어섰다. 그러자 옆에 앉은 친구가 말했다.

"이 실장, 뭐 하려고?"

"저기 노무현 후보잖아. 인사드려야지."

"에이, 다 모른 척하는데 왜 이 실장이 아는 척을 해?"

"난 저분과 인연이 있어. 남이야 뭐라든 나는 인사를 해야지."

말 그대로 노 후보와 나는 조금 특별한 인연이 있었다. 노 후보가 종로 보궐선거에서 국회의원으로 당선될 당시, 인연이 닿아 여러 사람과 밥을 한 끼 같이 먹은 적이 있었다. 그게 전부였는데 국회의원으로 당선되고 전화가 왔다. 반쪽짜리 국회의원인데 상임위를 어디로 하면 좋겠느냐는 질문이었다. 그 당시 나는 기획관리실장이자 국회통으로 국회의원을 많이 만나고 있었으므로 교육위원회로 오시라고 권했다.

"교육위원회로 오세요. 교육은 대한민국의 모든 분야와 연결됩니다. 또 더 큰 일을 하시려면 교육에 대해서 기본적으로 알고 계시는 게 좋으니까 공부한다 생각하고 오십시오. 제가 도와드릴게요."

그 말 때문인지는 몰라도 정말로 노무현 의원은 교육위를 선택했다. 기회가 있을 때마다 정책에 관한 자료를 만들어서 성실하고도 자세하게 설명해 드렸다. 노 의원 입장에서는 그게 고마웠던 것 같다.

세월이 흘러 노 의원이 대통령 후보가 된 것이다. 나는 어려울 때일수록 신의를 지켜야 한다고 믿는 쪽이다. 아무도 아는 척을 안 한다고 해서 나까지 그러면 안 되는 일이었다. 곧바로 노무현 후보에게 다가가 정중하게 인사를 올렸다. 노 후보는 반갑게 나를 맞아 주었다.

"어디 가십니까? 후보님."

"김해에 일이 있어서. 이 실장은요?"

"저는 놀러 갑니다. 나중에 제가 모시러 오겠습니다."

웃으며 인사를 나눈 뒤, 비행기에서 내리게 되었을 때 다시 노 후보를 찾았다. 그리고 나갈 때까지 동행했다.

"아직도 실장 하고 있습니까?"

"뭐, 만년 실장 아닙니까?"

농담처럼 그렇게 대답했더니 노 후보가 미소를 지었다. 그렇게 인사를 나누고 헤어졌다. 이때까지만 해도 노 후보로 단일화될 줄 몰랐다. 한 달이 지난 뒤 놀랄 만한 일이 벌어졌다. 노 후보가 대통령으로 당선된 것이다. 대통령이 되리라고는 꿈에도 생각하지 못했다.

그 후 나는 모든 것을 잊고 지냈다. 그런데 노 대통령을 근거리에서 도왔던 친한 친구가 얼마 뒤에 직접 나를 찾아와 이런 말을 하는 것이 아닌가.

"내가 노 당선자 집에 갔는데 술자리에서 이러시더라. '이기우는 뭐를 하는고?' 이렇게 말이야."

나를 기억하고 계시다는 말이었다. 그러나 나는 그런 말을 듣고도 가만히 있었다. 평생을 살면서 단 한 번도 인사에 관한 청탁을 해 본 일이 없다. 언제나 나를 필요로 해서 데려다 쓰려는 사람이 먼저 있었기에 그 자리에 간 것이지 내가 원해서 가게 해달라고 청을 넣은 적이 없다. 그것이 내 자부심의 근간이다. 그렇게 시간이 지나 3월 초에 차관 인사 발령이 있었던 것이다. 다시 5월에 이 친구에게 전화가 왔다. 이번에는 꼭두새벽이었다.

"어젯밤에 열두 시 가까이 노 대통령하고 친구들하고 청와대에서 한잔하고 나왔다. 바로 여관 갔다가 사우나 하고 나와서 전화하는 거야."

친구의 말에 의하면 지난 저녁의 술자리는 부산상고 동기들을 초청한 술자리였다. 이 자리에서 노 대통령이 포도주를 제법 많이 마셨는데 내 친구에게 이렇게 말했다는 것이다.

"내가 이기우 실장한테 참 미안하다. 교육위 시절 신세를 많이 졌다. 누구보다 잘 안다. 차관 인사 때문에 미안하다."

나중에 전해 듣기로는 노 대통령이 차관 후보자들의 면면을 보고받는데 참모들로부터 이기우가 차관이 되면 장관이 바지저고리가 된다는 식의 반대가 있었다고 한다. 중앙인사위원회에서 차관 후보에 올랐던 사람들 10명이 각각 40명에게 다면 평가를 받았고, 내가 최고점으로 96점이 나왔다. 40명 모두 이기우가 당연히 차관이 될 것이라고 적었다. 그런데 바로 이런 상황이 오히려 임명의 반대 근거로 활용되었다. 이 모든 상황을 잘 알면서도 어쩔 수 없이 다른 사람을 차관으로 임명했던 노 대통령의 여한이 그날 술자리의 아쉬움으로 나타난 셈이었다. 비슷한 이야기를 아주 오랜 시간이 지나고서 다른 경로를 통해서 또 전해 들을 수 있었다. 그 당시 노무현 대통령이 나에 대해 참 안타까워했다고 말이다.

차관이 되지 못한 그 일은 그날 그 시간부로 훌훌 털어 버렸다. 거기에 대해 아쉬운 것은 추호도 없었다. 다만 내가 이 일을 이렇게까지 적은 것은 노무현 대통령이 고마워서이다. 사람이 사람을 기억하고 인정해 준다는 것, 그것이 고마웠다. 노무현 대통령은 그렇게 신의가 있는 분이었다.

기업 경영을 배운 시간

차관이 바뀌면서 교육부 장관도 바뀌었다. 바뀐 윤덕홍 장관은 나와 같이 일하고 싶어 했다. 그래서 차관보 자리를 제안받았다. 상사의 명이라 그 앞에서는 그러겠다고 답하고 나왔지만 며칠이 지나지 않아 이건 아니라는 생각이 들었다. 차관이 후배인데 나와 같이 일하려면 얼마나 껄끄럽겠는가. 그만두겠다는 의사를 밝히고 곧바로 한국교직원공제회 이사장으로 가게 되었다.

2003년 3월에서 2004년 7월까지 1년 4개월 동안 이사장을 역임했다. 지금 생각해 보면 이 시기는 내 인생에 있어서 빼놓을 수 없는 시간이었다. 특히 교육부 공무원 시절에는 배울 수 없었던 '기업 경영'을 배울 수 있는 소중한 시간이기도 했다. 이 시기의 경험이 있었기에 나중에 대학 총장으로서의 일을 제대로 수행할 수 있었다는 생각도 든다.

처음 부임했을 때 한국교직원공제회는 타성에 젖어 있었다. 체질 개선이 필요하다는 판단이 들었다. 파트별로 업무 보고를 받겠다고 주문하고, 우선 서면으로 보고서를 미리 받아 3주 동안 공부를 했다. 보통 이사장으로 취임하면 이틀 뒤부터 업무 보고를 받았는데 그렇게 하지 않았다. 내가 모든 업무를 다 파악할 시간을 먼저 마련한 뒤, 보다 실질적이고 구체적으로 업무 보고를 받겠다고 선언한 것이다. 3주 동안 공제회의 업무 내용을 전부 내 것으로 만든 뒤, 담당자들을 불러 업무 보고를 받았다. 업무 보고를 받으면서 나는 수시로 질문을 쏟아 내었다. 이런 일에 익숙하지 않은 직원이 많다 보니 말을 더듬거나 내용 설명이 부정확한 경우가 많았다.

"여러분에게 시간을 주겠습니다. 전부 각자 위치에서 1등을 하겠다는 마음을 가지세요."

그렇게 직원들을 독려했다. 열두 개 부처 부장들에게 다 1등을 만들라고 주문했다.

그 당시 한국교직원공제회는 전국 각지에 수익 사업체로 호텔을 소유하고 있었다. 내가 부임하면서 더케이호텔, 경주와 속초의 교육문화회관과 지리산가족호텔, 라마다프라자제주호텔 등을 새로 오픈하고 사업에 더욱 박차를 가하게 되었다. 더욱 중요한 것은 2003년 12월 1일, '에듀카'라는 온라인 자동차 보험을 만들게 된 일이다. 선생님들은 교통사고를 내도 경미한 경우가 많았다. 주로 아침저녁 출퇴근으로만 운전을 하니 큰 사고가 날 확률이 다른 업종보다 낮았던 셈이다. 보험의 경우 사고율이 낮으면 낮을수록 이윤은 높아진다. 이에 근거하여 온라인으로 체계를 바꾸면서 가입자의 보험료를 싸게 책정하는 방식으로 가입자와 회사 모두가 이익을 얻을 수 있는 보험을 만들었다.

그다음으로 한 일은 인천 '신공항하이웨이주식회사'를 인수하는 일이었다. 인천공항을 진입하는 고속도로는 민자 1호로 건설된 도로였다. 이 도로를 만들 때 열한 개 기업이 컨소시엄으로 참여했는데 민자 1호였기에 2030년까지 정부에서 수익을 보장해 주는 방식으로 수익 구조가 설계되었다. 바로 이 회사에 공제회는 6,666억 원을 투자했다. 나중에 이 회사 인수에 다들 망설일 때 내가 3천억 원을 준비하라고 지시해서 결국 이 회사를 공제회가 가져왔다. 그 뒤에 이 회사가 공제회에 엄청난 효자 기업이 된 것은 물론이다.

투자처를 찾아 임원들과 함께 몽골을 공식 방문한 적도 있다. 몽골에서도 가장 좋다고 하는 울란바토르의 칭기즈칸호텔에 묵었다. 나는 가장 좋은 방으로 배정을 받았다. 그런데 이게 웬일인가. 뜨거운 물이 안 나오는 게 아닌가. TV 역시 나오지 않았다. 비서실장을 통해 투숙객들이 자주 쓰는 작은 방으로 바꾸었다. 그러자 물도 잘 나오고 TV도 잘 나왔다.

알고 봤더니 내가 처음에 묵었던 큰 방은 평소에 가격이 비싸서 투숙객이 없었다. 그러다 보니 고장이 나도 어디가 고장 났는지 알 수 있는 기회 자체가 없었던 것이다. 이때의 경험은 나중에 라마다프라자제주호텔을 오픈하고 그대로 적용되었다. 하룻밤 자는 데 448만 원을 지불해야 하는 방을 평소에 그냥 놀리지 말고 수학여행 인솔 책임자를 찾아서 일부러 그 방을 쓰게 하라고 지시를 내린 것이다. 수학여행 단장이나 대학 총장이 투숙할 경우 리스트를 확인하고 큰 방을 쓰게 하면 방에도 사람의 기운이 돌고, 지속적으로 방을 관리할 수 있으니 오히려 그 편이 낫다고 판단했기 때문이다.

또 「대한교원공제회법」을 개정한 일이 기억에 남는다. 공제회 회원은 실질적으로 선생님과 교직원, 교육 기관에 근무하는 직원으로 되어 있다. 그런데 기관명이 '대한교원공제회'이다 보니 선생님들만을 위한 기관인 것처럼 오해되었다.

선생님 외 회원들이 민원을 계속 제기했다. 법을 개정하는 것이기 때문에 쉬운 일이 아니었지만 서둘러 고쳐야겠다고 생각했다. 국회교육위원회 의원들을 설득하여 2004년 1월 20일 자로 '대한교원공제회'를 법률 개정을 통해 '한국교직원공제회'로 기관명을 변경했다. 이를 통해 회원들의 권리를 제대로 찾아 주었다는 뿌듯함을 느낄 수 있었다. 이처럼 다양한 투자와 복지 혜택을 위한 경험들이 모여 공제회 자산이 1조가 늘어나는 성과를 거두기도 했다. 비로소 내가 기업 경영에도 눈을 뜨게 된 시간이었다.

또 하나 잊을 수 없는 일이 있다. 2003년 8월에 교육 관계자들과 평양을 방문하면서 글로벌 NGO 굿네이버스 관계자와 북한 보위부 사람을 만나 느닷없는 백두산 개발을 제안받았다. 떨리는 마음으로 귀국 후 개발 부장을 불러 취지를 설명하고 은밀히 중국 베이징을 오가며 방북을 조율했다. 그 결과 남북 기업과 직접 교류를 시도하던 북한의 가장 힘 있는 기업인 코스타회사로부터 초청장을 받게 되었다. 초청장 내용을 근거로 국정원, 통일부의 승인을 얻었다. 2003년 10월에 방문단 일행과 백두산 지역 관광 사업 추진을 위하여 일주일 정도 평양을 거쳐 백두산 삼지연을 답사했다. 그 당시는 신변 안전이 보장되는 시절이 아니어서 살얼음판을 걸었던 생각을 하면 아직도 가슴이 뛴다.

초청장

우리는 남측(이웃사랑회) 관계자들인 리윤상, 리기우, ○○○, ○○○, ○○○, ○○○ 선생들이 편리한 시기에 평양을 방문하도록 초청하면서 체류 기간 편의를 보장하고 신변 안전 및 무사 귀환을 담보합니다.

주체 92(2003)년 10월 2일
코스타회사

백두산을 다녀온 사람은 많다. 중국을 통해서다. 하지만 평양을 통해 백두산을 오른 사람은 많지 않다. 우리 국민의 절대 다수는 중국이 아니라 북한 땅을 통해 민족의 영산인 백두산을 오르고 싶어 한다. 한국교직원공제회 이사장으로서 희망의 사다리가 되기 위해 노력했던 기억이 새롭다. 희망의 길이 아직 열리진 않았지만 그때의 노력들이 마중물이 되어 반드시 백두산 천지 길이 열리기를 기원한다.

대통령과 눈이 마주친 사건

　한국교직원공제회 이사장으로 가자마자 한 몇 가지 일 중에서
가장 기억에 남는 일이 라마다프라자제주호텔을 개장한 일이다.
호텔이 공제회 소유이니 이사장이 대표인 셈이다. 제주 도내에
있는 호텔 중에서도 라마다프라자호텔은 시설 면에서 월등히 투
자를 많이 한 최고급 호텔이지만 그때까지만 해도 경쟁 호텔에
비해 아직 인지도가 낮은 편이어서 고객 유치가 쉽지는 않았다.
나는 백방으로 뛰어다녔다.

　이 와중에 우근민 제주도지사를 통해 대통령이 참석하는 행사
를 유치하게 된 것이다. 제주 4.3 사건과 관련해서 제주 지역 리
더 400명 정도를 모아 진행하는 오찬 행사였다. 행사 유치 경험
도 없고 이제 새로 문을 연 호텔에 어떻게 믿고 행사를 맡기냐는

주위의 반대가 있었지만, 우근민 지사가 나를 믿고 적극 추천해서 성사된 일이었다.

호텔로서는 큰 기회였다. 사장과 임원들 그리고 직원들은 준비 때문에 난리가 났다. 대통령이 참석하는 행사이니 음식부터 의전까지 더욱 철저해야 했다. 그런데 의전을 준비하는 과정에서 이상한 일들이 생겼다. 원래는 대통령이 호텔에 도착하면 제주도지사와 이사장인 내가 대통령을 모시고 연회장으로 올라가기로 되어 있었는데, 행사 이틀 전날 따로 연락이 왔다. 나를 빼고 도지사와 도의회 의장이 모시기로 했다는 것이다. 일리가 있다고 생각하고 그렇게 하라고 했다.

이번에는 행사 들어가기 전 대통령이 20여 명의 내빈과 갖는 티타임 명단에 내가 빠지게 됐다는 전언이었다. 원래 있던 명단이 왜 하루 전에 조정되었는지 물어봄 직도 했지만 나는 그런 일에 워낙 철저하게 단련되어 있었기에 이번에도 그렇게 하라고 순순히 수긍했다. 물론 호텔 사장이나 간부들은 화를 낼 수밖에 없는 상황이었다.

"이럴 수가 있습니까. 사람 놀리는 것도 아니고요."

"아닙니다. 내가 노무현 대통령을 아예 모르면 한번 만나고 싶어서라도 뭐라고 하겠지만 아무 관계 없어요. 얼굴 못 뵈어도 좋습니다."

그것보다 더 기가 막힌 일은 오찬 과정에서 원래는 대통령 테이블 근처에 배정된 내 자리가 대통령 테이블로부터 몇 줄이나 뒤쪽, 그것도 대통령을 등지고 앉는 구석 자리로 재배정된 일이었다. 대통령과 눈도 마주치기 힘든 자리였다. 나는 이번에도 그러려니 하고 자리에 앉았다. 결정적인 사건은 행사가 끝난 뒤에 일어났다.

행사를 다 마치고 대통령이 떠나기 전에 테이블에 앉아 있던 사람들이 테이블 앞으로 나와 대통령과 악수하는 시간이 있었다. 대통령은 40여 명 되는 인원과 악수를 나누며 행사장 바깥으로 나가는 길이었다. 사회석에서는 "지금 대통령께서 행사장을 떠나고 계십니다."라는 말로 상황을 안내하고 있었다. 나는 악수하는 자리 쪽으로 나설 수가 없는 위치였기에 한참 뒤에서 박수를 치고 있었다. 그때 신기하게도 손을 흔들며 연회장을 빠져나가던 대통령의 눈이 나하고 딱 마주치게 되었다.

그러자 문을 나가려던 대통령이 나를 발견하고는 곧장 안으로 들어오는 것이 아닌가! 나 역시 놀란 마음에 사람들을 헤치고 대통령 쪽으로 나갔다.

"아니, 이 실장?"

"네, 대통령님."

이것은 대통령 경호 사상 하나의 큰 사건이나 마찬가지였다. 보통 행사가 끝나면 사람들이 절대 대통령에게 접근을 못 하게 되어 있다. 그런데 행사를 다 끝내고 나가려던 대통령이 아는 사람을 봤다고 참석자들을 헤치고 다시 돌아온 것이다. 대통령과 함께 밖으로 나가게 되었다. 대통령은 반갑게 물었다.

"제주도 사람도 아닌데 여기 어떻게 와 있습니까?"

"제가 이 호텔 대표 아닙니까. 여기가 한국교직원공제회 사업체입니다."

"아, 그래요! 참, 내가 이 실장을 청와대 관저에 한번 부르라고 했는데?"

그 말이 끝나기가 무섭게 의전비서관이 뛰어나오면서 말하는 것이었다.

"네, 아직 연락 못 했습니다."

나는 "아이고, 뭐 그게 급합니까. 저는 괜찮습니다." 하면서 대통령이 차에 탈 때까지 배웅했다. 그렇게 대통령과 몇 마디를 나누고 대통령의 차는 떠났다.

이렇게 무사히 행사를 다 마치고 돌아오자 직원들과 간부들이 여기저기서 환한 눈빛으로 나를 보는 것이 느껴졌다.

"우리 이사장님이 대접을 받는 거 보고 정말 좋았습니다!"

그 뒤 비서실에서 정말로 연락이 왔다. 토요일에 관저에서 대통령 내외분과 식사를 하게 청와대로 들어오라는 전갈이었다. 대통령과 영부인을 모시고 마주 앉아 셋이서 식사를 했다. 대통령은 예전 국회의원 시절의 이야기를 하면서 그때 나 때문에 업무 파악하는 데 큰 도움을 받았다는 이야기를 풀어놓았다. 그러고는 두 시간 동안 교육 문제에 대해서 꼼꼼하게 질문하시는 것이었다. 내가 아는 한도 내에서 성심껏 답변을 드렸다. 아마도 이때 대통령은 차관이든 장관이든 나중에라도 꼭 나를 등용하려는 마음을 갖게 된 것 같았다. 어쨌든 나는 그 두 시간이 즐거웠다. 노무현 대통령처럼 가식이 없는 사람이 또 있을까. 정말 순수하고 인간적인 분이었다.

두 시간 동안 교육 문제에 대해서 꼼꼼하게 질문하시는 것이었다.

내가 아는 한도 내에서 성심껏 답변을 드렸다.

아마도 이때 노무현 대통령은 차관이든 장관이든 나중에라도

꼭 나를 등용하려는 마음을 갖게 된 것 같았다.

국무총리 비서실장이 되다

　이해찬 장관이 국무총리로 가면서 나는 국무총리 비서실장으로 발탁되었다. 바로 2004년 7월의 일이다. 그 과정에서 우여곡절이 많았다. 노무현 대통령과 독대를 한 뒤 대통령으로서는 나를 기용할 생각이 더욱 확고해졌던 것 같다. 나중에 내 뒤에 바로 대통령을 만난 사람의 이야기에 따르면 "이제 교육 문제 자신 있다."라고 대통령이 직접 말했다는 소리가 있을 정도였다. 이렇게 해서 여기저기 내가 교육부 차관으로 내정되었고 곧 발표가 날 것이라는 소문이 돌기 시작했다.

　그런데 바로 이 시기에 이해찬 총리 보좌관 이강진 수석에게 전화가 왔다.

　"국무총리 비서실장으로 와 주세요."

이해찬 장관과의 인연도 있었고, 더군다나 차관급 국무총리 비서실장이라는 자리였기에 바로 가겠다고 답할 수도 있었지만 나는 교육부 차관 자리에 미련이 있었다. 이 때문에 이강진 수석의 전화를 받고 바로 승낙을 할 수가 없었다.

"고맙습니다. 그런데 고민을 좀 해 봐야 할 것 같습니다."

차관으로 내정이 되었다는 내 속의 말은 하지 못하고 고민의 시간이 계속되었다. 그러던 차에 인연이 있던 국회의원을 우연히 만날 기회가 있었다. 이분에게 속사정을 털어놓으니 한마디로 시원하게 정리해 주었다.

"이사장님이 교육 부분은 다 꿰고 있지 않습니까. 차관 자리는 알고 있는 걸 펼치는 자리이고, 국무총리 비서실장 자리는 또 다른 부분을 경험하는 좋은 기회라고 생각합니다. 무조건 그 자리로 가세요. 저는 그렇게 생각합니다."

그의 충고에 힘을 얻어 나는 이강진 수석에게 비서실장으로 가겠다는 의사표명을 했다. 그런데 문제가 있었다. 청와대에서 승낙이 떨어지지 않았다. 청와대에서는 총리실에 다른 사람을 찾아보라는 말을 전했고, 총리로서도 포기할 수 없는 인사였던지라 갈등이 생긴 것이다.

"아니, 총리 시키면서 내 마음대로 비서실장 하나 못 씁니까?"

이해찬 총리는 쉽게 고집을 꺾을 분이 아니었기에 인사 결정은 계속 미뤄지는 상황이었다. 안 되겠다 싶은 생각이 들었다. 나는 잘 알고 지내던 청와대 총무비서관을 통해 대통령께 국무총리 비서실장으로 가겠다는 내 뜻을 전달했다. 대통령께서 양보를 해 주셨으면 좋겠다는 마음을 밝힌 것이다. 그렇게 해서 마침내 국무총리 비서실장으로 발령을 받게 되었다. 나중에 대통령은 나에게 이렇게 말했다.

"함께 일했던 사람을 이렇게 끈질기게 찾아서 같이 일하려고 하다니, 공무원 사회에 이런 아름다운 일도 있군요."

우여곡절 끝에 대통령에게 발령장을 받고 돌아오니 이해찬 총리가 반가운 얼굴로 나를 맞이해 주었다. 집무실에서 차를 마시면서 총리가 말을 꺼냈다.

"이렇게 합시다. 오늘부터 이기우 실장이 잘하는 건 이 실장이 하고, 내가 잘하는 건 내가 하도록 합시다. 역할 분담을 하자 이말입니다. 그 대신 이 실장이 한 일은 다 내가 한 일로 하겠습니다."

말의 뜻인즉 전폭적으로 나를 믿어 줄 테니 소신껏 일을 하라는 것이었다. 그렇게 이해찬 총리는 나를 완전히 신뢰하고 있었다. 총리가 교육부 장관이었던 시절, 늘 장관에게 반대하거나 입바른 소리를 한 사람이 바로 나였다. 그것이 결과적으로 신뢰를 준 것이다. 이기우는 언제든지 바른말을 하고 정직하다, 일을 맡기면 틀림없이 완수한다는 믿음이 없었다면 가능한 일이었을까. 내 마음에도 총리의 진심이 전해졌다. 감동이 깊게 밀려왔다.

100년에 한 번
나올까 말까 한 공무원

나와 관련하여 많은 사람에게 회자된 말이 바로 '100년에 한 번 나올까 말까 한 공무원'이라는 말이다. 바로 이해찬 총리가 한 말이다. 물론 총리 시절에 한 말이 아니라 이미 교육부 장관 시절에 나를 경험하고, 장소를 바꾸어 가며 많은 사람 앞에서 세 번이나 한 말이다. 그러한 믿음은 국무총리 비서실장으로 일할 때에도 고스란히 적용되었다.

나 역시 수석비서관 세 명에게 말했다.

"당신들이 잘한 것은 직접 총리께 보고하세요. 안 되는 것만 나한테 가져오면 내가 처리하겠습니다."

이런 믿음과 지지로 일을 나누어 하게 되니 총리실이 안 돌아갈 리가 없었다. 비서실 직원 88명이 각자 제 나름대로 기가 살아서 일을 하게 되었고, 결과적으로 직원들이 정말 좋아하면서 일을 하는 분위기가 자연스럽게 형성되었다.

한번은 총리가 밖에서 나에 대한 이야기를 듣고 들어와 나를 부른 적이 있다.

"이 실장, 이 실장이 일을 하면서 강하게 해야 하는데 너무 부드럽게 한다는 이야기가 있는데 어떻게 생각해요?"

나는 정색을 하며, 그러나 정중하게 대답했다.

"총리님, 저 그건 못 바꾸겠습니다. 그런 소리 들어도 부드럽게 하겠습니다. 목에 힘 빼고 하겠습니다. 목에 힘준다고 일이 잘되는 건 아닙니다. 제 힘은 빼면 뺄수록 직원들이 더 협조해 주고 도와줍니다."

총리는 말없이 고개를 끄덕여 주었다.

총리가 실세 총리가 될 수 있느냐 없느냐는 사실 대통령이 총리에게 어떻게 힘을 실어 주느냐에 달려 있다. 그 당시 노무현 대통령은 수석비서관 회의를 따로 하지 않고, 국무회의만 한 번씩 주재했다. 그 대신 총리가 수석비서관 회의를 주재하도록 했다. 그 결과를 일주일에 한 번씩 총리가 대통령에게 보고했으니 실세 총리 역할을 톡톡히 했던 셈이다. 심지어는 국정원에서 대통령에게 하는 일일 보고를 총리가 대신 받을 정도였으니 더 이상 무슨 말이 필요하랴. 나는 비서실장으로서 이 모든 일을 책임지고 조율했다.

총리가 하는 일 중에는 오래된 문제의 매듭을 푸는 일도 있었다. 그 당시 부지 선정으로 말이 많았던 방폐장 문제는 물론 각 행정 부처에서 그동안 해결하지 못하고 꼬인 일들은 전부 총리실로 왔다. 오죽하면 그때의 총리실을 '하수 종말 처리장'이라고 했을까. 총리는 관계 부처 장관 회의를 통해, 한 번에 안 되면 몇 차례에 걸쳐 토론해서 결론을 내리고 이 모든 일을 해결해 나갔다. 회의를 통해 결론이 나면 이해찬 총리는 대통령에게 업무 보고를 하러 청와대로 들어갔다. 이 총리는 애연가였는데 대통령께 업무 보고를 하면서도 담배를 피웠다. 그러면 노무현 대통령은 "내도 한 대 주소." 하며 같이 담배를 피우면서 그 업무 보고를 들었다.

이해찬 총리의 가장 큰 장점은 절대로 왔다 갔다 하는 법이 없다는 것이다. 자신만의 기준이 정해져 있고, 그 기준에 따라 일을 처리해 나갔기에 아랫사람이 일하기가 너무나 편했다. 밖에서 만나는 다른 부처의 사람들은 나만 보면 이해찬 총리와 일하느라 얼마나 어렵겠냐고 위로를 건넸지만 그건 이해찬 총리의 한쪽 면만 잘못 알고 하는 말이었다.

원칙이 있고 가는 길이 확실한 보스의 생각, 뜻에 맞추어 거짓말하지 않고 진심을 다해 성실하게 일하면 도대체 문제가 생길 리가 없다. 국무총리 비서실장을 하면서 총리에게 꾸중 한번 안 들었다고 하면 아마 모든 사람이 거짓말이라고 하겠지만 정말 그랬다. 보통은 아무리 생각이 분명한 사람이라도 밖에 나가서 윗사람을 대면하고 돌아오면 방향이 바뀌기 마련이다. 이 총리는 그런 것이 없었기에 일이 편했고 바로 그런 이유로 비서진으로 있었던 사람들과 몇십 년 동안 좋은 관계를 유지할 수 있었다.

돌이켜 보면 기획관리실장으로 일할 때는 사실 장관이나 차관이 수시로 바뀌다 보니 업무 내용이나 모든 노하우를 나만큼 아는 사람이 없었다. 장차관을 모시면서 정성을 다해 업무 내용을 잘 파악하도록 하는 것이 내 주된 일이었다. 반면에 비서실장은 그야말로 총리가 국정을 잘 수행할 수 있도록 보필하는 자리이기에 정책을 다룬다기보다는 윤활유 같은 역할을 하는 자리였다. 성실한 자세로 모든 걸 도와준다고 생각하고 일을 하다 보니 비서실장이라는 자리에 꼭 맞는 자질을 발휘하게 된 것이나 마찬가지였다. 예를 들어 총리께 보고를 하러 들어온 담당자들에게 이런 식으로 조언을 했다.

"총리님은 보고받는 내용을 꿰뚫는 부분이 아주 탁월하고 빠릅니다. 그러니까 그분이 질문할 때 '이분이 뭘 알아?' 이런 생각으로 대답을 어중간하게 하면 큰코다칩니다. 정말 확실히 아는 것은 확실하게, 어중간하게 아는 것은 꼬리를 내려서 '다음에 더 정확하게 파악해서 잘하겠습니다.' 이런 식으로 보고해야 슬기롭게 보고가 되는 거지, 억지로 총리를 가르치려고 하면 안 됩니다."

이렇게 조언을 해 주면 사람들이 다 고마워했다. 그 밖에도 장관이 총리에게 업무 보고를 하면 비서실장은 뒤에 앉아 그 전부를 듣게 될 때가 부지기수였다. 교육부에서는 오직 교육에만 신경을 썼다면 총리실에서는 정부 각 부처의 모든 일이 총리에게 보고가 되다 보니 국정 전반에 걸쳐 이 기간 동안 공부를 정말 많이 하게 되었다. 세상을 바라보고 국가가 돌아가는 과정을 종합적으로 몸소 체험하면서 내 개인에게는 엄청난 성장의 기회가 된 것이 바로 이 시절의 일이다.

시진핑 당서기와
김영남 상임위원장을 만나다

국무총리 비서실장 시기에 많은 외빈을 만났다. 우리나라를 방문하여 찾아오는 경우가 있고, 총리를 수행하는 국빈 외교 해외 출장이 있었다. 국내에서는 시진핑 저장성 당서기(2005년 7월), 후진타오 중국 국가주석(2005년 11월), 압둘라 사우디아라비아 국왕(2005년 11월) 등 굵직굵직한 인사들과의 만남이 있었다. 이 중에서도 시진핑 당서기가 기억에 남는다.

시진핑 당서기의 경우 면담 요청 때부터 달랐다. 대사관을 통해 섭외가 들어올 때 면담을 요청한 쪽에서는 주로 고위급 인사와 만났다는 모양새를 갖추는 데 신경을 쓰는 경우가 많다. 그런데 시진핑 당서기는 요청 사항이 있었다. 총리 면담 시간을 많이 할애해 달라는 것이었다. 실제로 이해찬 총리와 만났을 때 예리

시진핑 당서기는 한 시간 동안

우리나라 국정 전반에 대해서 상세하게 파악하려고

진지한 태도로 질문하고 대답을 경청했다.

나중에 그가 상하이 당서기를 거쳐

마침내 중국 국가주석이 되는 것을 보면서

한 나라의 지도자는 역시 격이 다르다는 것을 알 수 있었다.

한 질문이 많았다. 국정 전반에 대한 질문이었고, 여느 사람 같았다면 그 자리에서 바로 대답하기 힘든 질문도 있었다. 그러나 이 총리가 업무를 다 꿰고 있었기에 대답에 어려움은 없었다. 유창한 질문과 유창한 대답이 오고 갔다. 그렇게 한 시간이 넘게 면담이 이루어졌다. 나는 옆에서 이 모든 과정을 지켜본 뒤 면담이 끝나고 다른 비서관들을 만나자마자 이런 말을 꺼냈다.

"저 양반 예사롭지 않은데? 인물이야 인물."

감탄과 함께 자연스럽게 나온 말이었다. 시진핑 당서기는 한 시간 동안 우리나라 국정 전반에 대해서 상세하게 파악하려고 진지한 태도로 질문하고 대답을 경청했다. 나중에 그가 상하이 당서기를 거쳐 마침내 중국 국가주석이 되는 것을 보면서 한 나라의 지도자는 역시 격이 다르다는 것을 알 수 있었다.

국무총리 비서실장직을 수행하면서 총 9회에 걸쳐 20개국에 총리를 동행하여 국빈 외교 순방을 경험했다. 중동 5개국 경제 외교 순방, 원자바오 중국 총리 초청 국빈 방문, 베트남 국빈 방문, 싱가포르 국빈 방문, 헝가리 진보 정상회의 참석, 남아시아 지진해일 피해로 인한 인도네시아 대통령 위문 예방, 인도네시아 자카르타에서 개최되는 아시아·아프리카 정상회의, 교황 요한 바오로 2세 서거 조문 사절단의 바티칸 방문, 파드 빈 압델 아지즈 사우디아라비아 국왕의 조문 외교 순방 등이 있었다. 이 중에서도 아시아·아프리카 정상회의에 얽힌 이야기를 소개한다.

북한 권력 서열 2위인 김영남 최고인민회의 상임위원장과의 만남이 인상 깊었다. 2005년 4월에 아시아·아프리카 정상회의

때 자카르타에서 총리를 모시고 김영남 위원장을 만났다. 보통 총리나 국가원수들이 회의장에 들어가면 각국 수행원들은 수행원들끼리 따로 모여 있는 경우가 많다. 우리는 우리끼리, 북한 수행원들 역시 자기들끼리 이야기를 하고 있었다. 그 당시 남북관계가 교착 상태에 빠져 있을 때였다. 우리는 일부러 북한 수행원들 쪽으로 다가가 먼저 말을 걸었다. 물론 그들은 잔뜩 경계하면서 접근 자체를 거부했다.

둘째 날이 되었다. 각국 정상들이 회의하다가 잠깐 나와서 차를 마시는 휴식 시간이 있었다. 마침 휴게실에 김영남 위원장의 모습이 보였다. 원래는 정상이 아니면 들어가지 못하게 되어 있는 휴게실이었지만 나는 일부러 들어가서 김영남 위원장에게 정중하게 인사를 건넸다.

"안녕하십니까. 이해찬 총리를 모시는 비서실장 이기우입니다. 이해찬 총리께서 김영남 위원장님을 정말 훌륭하신 분이라고 말씀해 주셨습니다. 온화한 모습에 깊은 인상을 간직하고 있었는데 여기 앉아 계셔서 인사드리러 왔습니다."

사실은 김영남 위원장이 어떤 반응을 보일지 예측하지 못한 상황이었다. 그런데 김 위원장은 넉넉한 미소를 지으며 내 말을 받아 주었다.

"그래요, 이해찬 총리는 어떤 분인가요?"

나는 반가운 마음에 이해찬 총리에 대해 설명을 드렸다. 김영남 위원장은 "아, 그래요." 하면서 고개를 끄덕였다. 그날 내가 김 위원장과 이야기를 나눈 시간이 8분 정도였다. 때마침 나와 김 위원장이 대화를 나누는 모습이 KBS 카메라에 잡혀 그날 저

며칠 동안 회의장에서 밥 먹으러 오가는 사이
만날 때마다 김영남 위원장에게 인사를 했다.
어느 순간부터 김 위원장도 내 인사를 받고
나를 반겨 주는 것이 아닌가.

녁 뉴스에 보도되었다. 며칠 동안 회의장에서 밥 먹으러 오가는 사이 만날 때마다 김 위원장에게 인사를 했다. 어느 순간부터 김 위원장도 내 인사를 받고 나를 반겨 주는 것이 아닌가. 김 위원장의 태도가 변하니 수행원들의 태도 역시 훨씬 부드럽게 바뀌었다. 그러한 과정을 거쳐 이해찬 총리와 김영남 위원장의 대담이 이루어졌다.

총리급 이상의 남북 지도자급 면담은 2000년 남북 정상회담 이후 처음 있는 일이었다. 이날 면담에는 북측은 외무성 관계자 여섯 명이, 남측은 나를 포함하여 외교부 차관 등 일곱 명이 각각 배석했다. 대담 일정은 외교부가 챙겨서 진행했지만, 총리와 위원장 사이에서 내가 결코 무시할 수 없는 역할을 했다고 평가할 수 있겠다. 평상시 국무총리 비서실장의 역할이 바로 모든 일이 부드럽고 유연하게 잘 돌아가도록 윤활유 역할을 하는 것이다. 이런 신념이 있었기에 어려운 순간이었지만 내 나름의 역할을 한 것이다. 이 대담으로 중단된 남북 당국자 회담을 다시 재개하는 데 뜻을 모으는 등 이후 남북 관계가 잘 풀려나갈 수 있는 계기가 마련되었다.

이기우를 빼앗겼다

1년 6개월이 넘도록 국무총리 비서실장직을 성실하게 수행하고 있던 어느 날이었다. 대통령 인사수석이 나를 찾아왔다. 곧 있을 인사이동에서 열네 개 부처 차관을 바꾸는데 교육부 차관직을 맡아 달라는 이야기였다.

후보 검증을 하다 보니 열세 명의 차관은 금방 결정됐는데 교육부 네 명의 차관 후보 중에 일을 맡길 사람이 없다는 것이었다. 인사위원 중 나를 잘 아는 사람이 한 명 있었고, 이기우 국무총리 비서실장을 교육부 차관으로 데려오면 잘할 거라는 추천이 있었다고 했다. 국무총리 비서실장인데 데려다 쓸 수 있겠느냐는 의문이 있었지만 일 잘하는 걸로 따지면 이기우밖에 없다는 말도 나왔다고 덧붙였다. 그래서 인사수석이 나를 한번 만나러 온 것이다.

사실 인사수석은 나를 만나기 30분 전에 이미 이해찬 총리를 만났다고 했다. 총리에게 비서실장을 교육부 차관으로 발탁하겠다고 하니, 총리로서는 거절하기가 쉽지 않았던 모양이다. 과거 노무현 대통령이 나를 교육부에 중용하려던 적이 있었다. 그때 이미 한 번 비서실장으로 뺏어 온 전력이 있으니 이번에도 또다시 대통령의 뜻을 막을 명분이 없었던 것이다. 하지만 이 총리로서는 비서실장을 주기가 싫은 마음을 감출 수가 없었던 것 같다. 결국 공은 나한테 넘어오고 말았다. 이해찬 총리가 겨우 꺼낸 말이 당사자한테 물어보라는 말이었다는 것이다. 지금 와서 하는 말이지만 그 당시 인사수석은 이런 말도 덧붙였다.

"노 대통령께서 앞으로 교육부 장관 바뀌면 이 실장을 장관으로 쓰라는 말씀도 하셨습니다. 이 실장이 차관으로 계시다가 장관 하면 좋지 않겠습니까?"

그 말을 듣고 마음이 흔들리지 않았다면 거짓말일 것이다. 한 나라의 교육 전반을 책임지는 수장으로 그동안 내가 교육부에서 쌓아 온 역량을 펼칠 수 있는 기회가 열린다는데 마다할 사람이 어디 있겠는가. 그런 이유로 나는 "절대 안 됩니다."라고 단호하게 대답하지 못하고 조금 약해진 마음으로 "안 됩니다." 정도로 대답을 하고 말았다. 말의 내용은 거절이었지만 강하게 의사 표명을 하지 못했던 것이다. 인사수석은 내 심중을 눈치챈 것 같고, 결국 나를 만나고 가서 곧바로 대통령께 보고를 했다.

마침내 나는 교육부 차관으로 발령을 받게 되었다. 그것이 2006년 2월의 일이다.

이해찬 총리는 답답하고 서운한 속을 감출 수가 없었던 것 같다. 수석비서관들과 장관이 참석하는 아침 회의 석상에서는 마이크를 잡고 이런 말까지 한 적도 있다.

"내가 이기우 실장을 뺏기고 아직도 안타까운 마음이 남아 있습니다."

이해찬 총리가 가진 나에 대한 신뢰는 그만큼 컸다. 물러나면서 내가 아무리 후임 비서실장으로 여러 명을 추천해도 결국 총리직이 끝날 때까지 그 자리를 공석으로 남겨 둔 분이 바로 이해찬 총리였다.

아마도 많은 사람이 이런 이야기를 들으면 참 행복한 고민이라고 말할지도 모르겠다. 여기저기서 나를 찾는 사람이 많고, 차관은 물론 장관까지 예정되었을 뿐만 아니라, 어떤 상사는 내가 떠났다고 그 자리에 다른 사람을 앉히지도 않고 나에 대한 무한한 신뢰를 보여 주었으니 말이다. 맞는 말이다. 나 역시 내 능력을 인정받는 것 같아서 큰 기쁨으로 감사하는 마음을 가졌다.

하지만 이 과정에는 나만의 에피소드가 하나 더 있다. 실은 나에게 장관이라는 중책이 주어진다면 내가 하고 싶은 부처가 따로 있었다. 그것은 바로 해양수산부 장관이었다. 내가 이러한 마음을 처음 밖으로 표현한 것은 한덕수 경제부총리를 만났을 때였다. 교육부 차관으로 가기 전 한덕수 부총리에게서 만나자는 연락이 온 적이 있다. 한 부총리는 여러 이야기 끝에 나에게 이렇게 물어 왔다.

"실은 내가 이해찬 총리를 대신해서 이 자리를 만들었어요. 총리께서 말씀하시길, 이 실장이 나중에 장관을 하게 되면 어떤 장관을 하고 싶은지 물어봐 달라고 하셨거든요."

이해찬 총리는 내가 당신의 비서실장으로 고생했으니 직이 끝난 뒤에는 장관 자리에 적극 추천할 생각이었던 것 같다. 그래서 한 부총리에게 대신 내 의중을 묻도록 했다. 그때 내 대답은 바로 해양수산부 장관을 하고 싶다는 말이었다. 한 부총리는 그 말에 놀라는 눈치였다. 아마도 당연히 교육부 장관직을 예상했던 것 같다.

"제가 거제도 촌놈이고 부산에 오래 있었잖습니까. 바다와 관련된 일을 해 보고 싶습니다."

이미 그런 일이 있었기에 나로서는 국무총리 비서실장으로 내역할을 성실하게 마치고 나면, 그다음에 해양수산부로 가게 될 것이라고 생각하고 마음의 준비를 하고 있는 상황이었다. 그런데 대통령이 다시 나를 부르게 되었고, 결국 나는 교육부 차관으로 가게 되었다. 그러니 내심 아쉬운 마음을 감출 수가 없었다. 하지만 그것도 잠깐, 나는 곧 마음을 정리했다. 교육부 차관으로 발령을 받은 이상 이전의 나를 미련 없이 정리하고 다시 새로운 나로 태어나야 했다. 이전의 나를 깔끔하게 정리한 후 맡은 일을 수행하는 나의 특성이 이번에도 발휘된 것이다.

교육부 차관으로 발령을 받은 이상

이전의 나를 미련 없이 정리하고 다시 새로운 나로 태어나야 했다.

이전의 나를 깔끔하게 정리한 후 맡은 일을 수행하는

나의 특성이 이번에도 발휘된 것이다.

뜻하지 않은 낙마

사람의 일은 정말 모른다. 표면적으로는 단순하게 보였을지라도 나름 우여곡절 끝에 교육부 차관으로 임명되었다. 이제 내가 할 일만 제대로 하면 된다고 생각하고 일에 매진하던 중, 우연히 이해찬 총리의 부산 일정에 동행하게 되었다. 이 일이 나를 완전히 다른 길로 이끌 줄은 그때는 알지 못했다.

사실은 갑작스러운 동행이었다. 2월 28일 오전에 총리가 3.1절 아침에 내려오니 같이 모시고 오면 좋겠다는 말이 부산 쪽에서 있었다. 비행기 예약이 안 되어 있어서 망설였다. 다른 사람들은 다들 예약이 되어 있었지만 나는 갑작스럽게 연락을 받은 것이어서 비행기표를 당일 아침에 구입하여 동행했다. 그런 요청을 거절할 수 없는 이유가 있었다.

앞서 말한 바와 같이 국무총리 비서실장에서 물러나 교육부 차관으로 임명을 받은 뒤, 이해찬 총리가 나를 대신할 후임이 없는 채로 총리직을 수행하고 있는 실정이었다. 전임 비서실장으로서 당연히 마음의 짐으로 남을 수밖에 없었다. 그 당시 이 총리는 장모가 병환 중이었음에도 1년 동안 부산에 못 내려간 상황이었다. 원래는 2월 25일에 내려가려던 것이 가족과 함께 가려고 일정을 조정하다 보니 공교롭게도 3월 1일로 변경되었다. 총리로서는 해외에 나갔다가 온 뒤였고, 국회 일정으로 몸도 안 좋은 상황에서 부산으로 장모를 뵈러 가는 김에 휴일이니까 골프 일정이 잡혀 있었던 것이다. 총리의 이 일정은 지역 신문을 통해 알려졌다. 결국 3.1절 행사가 진행되던 시각에 총리가 골프를 치고 있었다는 공격을 받으면서 걷잡을 수 없이 커다란 문제로 비화하고 말았다.

그뿐만 아니라 그때가 바로 철도 노조의 파업 첫날이기도 했다. 골프를 하지 않는 게 좋겠다고 말하지 못한 내 잘못이 컸다. 매우 후회스러운 상황이었다. 파문은 걷잡을 수 없이 커져만 갔다. 정치권과 언론의 본격적인 지탄이 이어졌다. 얼마 뒤 일요일, 청와대에서 연락이 왔다. 이해찬 총리가 앞으로 골프를 안 하겠다는 발표를 해 달라는 요청이었다. 나는 곧바로 총리 공관으로 갔다. 이해찬 총리는 마침 사모님과 이야기를 나누고 있었다. 나는 연락받은 대로 말을 전했다. '총리 재직 동안은 골프를 안 치겠다고 말씀하시면 어떻겠냐'는 말이었다.

"직접 말씀하실 수는 없으니까 전임 비서실장인 제가 대신 발표하겠습니다."

그러자 이 총리가 단호하게 말을 했다.

"그러지 마세요. 내가 그만두겠습니다."

깜짝 놀랐지만 총리의 성격을 알고 있는 내가 더 이상 어떻게 말을 할 수 있는 상황이 아니었다. 바로 옆에서 이 총리의 말을 듣고 있던 사모님이 말을 꺼냈다.

"그래요, 당신이 그만두세요."

적극적으로 말릴 줄 알았던 사모님이 오히려 이해찬 총리의 결심에 불을 당기고 있었다. 나는 곧바로 청와대에 들어갔다. 그리고 이 총리의 상황을 전달했다.

"정말입니까. 이 총리께서 정말 그러셨어요?"

모두들 믿지 못하는 눈치였다.

"그분 성정에 기짓말을 하겠습니까."

다시 총리 공관으로 돌아와 이 총리에게 청와대에 다녀왔다는 보고를 했다. 얼마 뒤 바로 해외 출장 중이던 노무현 대통령의 전화가 왔다. 옆에서 듣기로는 아마도 '그만두어서는 안 된다'는 설득이었던 것 같다. 그러나 상황은 여의치가 않았다. 나는 바로 모든 과정을 허심탄회하게 알리겠다는 마음으로 기자 회견을 했다. 별 소용이 없었다.

총리가 물러나야 한다는 목소리가 더 높아졌다. 나에게도 결단의 순간이 찾아왔다. 나와 이해찬 총리의 오랜 관계를 모르는 일반 사람들에게는 교육부 차관이 왜 총리 일정에 동행했는지 이해할 수 있는 여지가 없었던 것이다. 대통령의 원활한 국정 운영을 위해서는 이해찬 총리가 남아 있을 필요가 있었다. 총리의 부담을 덜어 주기 위해서 결국 나는 차관을 사퇴했다. 그러나 나의 사퇴로도 총리의 사퇴를 막을 수는 없었다. 하루의 시간차를 두고 이해찬 총리 역시 총리직에서 사퇴하게 되었다. 이렇게 해서 내 짧은 차관 시절이 끝났다.

골프 사건 이후에 총리직을 그만둔 이해찬 총리를 고등학교 동문들이 위로하는 자리가 있었던 모양이다. 나는 밤 10시쯤 와달라는 전화를 받고 그 자리에 참석하게 되었다. 가 보니 이해찬 총리의 동문들이 죽 앉아 있었다. 이해찬 총리는 나를 자신의 옆자리에 앉혔다. 그리고 이야기를 시작했다.

"제가 여러분 앞에서 이건 이야기를 해야겠습니다. 우리 동문들 사이에서 이기우 차관 때문에 내가 이렇게 됐다, 이런 말이 있는데 사실은 반대예요. 나 때문에 이 차관이 날벼락 맞은 겁니다. 그러니 앞으로는 절대 이 차관 이야기는 안 나왔으면 좋겠습니다."

아마도 이 총리는 다른 자리에서도 나에 대한 미안함을 사람들에게 표현했던 것 같다. 여러 경로를 통해 나에게도 그런 말들이 들렸다. 그해 11월, 이해찬 총리의 장모가 돌아가셨다. 부산으로 문상을 갔고 다시 이해찬 총리를 만나게 되었다. 자리를 지키다가 보니 그새 자정 가까이 돼 있었다. 여기저기서 조문객들을 응대하던 이 총리가 나에게 다가왔다.

"이 차관, 우리 술 한잔합시다."

그렇게 오랜만에 이해찬 총리와 마주 앉았다.

"내가 이 차관에게 잘못한 게 하나 있어요. 그때 내가 빨리 그만뒀어야 하는데 그걸 안 해서 이기우 차관한테 피해를 입혔으니 그게 아직도 미안해요. 나는 그만둬도 이기우 차관을 그때 살

렸어야 했는데……."

후회가 밀려오는 목소리였다. 그러나 지난 일은 지난 일, 나에게는 더 이상의 미련도 남아 있지 않았다. 오히려 이해찬 총리가 상사로서 끝까지 보여 준 신의에 감사했다.

"아닙니다. 미련을 가진 예전의 저는 이미 오래전에 정리했습니다. 걱정 안 하셔도 됩니다. 제가 술은 못하지만 오늘은 총리님께 술 한잔 따라 드리고 싶습니다."

두 분의 대통령을 배출한
고향 거제

거제(巨濟)는 '크게 구제한다'는 뜻이다. 풍수적으로도 한반도 남쪽 끝자락에 위치해 땅의 기운이 매우 왕성한 곳이다. 그래서 일까. 내 고향 거제는 대통령을 두 분이나 배출했다. 김영삼 대통령과 문재인 대통령이다. 대통령은 국가원수이며 행정부의 수 반이니 공무원 출신인 나에게는 대통령이 가장 높은 상사인 셈 이다. 공무원 출신으로서 두 분 대통령과 고향이 같다는 게 얼마 나 자랑스러운지 모른다.

먼저 고 김영삼(YS) 대통령부터 소개한다. 김영삼 대통령 재 임 중에 나도 교육부에 근무하고 있었으니 그분에 대한 일화는 많을 수밖에 없다. 그러나 내 공무원 재임 중에 관련된 일들은 생략하고, 고향에 관련된 일을 회고해 본다. 김영삼 대통령의 고향은 거제시 장목면이다. 내 고향은 이웃 면인 연초면이다. 내 아내가 김영삼 대통령과 같은 장목면 출신이다.

2010년도에 나는 '재경거제향인회' 회장으로 선출되었다. 하지만 향인회가 몇 년 동안 와해되어 이름만 겨우 유지되고 있었다. 향인회 재건을 위해 기금 2억 원을 모금하고 조직을 새로이 구축했다. 나는 연말 송년회를 준비하는 과정에서 김영삼 대통령을 모시기로 마음먹고, 초청장을 들고 회장단 다섯 명이 상도동으로 찾아뵈었다.

김영삼 대통령께서는 불편한 노구임에도 반갑게 맞아 주셨다. 처음부터 고향 이야기를 시작하여 끝없이 이어졌다. 점심때가 되자 거제도 토속 음식의 하나인 멸치를 넣은 시락국이 나왔다. 선물로 준비한 포도주를 보시더니 한 말씀 하셨다.

"너거, 내가 '딸보' 와인 좋아하는 줄 우찌 알았노? 내야 와인 맛을 제대로 아나. 클린턴 대통령이 국빈 방문했을 때 딸보를 좋아한다고 해서 만찬주로 준비하라고 했더니 그 후로 내가 딸보를 좋아한다꼬 소문이 난기라. 딸보, 그거 마셔 보니 맛이 시금텁텁한 기 특별한 맛은 아인 것 같던데, 와인 맛이 다 그서 그 아이가."

그 말씀에 우리도 웃고 어르신도 파안대소했다.

12월 17일에 더케이호텔에서 열린 송년의 밤 행사에 김영삼 대통령께서는 건강이 악화되어 운신이 자유롭지 않으심에도 불구하고, 부축을 받고 오셔서 향인회에 힘을 실어 주시고 격려의 말씀을 하셨다.

"우리는 거제에서 태어난 것에 자부심을 가지고 고향을 자랑

12월 17일에 더케이호텔에서 열린 송년의 밤 행사에

김영삼 대통령께서는 건강이 악화되어

운신이 자유롭지 않으심에도 불구하고

부축을 받고 오셔서 향인회에 힘을 실어 주시고

격려의 말씀을 하셨다.

재경거제향인회 회장단 '김영삼 전 대통령 예방'

향인회 활성화 방안 등 환담 나눠…

재경거제향인회 이기우(재능대총장) 회장과 윤용식(장승포) 송년모임준비위원장 겸 부회장, 윤모성(신현) 부회장, 김창환(사등) 부회장과 김철수 사무국장(하청) 등 회장단은 지난 13일 오전 10시 30분 상도동 김영삼 전대통령을 예방했다.

이날 재경거제향인회 회장단은 오는 12월 17일 양재동 교육문화회관에서 개최되는 '2010, 송년의 밤 행사' 초청장을 김영삼 전 대통령에게 전달한 후 1시간 동안 거제향인회 발전과 향 후 진로 등에 대해 환담을 나눈 후 오찬을 함께 했다.

이 자리에는 김기수(남부) 전 수행비서실장과 김상학(장승포) 비서관이 동석했다. 한편 재경거제향인회 윤용식 송년모임 준비위원장을 비롯한 사무국장, 읍·면 간사 등 11명은 15일 오후 7시 모임을 갖고 향인수첩 제작 및 송년의 밤 준비사항 등을 논의했다.

박혜정 기자 skok@geojenews.com

하고 사랑해야 합니다. 그리고 이기우 회장을 중심으로 자주 모이고 단합하여 향인회가 거제 사랑의 중심이 되도록 해야 합니다."

배웅하는 호텔 로비에서 "이 회장, 고향을 위해 수고가 많다. 니만 믿는다."라는 말씀과 함께 어깨를 다정하게 다독이고 떠나셨다. 이를 계기로 재경거제향인회는 공백기를 딛고 재기하여 본궤도에 오를 수 있었다. 지금 생각해도 정말 고향을 사랑하는 큰 어르신이셨다. 영면하신 후에 빈자리가 더욱 크게 느껴지고 그리운 마음이다.

문재인 대통령 역시 거제에서 지기(地氣)가 매우 왕성한 계룡산 아래에서 태어나셨다. 문재인 대통령의 부모는 6.25 전쟁 때 거제도로 피란 온 분들이다. 1950년 12월 23일, 흥남 철수 작전 때 마지막 피란선인 매러디스 빅토리호를 타고 12월 25일 거제도 장승포항에 도착했다. 이후 행정 절차에 따라 14,005명의 피란민들은 거제의 각 읍면으로 분산됐다. 문재인 대통령께서는 1953년 1월 24일 거제시 거제면 명진리 남정마을에서 출생하셨다. 거제에서 태어나시고, 부산 영도에서 성장하시어 명문 경남고등학교를 졸업하셨다. 일가도 친척도 거의 없다. 씨족이나 가문, 집안의 후광도 없이 나라의 최고 지도자가 되신 것이다.

나와의 인연은 내가 국무총리 비서실장을 할 당시 청와대 민정수석으로 계셨다. 그 당시에 많은 교감을 하고 이심전심으로 가까워졌다. 그 후에 대통령 비서실장도 역임하셨다. 인구에 회자되는 일화가 있다. 부임하실 때 서류가방 하나 달랑 들고 청와대에 오셨다가 가실 때도 서류가방 하나 달랑 들고 가셨다는 이야기가 전설처럼 전해진다. 2016년 9월 26일, 대통령 후보 시절 더케이호텔에서 개최한 '거제향인회 운영협의회'에 내가 초청을 드렸다. 기꺼이 시간을 내주시고 향인회 고문으로 추대하자 흔쾌히 승낙하셨다. 그 자리에서 "오늘 재경거제향인회 운영협의회에 참석하여 인사말을 하게 되어 감사합니다. 그리고 고문으로 위촉해 주셔서 고맙습니다. 저는 고향이 거제도인 것에 무한한 자긍심을 가지고 있으며 자랑으로 여깁니다. 앞으로 향인회 발전과 고향 거제 발전에 힘을 모으도록 하겠습니다."라고 약속하셨다. 만찬을 겸한 모임에서 각 테이블을 직접 돌아다니며 일일이 악수를 나누고 기념 촬영을 하셨다. 그 후 고향 행사가 있을 때마다 격려해 주시고 힘을 모아 주신다.

요즈음 거제의 위상이 달라지고 있다. 거제의 숙원들이 하나둘씩 구체적으로 실현 가능한 그림으로 그려지고 있음은 큰 영광이 아니겠는가. 조선소 문제, 남부내륙철도 거제 연장, 저도 반환 등이 착착 진행됨은 우연이 아니다. 우리 거제인 모두는 커다란 자랑으로 여긴다.

우리 거제인들은 두 분의 대통령을 배출한 거제가 고향이라는 사실에 무한한 자긍심을 지니고 있다. 훌륭한 업적을 남겨서 후대에까지 칭송받는, 역사에 뚜렷한 족적을 남기는 대통령이 되시기를 기대하는 것은 나만의 기원이 아닐 것이다.

문재인 대통령의 후보 시절 더케이호텔에서 개최한
'거제향인회 운영협의회'에 내가 초청을 드렸다.
기꺼이 시간을 내주시고 향인회 고문으로 추대하자
흔쾌히 승낙하셨다.

Chapter 3

새로운 길,
인천재능대학교의
기반을 다지다

새로운 인연,
박성훈 회장을 만나다

차관직에서 물러난 뒤 나는 나름대로 또 다른 인생을 계획하고 있었다. 고향 거제를 위해 일해 보고 싶은 열망이 생겼다. 거제 연초중학교 총동문회 회장을 하고 거제도를 왔다 갔다 하면서 이런 마음이 더욱 솟아났다.

그러던 중에 재능그룹 박성훈 회장을 만났다. 박성훈 회장은 나를 보더니 대뜸 이렇게 말했다.

"어떻게 그럴 수가 있나?"

나는 영문을 알 수 없어 눈만 깜빡거려야 했다.

사실 박성훈 회장은 부산고 선배로서 평소 교육에 대한 관심도 높고 남다른 교육 철학을 가진 분으로 예전부터 내가 존경해 왔다. 교육부에 근무할 때부터 박성훈 회장은 내가 공직을 떠나면 당신이 이사장으로 재직하고 있는 재능대학(현재 인천재능대학교)에 총장으로 와 줄 것을 권했었다. 그뿐만이 아니었다. 한국교직원공제회 이사장 시절에는 내 사무실까지 직접 방문하여 총장으로 와야 한다면서 계약서까지 쓰자고 말하기도 했다. 공제회 이사장 임기가 3년이었는데, 3년이 지나면 반드시 재능대학으로 와서 도와 달라는 압력이었던 셈이다. 나는 박성훈 회장에게 이렇게 말했다.

"회장님, 계약은 무슨 계약입니까. 제가 만약에 대학으로 가게 된다면 반드시 재능대학으로 가겠습니다."

그 후 이번에는 차관에서 물러나자 다시 나를 찾아오신 것이다. 그런데 나를 만나자마자 어떻게 그럴 수 있느냐고 서운한 마음을 표현하니 어리둥절할 수밖에 없었다.

알고 봤더니 그럴 만한 이유가 있었다. 교육부 차관에서 물러나자 4년제 대학을 포함하여 몇몇 대학에서 나에게 총장으로 일해 달라는 요청이 있었다. 내가 가진 교육과 경영 노하우를 좋게 보는 사람이 많았다. 그때 작은 문제가 생겼다. 4년제 대학 중한 곳의 총장직 수락 요청에 나는 그 자리에서 곧바로 거절을 하지 않고 생각해 보겠다는 말로 우회적으로 거절의 뜻을 밝혔다.

하지만 그건 내 생각이었을 뿐이다. 내가 적극적인 태도를 보이지 않으면 자연스럽게 그쪽에서 내 뜻을 알아챌 것이라는 생각이었는데, 그쪽 대학 이사장은 내가 승낙한 것으로 오해한 것이다. 그 뒤 가까운 주위 사람들에게 이기우를 총장으로 모시게 되었다는 말을 하게 되었고 그 말은 곧 박성훈 회장에게까지 들어갔다. 그런 이유로 박성훈 회장은 내가 약속을 저버렸다는 생각을 하게 되었다. 공제회 사무실까지 찾아가 꼭 재능대학에 가겠다는 다짐을 받았는데, 이제 와서 다른 대학으로 가겠다니 박성훈 회장으로서도 오해할 만한 상황이 된 것이다. 그렇게 차관직에서 물러난 나를 찾아오신 박성훈 회장의 요청과 주변 지인들의 권유를 거절할 수가 없었다. 갑작스럽게 내 인생에 대학 총장이라는 새로운 문이 열렸다.

물론 재능대학을 선택할 때 고민이 없었던 것은 아니다. 그러나 나는 자리의 크고 작음에 연연하지는 않았다. 나는 평생 나를 필요로 하는 곳에서 주어진 일을 제대로 하는 데 의미와 가치를 두고 살아왔다. 내 능력을 가장 잘 발휘할 수 있고 내 손길을 가장 필요로 하는 곳에서 일하고 싶다는 생각이었다. 그래서 어느 자리에 가든 인정을 받고 나를 발전시킬 수 있었다.

그 당시 내가 알고 있기로는 재능대학은 경쟁력이 낮은 대학이었다. 오히려 그런 면이 내 의욕을 자극했다. 우리는 흔히 최선의 선택을 가장 쉬운 길을 택하는 것으로 착각하는 경향이 있다. 그러나 내 인생에 비추어 보면 최선의 선택은 오히려 가기 어려운 길인 경우가 많았다. 우리는 눈앞의 평안 때문에 쉬운 길을 선택해 놓고서는 그것이 마치 최선의 선택이었다고 착각한다. 손쉬운 길은 손쉬운 결론만을 요구할 뿐이다. 그런 길은 몸은 편할 수 있으나 성취의 기쁨은 없다. 도전의 즐거움은 얻지 못한다. 내가 재능대학을 선택한 것은 바로 쉽지 않은 길을 개척하고 도전해 나가면서 신망을 얻을 수 있으리라는 기대 때문이었다.

차관직에서 물러난 나를 찾아오신 박성훈 회장의 요청과

주변 지인들의 권유를 거절할 수가 없었다.

갑작스럽게 내 인생에 대학 총장이라는 새로운 문이 열렸다.

강도 높은 감사를 실시하다

2006년 7월 1일, 재능대학에 부임했다. 부임 전 내 밑에서 일했던 교육부 국장에게 내가 이만저만해서 재능대학에 가게 되었다고 말한 적이 있다. 그의 첫마디가 놀라웠다.

"차관님, 그 대학은 하위권 학교인데 거길 왜 가려고 하십니까?"

나는 이미 재능대학에 가기로 결심한 터라 그런 말이 귀에 들어오지 않았다. 하지만 막상 대학에 와 보니 내 생각이 빗나간 것을 알 수 있었다. 재능대학은 인천이라는 지역을 기반으로 하고 있음에도 불구하고 지역에서 학생들에게 잘 알려지지 않았다. 입시 지원율도 저조했다. 직원들의 업무 처리도 미숙했다. 학교 구성원들의 자신감도 많이 떨어져 있었다. 예산 관리 역시 문제가 많았다. 재정은 늘 어려워서 재단의 도움을 받지 않으면 안 되었다.

교직원 상호 간의 신뢰 수준도 낮았다. 교수는 직원의 능력을 평가절하하고, 직원은 권위적인 교수에게 협조적이지 않았다. 직원들 간에도 노조원과 비노조원으로 나누어져 서로 대립하는 상황이었다. 교육 시설도 충분하지 않았다.

대학 운영이 왜 이렇게 되었을까. 설립자가 대학을 설립하고 나서 그 당시 일부 사립대학들의 병폐였던 가족 중심의 폐쇄적 경영을 하다 보니 학교 발전이 많이 뒤처졌다. 설립자 사후에는 2세가 경영에 참여하면서 가족 구성원 간에 갈등이 생겨서 운영 상의 큰 어려움을 겪었다. 그 어려움이 지속됨에 따라 학교 재단 은 운영권을 교육 문화 기업인 ㈜재능교육에 넘기게 되었다. 그 대학이 재능대학의 전신인 대헌공업전문대학이다. 1997년에 재 능교육에서 대학을 인수하고 이듬해에 대학 이름을 대헌공업전 문대학에서 재능대학으로 바꾸었다. 하지만 그 안에 있는 내용 을 그대로 인수받은 것이 문제였다.

특히 인적 구성이 결정적인 문제였다. 직원들 중에는 전 재단 이 세운 대헌공고나 대헌공업전문대를 졸업했거나 설립자의 친 인척 등의 연으로 얽혀 있는 사람이 대부분이었다. 이렇게 학연 과 인척 관계로 얽히고설키다 보니 구성원들끼리 '좋은 게 좋다' 는 식으로 적당주의가 자리 잡고 있었다. '재능대학이 생각보다 문제가 많구나. 근본적인 개혁이 필요하니 마음을 단단히 먹어 야 되겠네.' 하면서 나는 스스로에게 다짐해 보았다. 학교의 전 반적인 상황이 이렇다 보니 학교의 문제점을 새로 온 총장에게

2006년 7월 1일, 재능대학에 부임했다.

내가 원칙을 중시하다 보니

기본을 제대로 세우지 않으면

좋은 학교로 도약할 수 없다고 생각했다.

보고할 수 있는 시스템이나 여건 자체가 마련되어 있지 않았다. 심지어 업무 보고를 할 때 어떤 부서는 변변한 보고서 자료도 없이 메모 용지 한 장 달랑 들고 브리핑하는 게 전부인 경우도 있었다. 그래서 나는 학교의 전반적인 문제점을 속속들이 파악하기 위해 감사를 실시하기로 결심했다. 대학의 문제점을 객관적이고 공정하게 파악하려면 강도 높은 감사 이외에는 달리 방법이 없었던 것이다.

나는 행정 감사 제도를 법인 정관에 두고 모든 분야의 감사를 시작했다. 외부 감사가 아니라 법인에서 하는 자체 감사였다. 나와 함께 일했던 사람 중에 교육부 직업교육정책과장 출신이 있었다. 그 당시에 일을 그만두고 캐나다로 이민을 가서 살고 있었는데 행정 감사의 귀재였다. 그에게 도움을 요청하며 "감사의 전권을 줄 테니 눈치 보지 말고 소신껏 평가해 주세요!"라고 부탁하면서 감사 임무를 맡겼다. 1개월 정도 전면적인 감사를 실시하고, 대학 행정의 정상화를 위해 2개월이 지난 뒤 다시 1개월간의 감사를 더 실시했다. 총 2회의 감사가 진행된 것이다.

교직원들은 감사가 처음 시작될 때 '대학의 최고경영자가 새로 왔으니 업무를 파악하기 위해 감사를 실시하겠지.' 하면서 대수롭지 않게 생각했다. 하지만 두 번째 감사가 진행되면서 교직원들도 긴장하기 시작했다. 회계 부분뿐만 아니라 학사 행정 등 대학 업무 전반에 걸쳐 종합적인 감사가 실시된 까닭이다.

일반적으로 외부 감사가 나오면 감사에 적발되지 않기 위해 무엇이든 자꾸 숨기게 마련이다. 그러나 나는 내부 구성원들이 감사에 자연스럽게 협조할 수 있는 구도를 만들었다. 1차 감사에서 회계 비리 의혹이 있던 직원들에 대한 정보를 가지고 있었다. 직원들도 2차 감사가 실시되면서 '의례적인 감사가 아니구나. 제대로 된 감사가 될 것 같다. 어차피 진실이 밝혀질 텐데 괜히 진실을 은폐하려고 해서는 안 되겠구나.' 하는 분위기가 확산되어 갔다. 어느덧 관련된 교직원들이 진실을 덮으려는 시도가 소용없다는 것을 깨닫고 사실대로 진술함으로써 협조하기 시작했다. 감사의 진정성이 먹혀들어 가면서 '잘됐다. 이번 기회에 제대로 시스템을 갖춰서 우리도 뭔가 해 보자.'라고 생각하는 교직원이 점점 늘어나기 시작한 것이다.

감사 기간 동안 감사 내용은 철저한 보안 속에 이루어졌다. 감사 내용은 감사를 받은 당사자들의 입을 통해 간헐적으로 전달되었을 뿐 감사의 전반적인 내용은 철저히 비밀에 붙여졌다. 행정처장조차도 감사 내용을 알 수 없었다. 이러한 보안이 오히려 감사에 대한 신뢰감을 높여 주었다.

마침내 감사 결과를 받아 보았다. '아, 재능대학이 예상보다 어려움이 많구나!'라는 생각이 들었다. 물론 그 당시의 관행은 재능대학에 국한된 사항이 아니었을지 모른다. 한 교수가 했던 말이 생각난다.

"그때 우리 학교는 특성화 사업을 해 본 경험이 적어서 제대로 된 가이드도 없었어요. 주무부처인 산학협력처조차 회계 집행에 적합한 업무 매뉴얼로 가이드를 해 주지 못했으니까요."

사정이 이러하니 교수들의 프로젝트 정산 내용 중에서도 간이 영수증 등 쓰임이 부적절하고 방만한 경우가 많이 나타났다. 근거 규정 없이 "내 프로젝트 예산 내가 쓰는데 무슨 문제냐?"라고 하면서 자의적으로 회계 집행을 한 것이다.

사실 나는 적당히 타협하고 넘어갈 수도 있었다. 그러나 내가 원칙을 중시하다 보니 기본을 제대로 세우지 않으면 좋은 학교로 도약할 수 없다고 생각했다. 그래서 안일과 적당주의의 관행을 뛰어넘어 감사 결과에 따라 단호한 조치를 내렸다.

사상 초유의
국고 지원금 반납 사건

감사 결과를 받고 놀란 대목이 여러 군데 있지만, 그중에서도 눈에 들어온 것은 국가에서 지원받은 돈으로 특성화 사업을 진행하면서 영수증 처리가 제대로 되지 않은 것이다. 대부분이 간이 영수증이었고 내역도 불투명했으며 과다하게 처리된 금액도 상당했다. 이런 부분들을 세밀하게 찾아냈고 담당자들을 불러 먼저 그들의 이야기를 충분히 들어 보기로 했다.

그런데 이들에게는 좀처럼 반성의 기미가 보이지 않았다. 관행대로 한 것이며, 지금껏 문제가 된 적이 없는데 왜 손을 대려는 것이냐는 불만의 기운이 느껴졌다.

"지금 무슨 소리 하는 겁니까? 나랏돈을 받아 사업을 진행하는 사람들이 어떻게 그런 생각을 할 수 있어요?"

잘못을 잘못이라고 인지하지 못한 사람에게는 아예 처음부터 강하게 잘못을 지적하는 일이 필요하다. 관행이라는 이름으로 그동안 얼마나 많은 부분에서 대충대충 넘어가는 일이 많았는지 그 하나의 사건으로도 능히 짐작할 수 있었다. 누구나 자기 잘못을 인정하는 것이 제일 어려운 일이다.

달콤한 이야기는 귀에 잘 들어오지만 잘못을 지적하는 말은 본능적으로 멀리하려는 속성을 가진 것도 인간이다. 물론 학교 안의 일이니 구성원들만 입을 닫으면 아무렇지 않게 넘어갈 수 있었다. 대학 구성원들의 기를 살려 준다는 의미에서 '내부의 문제는 내부적으로만 경고를 주고 그냥 넘어가는 게 좋지 않을까.'라는 유혹에 빠지기도 쉽다.

그러나 만약 내가 국고를 받아서 진행한 사업의 치부를 덮고 대충 넘어가면 제대로 된 감사의 효과를 낼 수 없겠다는 판단이 들었다. 하려면 제대로 하고, 치부라면 제대로 드러내야 그동안 누적된 문제를 해결할 수 있지 않겠는가. 이렇게 해서 나는 부당하게 집행된 국고 지원금 1억 4,193만 원을 찾아내 교육부에 반납하기로 최종 결정했다. 교육부 담당자가 놀라면서 "이런 일도 있습니까? 대학은 지원받은 돈을 어떤 형태로든 집행합니다. 그런데 자체 감사를 통해 부당하게 집행되었다고 반납한 사례는 없었습니다."라고 말했다.

사실 이것은 대한민국 건국 이래 처음 있는 일이었다. 재능대학 구성원들이 받은 충격도 대단했다. 우리 총장은 무슨 일이든 부정과 부패, 관행적 일 처리와는 완전히 선을 긋는 강력한 의지를 가진 사람이라는 확실한 신호를 주었던 것이다.

이 과정에서 당연히 반발도 컸다. 어떤 교직원의 경우, 노무사와 법무사까지 찾아다니며 자신이 죄가 없다는 점을 항변하며 저항했다. 여러 경로를 통해 압력이 들어오기도 했다. 심지어는 국회에서도 연락이 왔다. 모 교수를 살려 주면 안 되겠느냐는 청탁이었다. 나는 단호하게 말했다.

"의원님, 제 성질 아시잖습니까. 이 일에는 발을 담그지 마십시오. 승산 없는 일입니다. 제가 이 대학을 제대로 한번 바꿔 보려고 합니다."

나에게는 어림도 없는 일이었다. 해당 담당자와 관련 직원, 교수들에게 이렇게 선언했다.

"당신들이 선택할 수 있는 것은 다음의 세 가지입니다. 첫째는 검찰 고발, 둘째는 파면, 셋째는 해임. 이 중에서 고르세요."

빠져나갈 길이 없는 세 개의 안이었다. 다만 징계를 받기 전에 그들 스스로가 선택할 수 있는 기회를 주었다. 결국 한 사람씩 나를 찾아왔다. 사표를 쓰겠다는 말이었다. 이렇게 해서 어떤 직원은 사표를 썼고, 어떤 교수는 명예퇴직을 선택했으며, 어떤 직원은 결국 면직을 당했다. 이렇게 학교를 떠나게 된 사람이 모두 여섯 명이었다.

나는 교직원들에게 내 의지를 전하며 협조를 구했다.

"우리가 이런 정신으로 어떻게 학생들 얼굴을 제대로 볼 수 있겠습니까. 제가 이 대학을 제대로 경영해 볼 겁니다. 그러기 위해서는 문제가 있는 사람은 배제하고 가야 정리가 됩니다."

총장이 아무리 이 대학을 개선시키려는 의지가 있다 해도 손발 역할을 하는 교수나 직원이 스스로 움직이지 않으면 효과가 없는 법이다. 단호한 의지를 보여 주는 것도 좋지만 그만큼 구성원의 마음을 얻기 위한 노력도 병행해야 했다. 이런 이유로 진행한 일이 바로 집중적인 교직원 연수였다. 업무 정상화가 시급한 과제인 상황에서 여러 경로를 통해 진짜 '공부하는 연수'를 실시한 것이다. 정신 교육뿐만 아니라 실제 업무 수행 능력을 키울 수 있는 전면적인 연수였다. 업무 매뉴얼을 새로 만들고 문서 작성하는 법까지 교육을 시작했다. 교육부와 청와대의 각 부처에서 일 잘하는 사람들을 강사로 초청했다. 그렇게 공부를 시키면서 새로운 의지를 불태울 수 있는 여건을 마련해 나갔다.

그뿐만 아니라 나는 하루에 몇 개 학과, 부서, 이런 식으로 나누어서 거의 매일 교수와 직원들을 만나 식사하는 자리를 마련했다. 총장이 어디 멀리 총장실에만 앉아서 지시를 내리는 사람이 아니라, 늘 가까이에서 그들과 함께하고 그들의 목소리에 귀 기울이는 사람임을 알려 주어야 했다. 첫 만남에서 나는 악수를 하며 교수와 직원의 이름을 일일이 불러 주었다.

"○○○ 교수님, 반갑습니다."

"○○○ 과장님, 반갑습니다."

예전 교육부에서 직원들의 이름을 모두 외운 것처럼 재능대학에 와서도 200여 명이 넘는 교직원들의 얼굴과 이름을 모두 외운 것이다. 한 명씩 이름을 불러 주면 교직원들의 눈초리가 달라졌다. 어떤 직원들은 총장이 자신의 이름을 알고 있다는 사실에 놀라며 감사하다는 말을 하기도 했다. 직접 만나 그들의 고충과 의견을 경청하면서 조금씩 학교 분위기를 바꾸어 나가기 시작했다.

첫해 흑자를 이루다

학교 법인 재능학원은 국내에서 그 예를 찾아보기 어려울 만큼 모범적으로 교육 사업을 해 오고 있다. 교육 문화 기업인 ㈜재능교육은 1997년에 대헌공업전문대학을 인수하여 재능대학으로 교명을 바꾸었다. 교육 시설 확충과 여건 개선을 위해 본관 신축, 교육관 신축, 벤처관 신축 등에 300억 원 이상을 투자했다. 매년 법인 부담금도 충실히 지원하고 있다. 그러면서도 대학교는 교육전문가에 의해 운영되어야 한다는 신념으로, 교육전문가를 영입하여 운영을 맡기고 최대한의 자율권을 부여하고 있다.

그러나 내가 취임할 당시 대학의 상황은 입시 경쟁률이 인천 지역 하위권 수준으로 일부 학과의 신입생 미충원이 발생하고, 미복학자가 증가함에 따라 등록금 수입이 감소하여 매년 적지 않은 적자를 보이고 있었다. 적극적으로 개선하려는 시도나 노력의 흔적은 보이지 않았다. 모두 관성대로 움직일 뿐이었다. 이런 상황에서 내 부임 첫해부터 재정 부문에서 외부 수혈을 받는 것은 도저히 있을 수 없는 일이었다. 구매 시스템, 비효율적 인력 구성, 실험 실습 기자재 미흡 등 산적한 문제를 하나씩 풀어 나갔다. 그럼에도 부채 등 재정 적자가 심각한 상황이었다. 매 학기말이 되면 현금이 없어서 법인에서 10억 원 내외의 돈을 꾸어다가 집행을 먼저 했다. 그리고 학생이 새로 입학해서 들어오면 등록금을 받아서 그 돈을 갚는 등 운영에 적지 않은 문제가 있었다. 악순환이었다.

우선 절실하게 필요한 첫 단계는 학교 내 시스템의 정상화였다. 대학 내에 잔존하는 불합리한 관행들을 제거할 필요가 있었다. 일단 집 안 청소부터 깨끗이 하고 새 마음으로 새 출발 하자는 의미였다. 두 번째 단계는 제대로 된 새 출발이었다. 활기찬 교육, 전략적 교수·학습, 최고의 대학을 위한 관리시스템 구축이 필요했다. 세 번째는 도약 단계로, 질 높은 재능대학, 산업체에서 필요한 시장 친화적 졸업생 배출로 설정해, 재능대학이 지향해야 할 최종 지점을 명확히 밝혀 주려고 했다. 나는 이 세 단계를 염두에 두고 조직을 변화시켜 나갔다.

부채를 줄이기 위해 우선 교직원의 불필요한 외부 출장을 금지했다. 1년에 한두 번씩 있었던 업무 관련 세미나와 학과 관련 세미나, 해외 출장 등 불요불급한 출장을 모두 금지한 것이다. 그동안 외부 세미나는 때로 여흥을 위한 명목상의 핑계에 불과한 경우가 많았다. 이러한 비효율적이고 낭비적인 요인을 모두 찾아내 예산이 새는 것을 차단했다. 예결산 시스템을 개선하고 예산 집행의 새 기준을 엄격하게 만들었다.

그렇게 마련한 재원으로 실험 실습 기자재를 추가 확보하고, 교수 연구실에 지금까지 없었던 에어컨을 전부 설치했다. 과감한 제도·조직 혁신도 단행했다. 대학 발전의 기본 동력이 될 규정 제·개정만 400여 건에 이르렀고, 잡다하게 늘어서 있던 위원회와 연구소 등을 정리하는 조직 개편을 단행했다. 조직을 슬림화하여 힘의 낭비를 줄이고 효율을 극대화할 수 있는 방안을 수립한 것이다. 또 경쟁력 있는 미래학과를 개설하여 캠퍼스에 신선한 바람을 불어넣었다. 무엇보다 우리는 안 될 것이라는 패배적인 사고를 불식하고, 대학 구성원 간의 대립적 관계를 해소하여 창의적이고 협력적인 관계를 구축하는 일에 매진했다.

이러한 노력과 더불어 나는 교내 구성원들과 끊임없이 대화하며 함께 발전을 모색할 수 있도록 설득했다. 그들과 나는 적대적인 관계가 아니었으므로 인식을 전환하여 협력적인 관계를 만드는 일이 필요했다. 제도와 절차의 측면에서 교내 구성원의 목소리가 충분히 반영되는 장치를 만들어 놓기도 했다.

총장 부임 첫해 6개월 만에 재정은 흑자로 전환되었다. 2006년 말에 부채를 26억 원이나 상환했다. 내 목표는 여기서 그치지 않았다. 2007년과 2008년에도 합리적인 예산 관리는 계속되었다. 2008년도 마지막으로 교직원의 급여를 지급하고 학교 통장을 확인했다. 이 숫자가 맞는 것일까? 거래 은행들이 숫자를 잘못 기입해 보낸 것은 아닐까?

대학 운영비 통장에는 분명히 30억 원이라는 숫자가 찍혀 있었다. 정말 신기한 일이었다. 교수 연구실에 에어컨을 설치해 주고, 학교 실험 실습 장비를 다 교체하는 등 할 일을 다 하면서도 비효율적인 거품을 제거하고 효율적으로 운영하니 돈이 이만큼이나 남은 것이다.

학생이 먼저다

한국과 같은 학벌사회에서 어찌 되었든 재능대학 학생들은 학교에 진학하기까지 어느 정도 마음의 상처가 있다. 대체로 가정 형편이 어려운 학생이 많아서 제대로 된 기회를 누려 보지 못하고 일반 학생들과는 출발선부터 다른 학생이 적지 않다. 공부 때문에 받은 이런저런 설움과 상처가 많다고 할 수 있으리라.

내가 재능대학에 와서 제일 중심에 둔 것도 바로 학생들이었다. 학교 교육을 정상화시키기 위해 왜 교직원들의 비리나 부정을 단호하게 처벌해야 하는가? 바로 학생들 때문이다. 전문대학에 지원하는 학생들은 경제적인 어려움에 처한 경우가 많은데 대학이 학생들의 등록금을 받아 눈먼 돈 쓰듯이 하면 되겠는가. 이런 학생들에게 죄를 지어서는 정말 안 되는 것이다. 대학에 와서까지 사기가 떨어진 채로 힘없이 하루하루를 의미 없이 보내면 그것은 정말 문제가 아닌가.

학생들도 스스로 자신을 귀하게 여길 줄 아는 마음을 지니는 게 중요하다. 그러기 위해서는 가장 기본적으로 나를 비롯한 교직원들이 그들을 귀하게 여겨 주어야 한다. 정성을 다해 그들을 지지하고 응원하고 이끌어 주어야 한다. 교수나 직원의 진정성이 학생들에게 전달되어야 비로소 학생들도 '우리가 대접을 받는구나.', '나는 소중한 사람이구나.', '나를 쓰임새 있는 사람으로 만들어야겠구나.'라는 생각을 하게 된다. 내 꿈은 바로 거기에 있었다.

나는 처음부터 교직원들에게 학생들의 눈높이에서 바라볼 것을 강조했다. "학생들을 자신의 아들딸로 생각하고 사랑으로 안아 주세요."라는 말을 수시로 했다. 나부터도 학생들에게 먼저 말을 건네며 그 학생들이 무엇을 원하는지 항상 눈과 귀를 열고 만났다. 매일 출근과 동시에 학교를 한 바퀴 돌았다. 엘리베이터에서 만나는 학생에게 잘 지내냐는 인사도 하고, 대화를 나누고 있는 학생들에게 먼저 다가가 인사를 했다. 물론 처음에 학생들은 총장인 나를 알아보지 못하는 경우가 많았다. 하지만 이런 모습이 지속되면서 교수들이 동참하기 시작했고, 학생들에게 안부를 묻고 인사를 건네는 것이 학내 구성원들에게 자연스러운 일이 되어 갔다.

더불어 교수들이 학생들과 더욱 가깝게 만나도록 유도했다. 전문대학을 찾는 학생들은 경제적으로 어려운 것은 물론 결손가정의 자녀인 경우가 많다. 이런 학생들은 대부분 자신이 불우

하다고 생각하고 타인에게 쉽게 다가서지 못한다. 고민이 생겨도 해결 방법을 찾지 못하는 것이다. 그게 가장 먼저 드러나는 부분이 바로 결석이었다.

나는 결석이 잦은 학생은 그냥 지나치지 말고 왜 결석하는지 마음을 다해 물어보라고 권했다. 기본은 전화였다. 학생들이 결석하면 교수가 직접 전화를 걸어 학생이 갖고 있는 문제를 파악하도록 했다. 물론 처음에는 전화를 피하지만 교수가 정성을 다해 진심을 보여 주면 학생들은 마음을 열고 학교에 정을 붙이게 된다. 사실 요즘과 같은 세태에서 학생들이 교수의 말을 귀담아들을 리가 없다. 부모 이야기도 제대로 듣지 않는데 다 큰 성인이 대학에 와서 교수의 말을 듣겠는가. 그렇게 하기 위해서는 먼저 교수들이 다가가야 했다.

어떤 교수는 결석이 잦은 학생에게 전화를 했으나 받지를 않자 정성스럽게 문자를 남겼다. 문자를 본 학생이 전화를 걸어 "교수님께서 전화하시고 문자까지 주셔서 감사합니다. 앞으로 열심히 출석하겠습니다."라고 약속했다. 그 후 정말로 성실한 학생이 되어 모든 수업을 무사히 마쳤다.

또 학생들의 이름을 외우고 불러 주면 좋겠다는 의견이 나와 모든 교수가 학생들의 이름과 얼굴을 외우고 학생들을 대한 결과 출석률이 높아진 사례도 있었다. 부임 초기만 해도 학생들이 졸업할 때까지 학생의 얼굴을 모르는 학과 교수가 많았는데, 교수가 직접 전화를 걸어 이름도 불러 주고 고민 상담도 하니 학생들도 서서히 변하기 시작했다. 어찌 되었든 수시로 학생들에게 전화를 하고 관심을 가져 주면 그 교수에 대해 절대로 나쁘게 생각할 수가 없다. 일반대학이라면 하지 않을 일이겠지만 전문대학에서는 학생들과 교수들의 관계가 더 돈독해질 필요가 있었다.

만약 학과 학생 중에 연락 두절자가 생기면 주소지를 찾아 교수가 직접 방문하도록 했다. 그뿐만 아니라 복학 예정자인 학생들에게도 미리 전화를 걸어 면담하도록 했다. 복학생의 경우 가정 형편이 어려워서 복학하기 힘들다는 학생에게는 100만 원의 장학금을 주었다. 복학생 영어 교육과정도 새로 만들었다. 자신이 진학한 학과가 잘 맞지 않는 학생에게는 적극적으로 전과의 기회를 주었다. 마음에 안 드는 과를 억지로 마치게 하여 졸업시키는 것이 무슨 의미가 있겠는가.

그뿐만 아니라 중도 탈락자를 위한 조기경고체계도 갖추었다. 학생들 자신도 자기가 무엇을 원하는지 잘 모르는 경우가 많으니, 완전히 분석을 해서 이 학생이 무슨 생각을 하고 있는지 맞춤형 지도를 하자는 생각으로 만든 시스템이다. 그 결과에 따라 분석을 하고 멘토링을 하도록 했다. 심지어는 자퇴를 생각하는 학생일수록 더욱 철저하게 면담을 진행시켰다.

물론 이런 사람도 있을 것이다. 고등학교 생활 지도도 아닌데 대학에서까지 그럴 필요가 있겠느냐고. 그것은 잘못된 생각이다. 별 노력 없이도 우리 대학에 올 수 있는 학생이라면 우리 대학의 발전에 맞추어 자기 스스로를 발전시킬 수 있다. 중요한 것은 이런저런 어려움 때문에 우리 대학에서 공부하는 것을 포기하려는 학생들이다. 학교에 대한 아쉬움도 문제가 되겠지만 개인이나 집안의 어려움이 그런 결정을 하도록 만들었을 가능성이 크다.

우리 학생들에게 재능대학과의 인연이 비록 처음에는 좋지 않은 기억이었을지라도 끝낼 때까지 그렇게 끝내는 것은 바람직하지 않다. 학교의 이런저런 발전 사항을 알리고 어떤 식으로든 의사소통을 거쳐 좋게 마무리를 하면 자기 인생에서 학교와 가졌던 인연을 다시 생각하게 된다. 그러면 예전의 나를 업그레이드하는 것이나 마찬가지다.

학생 개인에게 도움이 될 뿐만 아니라 교육적 가치도 있다. 대학의 구성원인 우리가 조금 더 노력하면 되는 것을 안 하고 내버려 두는 것이 더 나쁜 일이 아닌가. 학교를 떠나기로 한 학생이 우리 대학으로 끝내 돌아오지 않더라도 그 학생이 재능대학을 생각하면 기분이 좋아지는 쪽으로 변화되도록 도와주는 게 중요했다.

그러면 그 학생은 앞으로 다른 학교 혹은 다른 분야에 진출해서도 재능대학이 자신을 어떻게 귀하게 여겨 응원해 주었는지를 되새기면서 자기 인생을 다시 생각하게 되고 힘을 얻게 된다. 그 학생을 돌려세워 다시 학교로 복귀하게 하는 것도 중요하지만, 그 학생이 지닌 마음의 고민을 공유하고 학생을 생각하는 학교의 정성을 보여 주면서 마무리를 할 수 있다면 얼마나 좋겠는가. 교육자의 본분은 바로 그런 면에 있지 않겠는가.

학생들에게 죄짓지 말자

　내가 재능대학에 와서 가장 먼저 내세운 철칙은 "학생들에게 죄짓지 말자."였다. 교수와 직원들에게 수시로 당부해 온 말이다. 학부모들이 뼈 빠지게 일해서 마련해 준 등록금을 내고 뭔가 배우겠다고 나온 학생들에게 죄를 지으면 안 된다.

　죄짓지 말자니, 이거 참 무서운 말이다. 교수가 교수 노릇 제대로 해야 한다는 말이다. 직원이 직원 노릇 제대로 해야 한다는 말이다. 총장이 총장 노릇 제대로 해야 한다는 말이다. 교수가 교수 노릇을 제대로 못하면 학생이 배우고 싶은 것을 제대로 배울 수가 없다. 직원이 직원 노릇을 제대로 못하면 학생이 행정 서비스를 제대로 받을 수가 없다. 총장이라고 예외일 수 없다. 총장이 총장 노릇을 제대로 해야 대학이 제대로 경영된다. 그래서 말했다.

"내가 총장 노릇 제대로 할 테니 교수는 교수 노릇 잘하고, 직원은 직원 노릇 잘해 주세요."

교육 문제를 이야기하면 다들 남의 탓으로 돌린다. 학부모는 정부의 교육정책이 문제라고 하고, 정부는 교육 현장이 변해야 한다고 말한다. 학교는 기업의 채용 조건이 변해야 한다고 말하고, 기업은 학생의 취업 마인드가 문제라고 한다. 저마다 그럴싸한 이유가 있다. 그러나 사실 모든 문제는 나에게 있다. 문제를 해결하는 첫출발은 나 자신이다. "세상을 바꾸고자 하는 사람은 먼저 자기 자신부터 바꾼다."라는 말은 그래서 맞는 말이다.

학교 발전을 위해서라면 나는 언제라도 '영업부 대리'가 될 자세가 되어 있다. 사실이 그렇다. 나는 세포 구조가 이미 그렇게 훈련되어 있다. '어제의 나'는 철저하게 죽인다. 나는 오늘 새롭게 태어난다. 오늘 지금 이 순간 건강한 내게 감사한다.

"지금 당신과 이야기할 수 있어서 행복하다. 우리가 같이 맛있는 한 끼 밥을 나눠 먹을 수 있어서 즐겁다. 지금 내게 주어진 이 일에 최선을 다하는 것이 기쁘다. 내가 하고자 하는 일에 정성을 다하는 것이 좋다."

그리고 총장으로서 내 꿈을 나에게 되새긴다.

"내가 이 대학의 총장을 맡고 있는 한 나는 우리 대학을 세계에 내놓아도 손색없는 명품 대학으로 만들고 싶다. 그래서 열심히 한다. 정성을 다한다. 이것 말고 나는 더 좋은 것을 바라지 않는다. 이대로 매 순간 나는 행복하다. 당신도 나처럼 행복하면 좋겠다."

세상에는 간단한 일이 없고, 만만한 것이 없다. 그러나 가만히 생각해 보면 의외로 단순한 것에서 일이 풀린다. 생각이 미래를 바꾼다. 지금 내가 웃기는 이야기를 하면 내 곁의 사람들이 따라 웃는다. 내가 1초 뒤의 미래를 웃음의 미래로 만드는 것이다. 생각이 달라지면 행동이 달라지고, 행동이 바뀌면 습관이 바뀌고, 습관이 바뀌면 운명이 바뀐다. 그래서 다르게 볼 줄 아는 사람이 지금보다 더 나은 세상을 창조한다. 남과 다른 길을 가는 사람이 남다른 일을 이루어 낸다. 한 줌의 흙이 쌓여 태산을 이루고, 한 방울의 물이 모여 장강을 이룬다.

내가 학생들에게 죄를 짓지 말자고 하는 것은 우리가 먼저 자기 본분의 노릇을 제대로 하자는 뜻이다. 교수는 교수답게, 직원은 직원답게, 총장은 총장답게 자기가 해야 할 사명을 다하자는 말이다. 자기 위치에서 '답게 운동'을 펼치면서 자기의 사명을 다하는 것이다. 언제나 모든 일을 남의 탓이 아닌 내 탓으로 돌리자. 먼저 내 안에서 변화를 시작해야만 내 곁의 삶을 변화시킬 수 있다는 진리를 실천하자. 매일 새롭게 다시 태어나자. 나의 원칙은 여기에 있다.

"학생들에게 죄짓지 말자."라는 현수막을 대강당 벽면에 걸어 놓고 모든 구성원이 잊지 않도록 했다. 몇 해 전 우리 학교에서 개최된 '사립 중고교 교장단 연수'에 참여했던 교장 선생님 한 분이 이 현수막을 보고 감동을 받아 "이런 말을 할 수 있는 이 대학은 정말 무서운 학교다."라는 글을 자신의 페이스북에 올리기도 했다.

쓸모 있는 사람으로 가르치자

　"학생들에 죄짓지 말자."라는 말과 함께 내가 강조하는 말이 하나 더 있다. 바로 "쓸모 있는 사람으로 잘 가르치자."이다. 쉬운 말 같지만 이 말을 지키기가 그렇게나 어렵다. 그러니 슬로건으로 내걸지 않았겠는가. 이 말 뒤에는 '대학의 사회적·교육적 책임을 성실하게 다하자'는 엄중한 뜻이 깔려 있다.

　자신의 청춘을 재능대학에 맡기고 열심히 공부해 사회의 당당한 일원으로 성장하고자 하는 학생들의 그 소중한 꿈을 대학이 잘 키워 줘야 한다. 교수나 직원, 학교가 우선이 되어서는 안 된다. 언제나 학생이 우선이다. 그리고 그 학생들을 쓸모 있는 사람으로 키워 주는 일을 바로 지금의 대학이 해야 한다.

　"쓸모 있는 사람으로 잘 가르치자."라는 말에는 '쓸모 있는 사람이 되자'는 뜻도 포함하고 있다. 쓸모 있는 사람으로 가르치자는 것은 교수에게, 쓸모 있는 사람이 되자는 것은 학생에게 하는 이야기이다. 이 모든 일이 학생을 어떻게 생각하느냐에 따라서 달라진다. 학생을 소중하게 생각하면 정말로 소중해진다. 학생이 소중해지면 당연히 그 학생을 가르치는 교수도 소중해진다. 무엇보다도 이 말의 핵심은 아무리 지식이 풍부하고 좋은 기술을 가져도 인성이 바탕이 되지 않으면 안 된다는 것이다.

인성이 갖추어지고 여기에 실력이나 기술을 보태면 재능대학 학생은 자연스럽게 취직이 되고 제대로 된 대우를 받는다. 오늘의 대학 시스템에서 실력과 기술을 가르치기는 오히려 쉽지만 인성을 가르치기는 어렵다. "인성을 갖춘 사람이 되라.", "공부 열심히 해라." 백번 말해 봐야 그게 안 먹힌다. 결과적으로 학생들의 가슴에 이런 부분이 와서 닿아야 한다. 이게 핵심이다.

그래서 내가 강조한 것이 바로 '인사'이다. 쓸모 있는 사람으로 가르치자는 말과 인사가 대체 무슨 상관인가. 우리 학교에 처음 와서 만나 본 학생들의 첫인상이 실망스러웠던 것이 사실이다. 먼저 인사하는 학생은 고사하고 내가 먼저 인사를 건네도 멀뚱히 나를 쳐다보기 일쑤였다. 이후로 나는 학생들과 만나는 자리에서 수시로 인사의 중요성을 강조했다.

"여러분, 인사 하나만 잘해도 현금 카드를 평생 가지고 있는 거나 같습니다. 공부를 아무리 잘해도, 수능 점수, 학점, 토익 점수가 높고 인물이 좋아도 취업이 안 됩니다. 왜? 인상이 나빠서 그렇지요. 인상이라는 것은 단순히 잘생겼다 못생겼다가 아닙니다. 사람과 사람이 서로 만났을 때 좋은 기가 나오면 그게 바로 인상을 결정짓는 요인입니다.

　좋은 인상이 나오려면 어떻게 해야 되겠습니까. 자기가 자기 상태를 늘 최상으로 만들어야 하겠지요. 그렇지 않습니까? 그런데 자기를 최상의 상태로 만드는 가장 좋은 지름길이 있어요. 그게 바로 잘 웃는 겁니다. 웃으면서 인사를 먼저 해 보세요. 세상에 신경질 내며 인사하는 사람이 있습니까? 인사를 받는 사람은 솔직히 귀찮을 수도 있어요. 저만 해도 만나는 학생들이 계속 인사하면 피곤할 수도 있겠지요. 다 응답해 주어야 하니까요. 그런데도 왜 인사를 하라고 하느냐. 이게 습관이 되면 현금 카드가 되니까 그렇습니다. 인사만 잘해도 상대방에게 좋은 인상을 남길 수 있으니 세상에 이렇게 쉽게 자기 재산을 쌓는 길이 어디 있겠습니까."

　그렇게 지속적으로 교육을 시키면서 학내를 수시로 돌아다녔다. 학생들이 먼저 인사를 안 하면 내가 먼저 인사를 했다. 교수들을 통해서도 수시로 학생들에게 인사를 하도록 전파했다. 왜 인사를 해야 되는지 교육적으로 전달해 달라는 부탁이었다. 그렇게 1년 정도가 지나자 효과가 나타나기 시작했다. 내가 학교를 구석구석 다녀 보면 이제 먼저 인사를 하는 학생들이 대다수이다. 특히 외부에서 오는 분들이 경이롭다는 말을 자주 한다. 낯선 외부 사람들에게도 먼저 인사하는 대학생이라니, 다른 대학에서는 도저히 찾아볼 수 없는 풍경이라는 것이다.

총장님, 전철에서
학교 안내 방송이 안 나옵니다

학생들과 학교의 관계가 처음부터 좋았던 것은 아니다. 특히 학생을 대표하는 학생회는 학교를 불신하고, 학교 역시 학생회를 불신하는 그런 관계였다고 말하는 것이 맞을 것이다. 오랜 기간 재능대학은 직원 노조는 노조대로, 교수협의회는 교수협의회대로, 또 학생회는 학생회대로 자신들의 권리만을 주장하면서 갈등을 빚어 왔다. 서로에 대한 불신이 깊어만 갔다.

일례로 이런 일이 있었다. 재능대학 총장으로 부임하면서 학생회 간부들과 면담을 나눌 기회가 있었다. 여러모로 학교에 대한 요구와 불만이 많았다. 건의사항이 있는지 물었더니 대뜸 이런 말을 했다.

"총장님, 저희들이 제물포역에서 내리는데 제물포역에는 우리 학교 안내 방송이 안 나옵니다. '인천대학교, 인천전문대학 학생들은 여기서 내려 주시기 바랍니다.'라는 안내만 나오고 끝입니다. 선배들 말로는 제발 재능대학 이름도 넣어 달라고 10년 전부터 학교에 건의한 거랍니다."

확인해 보니 철도공사에서는 한 역당 두 개 이상의 학교명이나 장소명을 쓰지 못하게 되어 있다는 것이 아닌가. 학생들의 서운한 말을 들으면서 나 역시 의문이 들지 않을 수가 없었다. 인천에 있는 다른 대학은 방송에 나오고 재능대학만 빠져 있으니 우리 학생들이 사기가 떨어지는 것은 어쩌면 당연한 일이었다. 이런 것조차 해결하지 못하면서 학생들에게 변화를 요구할 수는 없는 노릇이었다. 나는 그 자리에서 바로 전부터 인연이 있었던 철도공사 이철 사장에게 전화를 걸었다.

"이철 사장님, 이게 말이 됩니까? 이거 고칩시다. 세 개 못 할게 뭐 있습니까? 이런 말도 안 되는 규정 때문에 우리 학생들 사기가 말이 아닙니다."

그 자리에서 걱정 말라는 이철 사장의 답변을 받아 냈다. 그러나 바로 그다음 날, 철도공사 영업본부장에게서 전화가 왔다. 사장의 지시를 받았지만 규정상 하기 어렵다는 말이었다. 나는 알겠다고 대답하고는 다시 이철 사장에게 전화를 걸었다.

"철도공사 사장 그거 뭐 껍데기 아닙니까? 어제 된다고 해서 우리 학생들한테 다 이야기했는데 밑에서는 안 된다 하니, 이거 하나 해결 못 하면 뭣 때문에 사장 자리에 앉아 계십니까?"

그렇게 이철 사장의 마음에 불을 확 질러 버렸다. 물론 이후로도 실무자와 끈질기게 합리적인 의사소통을 했고, 마침내 제물포역 안내 방송은 인천대학교, 재능대학 그리고 인천전문대학 순으로 수정되었다. 나중에는 인천대학교가 송도 캠퍼스로 옮겨 가면서 재능대학이 가장 앞서 안내 방송으로 나오게 되었다. 그 것도 총장인 내 목소리로 직접 소개하는 멘트였다.

"안녕하십니까. 재능대학 총장 이기우입니다. 재능대학을 방문하시는 고객께서는 이번 역에서 내리셔서 2번 출구를 이용하시기 바랍니다."

이 일은 작다면 작은 일이었지만 학생들에게 학교에 대한 자긍심을 일깨워 주었다. 특히 '이기우 총장은 한다고 하면 제대로 하는 사람'이라는 인식을 심어 주는 중요한 계기가 되었다.

전철로 통학하는 타 대학 학생은 이 안내 방송을 듣고 "우리 대학 총장님 목소리는 한 번도 들은 적이 없는데, 재능대학 총장님 목소리는 매일 들어서 익숙해졌다."라는 의견을 자신의 SNS에 올리기도 했다.

또 하나, 학생들이 학교와 총장에 대한 인식을 바꿀 수 있는 사건이 있었다. 경인고속도로를 타다가 재능대학으로 빠지는 가좌인터체인지 동인천 방향 표지판에 재능대학 방향을 알리는 표시가 없어 불편하다는 건의사항이 있었다. 이번에는 도로공사 손학래 사장에게 바로 전화를 걸었다. 내가 국회 파견 과장 시절에 같이 일했던 분이었다. 여기도 마찬가지였다. 사장은 알겠다고 했지만 실무자가 똑같이 안 된다고 전화를 걸어왔다. 그러나 포기하지 않았다. 이번에도 지속적인 협의 과정을 거쳐서 경인고속도로 표지판에 재능대학 이름이 써지게 되었다. 물론 사정 상 1년 반 정도밖에 유지되지는 못했지만 그런 식으로 학생들에게 총장으로서의 신뢰를 주었다.

한번은 학교 축제를 진행하면서 학생회에서 학교가 지원해 줄 수 있는 이상으로 예산을 초과해서 올린 일이 있었다. 한눈에 딱 봐도 주먹구구식 예산이었다. 말을 들어 보니 그런 식으로 예산안을 올린 것이 부지기수였다. 예산은 그런 데서도 새 나가고 있었다. 구석구석 절약하고 깎아야 할 대목이 많이 보였다. 예산안의 수정을 요구했다. 기존의 관성이 있었기에 학생회가 반발했음은 물론이다. 동시에 나는 연예인을 초청하는 비용으로 책정된 수백만 원을 내 사비에서 바로 현금으로 지급해 주었다.

그러자 학생들이 총장을 바라보는 시각이 달라졌다. 그런 식으로 학생들의 신뢰를 쌓아 가면서 접촉면을 늘려 나갔다. 고쳐야 할 것은 고칠 필요가 있었다. 학생회 임원들이 2박 3일 연수를 할 때에는 일부러 학교 간부들을 보냈다. 무조건 서로를 불신할 것이 아니라 학생회가 학교 사정을 누구보다 잘 알고 있어야 서로 간의 신뢰를 바탕으로 협의도 하고 제 역할도 할 수 있다는 판단이 들었기 때문이다. 우선 학생회장과 부회장을 불러 다음과 같이 말해 주었다.

"자네들도 리더로서 역할을 하려면 여기저기서 많은 요구를 받는데, 요구받는 내용을 제대로 파악하지 못하면 그게 나중에 엉뚱한 결과로 나올 때가 많아. 축제 예산안이든 뭐든 학교를 믿고 학교도 자네들을 믿어야 진행할 수 있지 않겠나. 학교에 무조건 요구할 것이 아니라 학교 상황을 제대로 알아야 학교 입장도 이해하면서 일을 진행할 수 있지 않을까?"

그렇게 학생회 임원 수련회에 교무처장과 과장들을 보내서 학교의 비전과 예산 절감 노력 등에 대한 설명회도 진행했다. 그렇게 하자 학생회에서 엉뚱한 요구나 지원 요청을 하지 않게 되었다. 그때부터 학교를 적대적으로 보는 시각이 사라지면서 같이 성장해야 하는 동반자로 인식하기 시작한 것이다.

졸업 앨범도 마찬가지였다. 그때까지 학생회에서는 졸업 앨범을 제작하면서 십몇 년간을 한 제작업체와만 관계를 지속해 왔다. 이 과정에서 업체는 학생들에게 대가를 주고, 학생들은 그 대가를 받아 앨범 제작비가 높아지는 것을 묵인해 주는 관행이 있었다. 졸업생들만 손해였다. 내가 개입하여 공정한 입찰을 통해 보다 합리적인 가격으로 앨범을 제작하도록 유도했다. 부임 첫해에는 종전대로 앨범을 제작했지만 그다음 해부터 입찰제로 제작 방식을 바꾸었다. 그런데 문제는 졸업 앨범을 사 가는 학생이 적다는 것이었다. 앨범 사진을 아예 찍지 않는 학생도 많았다. 그만큼 학교에 대한 애정이 없다는 말이었다. 나는 학생회에 제안을 했다.

"앨범을 공짜로 주고, 앨범을 한 권에서 두 권으로 만들자. 졸업생들 개인의 이야기도 넣고, 사진도 많이 넣어서 더 알차게 만들자."

그러자 분위기가 바뀌었다. 사진을 안 찍는 학생들이 확 줄어들었고, 대부분의 학생들이 앨범을 받아 가게 된 것이다. 이런 식으로 학교를 사랑하는 마음을 가지도록 변화시켰다. 이제 총학생회도 학교의 정책을 이해하고 동참하게 되었으며, 학교를 위해 도울 일이 없나 먼저 찾아보는 등 학교의 변화와 발전에 당당한 주역으로 함께하게 되었다.

지금도 우리 대학의 개혁 이야기는 이런저런 뉴스로 계속 회자된다. 이렇게 된 데에는 무엇보다 어려운 과정 속에서도 모든 교직원과 학생이 나를 믿고 잘 따라와 준 힘이 크다. 또 개혁의 결과가 학생들의 변화로 이어지고 있는 것을 보면 스스로도 참 잘됐다고 여긴다. 재학생들이 우리 대학에 다니고 있다는 사실에 매우 큰 자부심을 가지고 있는 것을 보면, 정말로 상전벽해(桑田碧海)라는 말이 실감 난다.

통영 수국도에서
대학발전위원회 다짐의 시간

대학을 관리하고 경영하는 것은 총장이다. 잘하는 것을 더 잘하게 하고, 잘못 가고 있는 방향이 있다면 수정하는 것이 총장의 역할이다. 말이 더 잘 달리게 하고, 고삐를 틀어 지름길로 인도할 수 있어야 하는 것이다. 하지만 근본적으로는 말이 튼튼해야 한다. 아무리 좋은 기수가 있어도 말이 강한 체력을 기르지 않으면 먼 길을 견딜 수가 없다.

교직원들이 대학의 기초 체력이다. 이들의 역량과 화합이 대학 발전의 초석이다. 다행히 중추적인 역할을 하는 대학발전위원회가 내가 취임하기 3년 전에 이미 발족되어 있었다. 대학발전위원회의 역할은 매우 중요하다. 나는 중요한 원칙 하나를 제시했다.

"대학 발전 계획은 스스로 수립해야 합니다. 예나 지금이나 여러 컨설팅 업체를 통해서 대학 발전 계획을 세우는 것이 일반적입니다. 하지만 그것은 대체로 유용하지 않습니다. 구성원과의 소통 부족으로 공감대 형성이 쉽지 않기 때문입니다."

발전 계획을 세우는 데 중요한 것은 처한 상황에 대한 명확한 분석과 진단이다. 이를 수립하는 과정에서 배우고 느끼는 것이 매우 많다. 물론 시간도 걸리지만 토론 과정에서 형성된 공감대가 대학의 소중한 자산과 경험이 되기 때문이다.

대학발전위원회가 이미 존재하고 활동해 왔기 때문에 우리는 이 위원회를 기초로 시작하면 되었다. 대학 발전은 누구 하나가 잘해서 되는 것이 아니라, 서로 다른 생각을 가진 구성원이라도 대학 발전의 목표 아래서는 하나가 되어야 한다. 목표를 공유하고 다시 새롭게 출발하는 전기가 필요했다. 그래서 생각한 것이 바로 수국도 연수였다. 통영의 아름다운 섬, 박성훈 이사장께서 정성으로 가꾼 그곳에서 대학발전위원회 뉴 스타트를 선언한 것이다. 수국도라는 공간이 주는 묘한 매력, 하늘과 산과 바다가 맞닿아 완벽하게 조화를 이룬 섬과 주변 분위기가 발족의 의미와 형식을 몇 단계는 더 풍성하게 만들어 주었다.

2009년 3월 8일, 대학 발전이라는 꽃을 피우는 통영 수국도에서 우리는 「우리들의 다짐」이라는 이름의 성명서를 발표했다. 「한번 재능인은 영원한 재능인이다」라는 제목하에 "파릇한 재도약의 씨앗이 더욱 화려하게 꽃을 피우려는 3월 창해의 섬 통영 수국도 작가촌에서 우리 재능대학 제1기 대학발전위원은 다음과 같이 다짐한다."라고 전제하고 세 가지 과제를 채택했다.

1. 사람은 무한히 발전할 수 있다는 재능대학 이사장님이신 박성훈 회장님의 교육 철학이 우리 재능대학에서 모범적으로 실천되고 가장 먼저 꽃피우도록 지원한다.
2. 우리 재능대학이 인천·부천 지역을 넘어 전국 최우수 대학으로서 명성을 조기에 확립할 수 있도록 대학의 제 정책 수립과 홍보 활동에 적극 참여하고 지원한다.
3. 우리 재능대학 제1기 대학발전위원은 대학이 창대하게 발전할 수 있는 씨앗을 뿌리고 가꾸었으며 만개할 수 있는 시기에 대학과 함께하게 된 것을 무한한 영광으로 생각하고 위원들의 단합과 의리를 바탕으로 대학과 영원히 함께한다.

그리고 총장인 나와 대학발전위원회 위원장 최영희 교수, 대학발전자문위원회 자문위원장 김백영 교수, 교수협의회 전 회장 박종우 교수, 교수협의회 회장 곽칠성 교수, 제1기 대학발전위원인 최동구·이승후·이상목·이재헌·전인철·박승용·안형기·박재건·유승철·윤현민·오창규·강문규·손장원 교수와 오영환 사무처장 등이 굳은 다짐을 서명으로 굵게 눌러썼다.

나는 대학발전위원회 관계자들이 진심을 담아 다짐하고 서명하는 것을 지켜보면서 단합된 힘을 느낄 수 있었다. 위원들의 다짐과 결의는 학교가 비상하는 디딤돌이 되었다. 그렇게 우리는 다시 신발 끈을 고쳐 매고 새 출발을 했다.

전자과 교수인 최영희 위원장은 대학발전위원회의 출범 배경과 각오를 이렇게 말했다.

"총장님이 취임하시고 철저한 감사를 실시한 결과 부조리한 일에 연루된 교직원들이 학교를 떠나고 징계를 받았습니다. 강도 높은 개혁이 지속됨에 따라 교직원들이 피로가 쌓이고 위축되어 있는 상황에서, 대학 발전이라는 목표 아래 구성원의 마음을 하나로 담아낼 수 있는 기회가 필요하여 대학발전위원회가 나서게 되었지요. 총장님께서 모든 행사에 참여하고, 통영 시내와 거제도 관광 명소를 직접 소개하며, 수산시장에서 수산물을 구입하여 선물로 제공하고, 레크리에이션 시간에도 동참하며 모든 시간에 함께하셨습니다. 총장님이 솔선수범하여 대학 발전의 의지와 자세를 보여 주셨기 때문에 그동안 다소 소극적으로 움직이던 교직원들이 능동적이고 창의적으로 대학 발전에 참여하는 마음을 지니게 되었습니다."

그리고 대학발전위원회의 성명서가 나왔다.

"처음 출발할 때는 단합 대회 정도로 간단하게 생각했어요. 대학 발전 토론회에서 다양한 의견이 제시되고 모아지면서 돌아오는 날 아침 토론 시간에 재능대학 미래 발전을 위한 분위기 전환의 단초가 되는 「우리들의 다짐」 성명서를 채택하게 되었습니다."

4년 후 2013년 7월 15일, 우리는 수국도를 또 한 번 찾게 되었다. 지난번에는 사생결단의 심정으로 수국도에서 결의의 밤을 보냈다면, 이때에는 승리와 격려의 축제였다. 「우리들의 다짐」이 대부분 달성되었기 때문이다. 우리 대학이 새로운 차원의 명품 대학으로 거듭났다는 자부심이 있었다. 우리 스스로 그동안의 노고를 격려하는 동시에 새롭게 결의를 다지는 전환점이 되었다.

박성훈 이사장께서 처음부터 끝까지 함께하시면서 모든 행사를 전폭적으로 지원해 주셔서 더욱 의미가 있었다. 이사장께서는 "총장과 교직원 여러분이 일심동체가 되어 헌신한 덕택에 학교의 위상이 비약적으로 발전하면서 교육 문화 기업을 표방하는 재능그룹의 위상과 이미지에 부합하는 대학이 되었습니다."라며 격려해 주셨다.

수국도에서 우리는 박성훈 이사장께서 마련해 주신 선착장 리셉션을 통해서 그간의 노고를 격려하고, 새로운 다짐의 시간을 가졌다. 지난번 수국도의 밤을 생각하면 우리는 정말로 많은 변화와 개혁을 이루어 냈다. 하지만 여전히 잠깐의 방심도 허용하지 않는 급변하는 환경이었고, 무엇보다 나 스스로는 이것을 성공이라고 여기지 않았다. 여전히 개혁과 혁신에 배가 고팠고 가야 할 길이 더 많이 남아 있었다.

우리는 대학발전위원회 위원들과 함께 새로운 10년을 힘차게 달려갈 힘과 지혜와 화합을 쌓았다. 수국도는 여전히 기분 좋게 묘한 기운을 뿜어내고 있었고, 우리는 한껏 고조되었다. 수국도의 밤이 깊어갈수록 우리의 저력은 배가 되었던 것이다.

그날 이후 아직 10년이 지나지 않았지만, 우리 대학은 방향을 제대로 잡고 승리의 역사를 차곡차곡 쌓아 올리고 있다. 이제는 아무도 가지 않은 길을 선두에서 가장 먼저 개척해 가는 대학으로서의 명성을 얻고 있다. 나는 수국도의 기가 우리 대학을 여전히 이끌고 있다고 생각한다.

우리는 대학발전위원회 위원들과 함께

새로운 10년을 힘차게 달려갈

힘과 지혜와 화합을 쌓았다.

볼쇼이발레단과 함께한
UI 선포식

취임한 후 2년 동안 학교 정상화를 위해 앞만 보고 달렸다. 이
제 재능대학이 정상 궤도에 올랐으니 또 다른 변화와 발전의 계
기가 필요하다는 생각이 들었다. 그동안 재능대학의 성장에 도
움을 주고 격려해 주신 주위 분들을 초청하여 기쁨과 성과를 나
누고, 우리 대학의 미래 도약 비전을 천명하는 행사가 필요한 시
점이었다.

단순히 하품만 나는 형식적인 행사를 할 거라면 아예 처음부
터 할 필요가 없었다. 나는 좀 더 새롭고 신선한 행사를 꿈꾸었
다. 교육부 시절 '스승의 날'을 기획하면서 다양한 행사 아이디
어를 냈을 때의 기억도 떠올리면서 여러 가능성을 타진해 보았
다. 「KBS 열린음악회」 등의 행사를 유치하여 학교를 알리는 길

도 생각해 보았다. 그러나 그것은 이미 기존에 많은 대학이 하는 행사여서 좀 더 새로운 방식의 행사가 없을까 고민하는 시간이 길어져만 갔다. 그렇게 고민하던 와중에 우연히 공연 기획을 하는 후배 한 명을 만나게 되었다. 그는 러시아 볼쇼이 아이스 쇼의 한국 초청을 맡아서 진행하고 있었다. 후배의 근황을 전해 듣던 나는 그 순간 바로 새로운 아이디어가 떠올랐다.

"혹시 말이야, 볼쇼이 아이스 쇼와 우리 재능대학 행사를 같이 묶어 볼 수 있을까?"

내 말을 들은 후배는 잠시 멈칫하더니 곧 환하게 웃으며 대답했다.

"선배님, 그거 좋은 아이디어인데요!"

직접 공연단을 찾아가 우리의 취지를 설명했더니 흔쾌히 받아 줘 행사를 열기로 했다. 행사의 정식 명칭은 '재능대학과 함께하는 미래를 여는 여행'으로 잡았다. 물론 우리 대학으로서는 벅찬 도전이기도 했다. 공연 구성은 원작이 훼손되지 않는 범위 내에서 변경하고, 행사는 계획을 치밀하게 세워 각 행정 부서와 학과별 역할을 분담하며, 교수와 직원 각 개인에게도 역할을 분담하여 2개월 동안 준비했다.

2008년 7월과 8월 무더위 속에서 초청장, 행사 리플릿, 자료집, 입시 및 취업 브로슈어, 현수막 등 모든 자료의 디자인과 문안을 교직원이 중심이 되어 새로 제작했다. 호텔외식조리과 학생은 쿠키 등 간식 세트 제작, 사진영상미디어과 학생은 기념 앨범 제작, 실용음악과 학생은 외부 연주 공연, 호텔관광과 학생은 안내 도우미를 자청하여 준비했다. 우리는 우리 대학 학생들과 학부모들, 지역 주민을 비롯하여 인천과 경기 지역의 고등학교 교장·교감 선생님들과 3학년 선생님을 비롯한 진학 담당 교사들, 학생들의 실습과 취업에 도움을 주었던 기업체와 기관 관계자들을 관람자로 초청하기로 결정했다.

우리의 진심과 정성을 담기 위해 일체의 우편 발송 없이 직원들은 물론 교수들까지 나서 초청 대상자들을 일일이 찾아가 직접 표를 전했다. 또 학생들을 보내 주어서 감사하다는 평소의 감사 메시지를 전하고, 앞으로 우리 대학이 어떻게 더 큰 발전을 추구할 것인지 학교의 비전과 가능성을 미리 알리는 기회로 삼았다.

그렇게 분위기를 만들어 나가고, 행사 당일에 대학 상징인 UI(University Identity) 선포식을 통해 모두가 함께하는 기쁨을 나눈 뒤 세계적인 공연을 선물로 안겨 드림으로써 대미를 장식하는 게 좋겠다는 판단이었다. 공연 때 우리 학교의 실용 음악과 재즈 음악을 전공하는 학생들과 교수진이 노래와 반주도 선보일 계획까지 세웠다. 그해 여름은 정말 더웠다. 그러나 매일 행사장을 찾아가 주차장을 비롯한 모든 동선을 확인하고 점검하며 준비에 만전을 기했다.

드디어 행사 당일이 되었다. 2008년 8월 27일 오후 5시. 나와 교직원, 학생들은 서울 목동 아이스링크에서 숨을 죽이고 대기하고 있었다. 이 넓은 목동 아이스링크를 채울 수 있을 만큼 많은 분이 참석할 것인가? 공연장 입구에는 재능대학 준비 인원만이 눈에 띌 뿐인데 공연 시작 시간은 점점 다가오고 있었다. 오후 7시 15분 목동 아이스링크에 조명이 하나둘 들어오고 '2008년

대학의 새로운 UI 선포 등

공식 행사를 시작으로

볼쇼이발레단의 현란한 아이스 쇼 공연이

두 시간 반 동안 이어졌다.

재능대학과 함께하는 미래를 여는 여행'이 시작되었다.

나는 내 눈을 의심하면서 객석을 몇 번이고 돌아보았다. "입추의 여지가 없다."라는 말은 이럴 때 쓰는 말일까? 5천5백여 명이 넘는 관객이 객석은 물론 계단에까지 가득했다. 대학의 새로운 UI 선포 등 공식 행사를 시작으로 볼쇼이발레단의 현란한 아이스 쇼 공연이 두 시간 반 동안 이어졌다. 시간이 꿈처럼 흘러 공연이 막을 내리고, 나와 학교 법인 재능학원 박성훈 이사장, 대학 구성원들이 볼쇼이 공연단과 기념 촬영을 마쳤다. 참석해준 모든 분이 이구동성으로 성공적인 행사를 축하해 주었다.

볼쇼이발레단과 함께한 재능대학의 날의 여운은 쉽게 가시지 않았다. 행사가 끝난 이후에도 행사에 함께한 지역 주민, 인천과 경기 지역의 고등학교 선생님들은 나와 전화를 하게 되면 한동안 이 이야기부터 하고는 했다.

"말로만 듣던 볼쇼이발레단의 아이스 쇼를, TV에서만 보던 그 장면을 아이스링크에서 직접 눈으로 관람하니 꿈만 같이 느껴졌습니다. 잊을 수 없는 추억을 선물해 주신 학교와 총장님께 감사드립니다."

이런 영향이었을까. 당일 행사에 초대하지 못했던 인천시청과 인천시교육위원회, 인천 동구청의 관계자들이 '이번 행사 기획서와 진행 자료 일체를 보내 줄 수 없겠느냐'는 문의를 해 왔다. 그리고 경기도에 있는 장안대학과 연성대학에서도 대규모 행사를 어떻게 유치하고 진행했는지 실무진들의 문의가 뒤따랐다. 본인들 학교에서도 추진을 고민하게 되었던 모양이다.

'2008년 재능대학과 함께하는 미래를 여는 여행'을 계기로 대학 구성원은 할 수 있다는 자신감을 갖게 되었다. 우리 대학의 역량은 한껏 높아졌다. 이를 바탕으로 '2009년 재능대학 감사의 날'을 개최했다.

뮤지컬 「시카고」의 최정원 공연 팀의 뮤지컬 갈라 쇼, 바리톤 김동규의 클래식 공연, 가수 이선희와 조영남의 무대가 펼쳐졌다. 가수 조영남 씨는 내가 주최하는 무대에 흔쾌히 참여하여 "내 친구 이기우와 함께하게 되어 기쁘다."라며 그의 히트곡 「딜라일라」, 「모란 동백」 등을 열창해 주었다. 아직도 그때 행사에 참석했던 분들을 만나면 그 환상적인 행사가 잊혀지지 않는다고 칭찬을 듣고는 한다.

호텔외식조리과를 만들다

2008년 재능대학 안에 신설 학과로 호텔외식조리과를 만들었다. 사실 이 학과를 만들게 된 것은 교육부 시절 한국조리과학고등학교(조리과학고)와 맺은 인연 때문이었다.

이 고등학교를 만든 사람은 서울시립대 교수였던 진태홍 교장 선생님이다. 조리과학고는 시흥의 폐교된 학교에서 시작했다. 오직 '조리'만을 가지고 시작한 고등학교는 처음 있는 일이었다. 나는 조리과학고의 이야기를 듣자마자 '이거 좋은 일이다. 생각이 참 좋다.' 하는 우호적인 마음을 갖게 되었다. 앞으로는 고등학교가 더욱 다양해져야 한다는 것이 평소 내 생각이었기 때문이다. 내가 교육부 지방교육행정국장 시절에 학교 담장을 없애는 일을 주도적으로 실행한 적이 있었다. 그 당시로서는 파격적인 제안이었다. 담장을 없애면 학교가 지역사회 속에 살아 숨 쉴 수 있게 되고, 지역과 더불어 공존·공생할 수 있는 변화의 흐름이 만들어질 것이라는 생각 때문이었다. 바로 그런 연장선상에서 나는 조리과학고라는 아이디어가 고교 교육을 다양화하는 데 꼭 필요하다는 생각을 했다. 마침 얼마 후, 정부 지원 10억 원 예산이 필요하다는 조리과학고의 요청이 있었다. 서류를 올리라고 말했다. 그런데 밑에서는 이게 안 되는 걸로 판단했던 모양이었다. 나는 직원들을 불러서 내 견해를 밝혔다.

"다시 한번 검토해 보세요. 우리 교육부에서 학교를 지어 시작하려면 150억 원은 넣어야 돼요. 10억 원 주고 할 수 있는 일이라면 그걸 할 수 있도록 해야지, 그게 어디 가나요. 시설 짓고 하는 건데 그거를 인색하게 하면 되겠습니까?"

내 생각은 단기간에 만들어진 것이 아니었다. 예전부터의 지론이었다. 내 생각은 분명했다. 교육부가 주도적으로 하지 못하는 일이라도 우리 교육에 도움이 된다는 판단이 들면 적극 지원하는 것이 교육부의 역할이라고 말이다. 그 전에도 전남 광주 쪽에 대안고등학교 설립에 관한 문제가 있었던 적이 있다. 정규 고등학교에서 적응하지 못해 탈락한 학생들을 교육시켜 보자는 취지의 대안고등학교였다. 그런데 막상 개교하려니 전남교육청에서 인가를 안 해 주는 것이 아닌가. 결국 그 문제가 나에게까지 왔다. 왜 안 되는지 점검해 보니 원인은 전남교육청 중등국장 때문이었다.

그에 따르면 고등학교는 교육과정이 만들어져야 하는데 완벽하지 않고, 그래서 인가가 불가하다는 논리였다. 나는 중등국장에게 바로 전화를 했다.

"그거 해 주세요."

대뜸 그 말부터 꺼냈다. 중등국장은 당황하는 눈치였다. 나는 생각해 둔 말을 바로 이어 나갔다.

"국장님, 이거 안 되는 이유가 뭡니까. 교육과정이 세팅이 안 돼서 그렇다고요? 그러면 국장님, 미쳤다고 실험적인 대안학교를 만듭니까, 정규 학교를 만들어야지. 여기는 정규 교육에서 탈락된 아이들 받아 주는 학교 아닙니까. 그러면 시간을 좀 주세요. 정부나 지방자치단체에서 돈 한 푼 안 주고, 민간인들이 모여서 부적응 학생 키우려고 실험적인 학교를 만드는데 우리가 훼방하면 안 되잖습니까?"

나는 예전 민족사관고등학교 이야기도 꺼냈다.

"민사고 아시죠? 민사고도 민사고라는 이름 때문에 2년째 인가 안 되는 걸 제가 장관님을 설득했습니다. '400억 원이나 투자해서 미래의 노벨상 수상자를 키우겠다고 하는데 우리가 하지 못할망정 그 좋은 시설을 해 놓고도 이름 하나로 2년이나 붙들어야 되겠습니까?' 그렇게 설명하고 민사고도 제가 통과시켰습니다. 이 대안학교도 마찬가지예요."

그리고 결정적으로 말을 덧붙였다.

"우리는 꼭 같은 길만 가야 된다고, 이 길만 길인 줄 알고 있는데 가다 보면 어디 그렇습니까? 길이 아닌 길이라도 새 길을 내려고 그 사람들이 열정을 가지고 가려고 할 때 '그 길 가지 마라.' 이렇게 막는 게 잘하는 겁니까? 우리가 정규 교육과정에서 탈락한 학생들까지 다 보살펴 줄 수 있습니까? 못 하잖아요. 그러면 저는 우리가 못 하는 걸 이 사람들이 해 준다는 게 진짜 다행이라고 봅니다!"

그렇게 해서 대안고등학교 인가는 통과되었다. 조리과학고 건도 마찬가지였다. 나는 직원들에게 충분히 설명해 주었다. 다시한번 검토를 거친 후 조리과학고에 대한 지원이 결정되었다.

바로 그 조리과학고가 몇 년 뒤 자리를 잡게 되었다. 그사이에학교 내신 1등급 학생들만 올 정도로 큰 발전을 이루었다는 이야기를 들을 수 있었다. 내가 재능대학에 취임했다니까 자기들의 졸업 전시회를 강남의 한 호텔에서 하게 되었는데 꼭 참석해달라는 초청장을 보내왔다. 그동안의 발전 과정을 잘 알고 있는나로서는 관심을 가지고 행사에 참석해 학생들을 만나 보았다.요리 솜씨의 훌륭함뿐만 아니라 그들의 자신감 있는 모습에 놀랐다. 대견하고 멋져 보였다. 그런데 안타까웠던 것은 이 학생들이 졸업 후 갈 데가 없다는 사실이었다. 나는 곧바로 재능대학에조리 관련 학과를 만들어야겠다는 생각을 하게 되었다. 그래서다시 한번 조리과학고를 방문하여 학교를 찬찬히 둘러보았고 확신을 가질 수 있었다. 재능대학에 이 뛰어난 학생들을 데려와야겠다고 말이다.

조리과학고 등 우수한 조리 시설을 갖춘 고등학교에서 조리교육을 받던 학생들이 실망하지 않고 꿈을 향해 실력을 마음껏갈고닦을 수 있도록 하기 위해 과감히 투자했다. 40여억 원을들여 국내외 유명 호텔과 레스토랑에서 사용하는 독일·이태리산조리 도구를 완비하고 학과를 개설했다.

한식의 세계화를 선도할 최고의 국제 경쟁력을 갖춘 창의적인 전문 조리인을 양성한다는 목표를 세우고 호텔외식조리과를 신설한 것이다. 모집 정원 160명, 40명씩 네 반을 만들었으며, 이 중에 한국조리과학고, 인천생활과학고, 해양과학고 등 전국 40여 개의 조리 관련 고교의 졸업생들을 특별전형으로 받게 되었다. 그리고 그해 10월, 한식요리경연대회에서 우리 학교 1학년 학생들이 대상을 받았다. 이것은 준비된 성공이나 마찬가지였다.

총장님, 제 명함 드릴까요

한번은 엘리베이터 안에서 조금은 특별한 여학생을 만났다. 나는 자주 학교 안을 돌아다니는데, 그 학생은 나와 눈이 마주치자 반갑게 인사를 해 왔다.

"총장님, 안녕하세요? 저는 호텔외식조리과 이민이라고 합니다."

나는 속으로 '참 신통하게 인사도 잘한다.'라고 생각하며 미소로 인사를 받아 주었다. 곧이어 이 학생은 주머니에서 무언가를 찾더니 내게 조그마한 종이 한 장을 건네는 게 아닌가.

"총장님, 이거 제 명함인데요. 총장님이시니까 특별히 제가 드리는 거예요."

"그래요, 고맙습니다."

자세히 들여다보니 네모난 명함 왼쪽에는 조리모를 쓰고 찍은 본인 사진과 오른쪽에는 '세계적인 셰프(chef)가 될 이민'이란 문구와 연락처가 기재되어 있었다. 아마도 호텔외식조리과 학생인 것 같았다. 그 명함을 보는 '순간 참 재미있는 학생이구나.' 하는 생각과 동시에 당당하고 적극적인 그 성격이 반가웠다. 나는 셰프가 꿈이냐고 물어보았다.

"네, 세계에서 가장 훌륭한 조리사가 되고 싶습니다. 그래서 제 음식을 드시는 모든 분에게 행복과 감동을 선물하고 싶습니다."

그것이 두바이 7성급 호텔 버즈알아랍에서 한식을 세계에 알리고 있는 이민 셰프와의 첫 대면이었다. 나중에 자세히 알게 되었지만 이민 학생은 조리과학고에서 우수한 성적으로 기본기를 다졌다. 우리 학교 호텔외식조리과에 입학한 후 한식 실습 조교를 자원하여, 실습 시간마다 레시피 준비는 물론 교수 시연 조교를 하며 열심히 실습에 임했다. 한식 전공 동아리 활동에서는 동아리 대표의 역할도 최선을 다했다고 한다. 한식에 유난히 관심을 보였지만 그 외에도 양식, 중식, 일식, 제과 제빵, 복어 조리 등 여러 분야에서 최선의 노력을 아끼지 않았다. 졸업할 때까지 그녀가 취득한 조리 관련 자격증만 일곱 개나 되었다.

또 각종 국내외 조리 경연 대회에서 장관상과 금상 등을 수상했고, 특급 호텔 출신의 실기 교수들을 따라다니며 끊임없이 자문을 구했다. 한 가지 방법을 알려 주면 열 가지 이상의 다양한 방법을 창조해 내는 학생이었다. 2010년 2월 졸업도 하기 전, 1차 서류 전형과 다섯 차례에 걸친 다양한 인사 담당자들과의 영어 인터뷰 면접을 통과했다. 마침내 그녀는 다들 세계 최고라고 손꼽는 두바이 7성급 호텔 버즈알아랍의 셰프가 되었다.

두바이 버즈알아랍호텔은 전 세계적으로 가장 큰 규모를 자랑하는 아랍에미리트 국왕 소유의 특급 호텔로 투숙이나 사전 식사 예약을 통해서만 호텔 안으로 들어갈 수 있다. 하루 숙박비가 최소 750만 원, 레스토랑 음식이 최소 1인당 약 30만 원에 달해 왕족, 대기업 CEO, 헐리우드 스타 등이 주 고객인 초특급 호텔이다. 채용 시 특급 호텔 경력과 외국어 실력을 우선으로 선발해 신입 조리사 채용이 특히 까다롭기로 유명한 곳이다. 이민 학생이 바로 이 호텔에 2급 조리사 정규직으로 채용된 것이었다. 꿈을 가지고 꿈을 실행하기 위해 열심히 하는 사람은 반드시 성공한다는 걸 이민 학생이 보여 주었다.

이민 학생이 두바이에 도착해 나에게 전화를 걸어온 적이 있다.

"총장님, 걱정해 주신 덕분에 잘 도착했습니다. 학교의 명예를 걸고 열심히 일하겠습니다!"

이민 학생은 지금도 휴가를 받아 한국에 들어오면 학교에서 후배들을 위해 강의를 한다. 본인이 해외에서 보고 배운 것을 후배들에게 가르쳐 주는 것이다. 이때마다 꼭 나를 찾아와 인사를 나누고 있다.

그녀의 뒤를 이어 3년 연속으로 재학생 총 여섯 명이 이 호텔에 취업한 것을 비롯해 많은 학생이 해외로 진출하여, 호텔외식조리과는 명품 학과가 되었다. 그뿐만 아니라 각종 대회에서 입상하는 쾌거를 이루는 등 지속적으로 그 실력을 인정받고 있다.

현재 이민 학생은 중국 상하이에 있는 메리어트호텔 한식당 주방장으로서 한식의 우수성을 널리 알리고 있다. 그런 선배에게 동기 부여를 이어받아 매년 30여 명의 학생이 워킹 홀리데이 비자를 취득하여 영국, 호주, 캐나다, 미국, 싱가포르 등에서 취업 역량을 키우고 있다.

이를 계기로 호텔외식조리과는 학과명을 글로벌호텔외식조리과로 개명하고 전국 최고의 해외 취업률을 매년 이어 가면서 해외 취업에 강한 학과로 역량을 키워 가고 있다.

Chapter 4

1등 대학으로
비상하다

인천을 우뚝 세우다

"재능대학이 어디에 있나요?"

재능대학은 좋은 이름인데 사람들이 전국에 있는 기술 대학 중의 하나로 이해하는 경향이 있었다. 또 인천에 있는지 서울에 있는지 구분하는 사람이 많지 않았다. 학교 이름이 1998년 재능대학으로 변경된 후 10년이 넘었으나 아직도 재능대학을 모르는 택시 기사가 많았다. 지역 고등학교 선생님들을 만나도 학생들이 재능대학이 인천에 있는 학교인지를 모른다며 참고해 달라고 했다.

최소한 인천에 재능대학이 있다는 것은 알릴 필요를 느꼈다. 학교 이름을 인천재능대학교로 바꾼 이유이다. 인천 지역 행사에서 유지들을 만나면 "인천재능대학교는 이기우 총장 취임 이

후 인천 지역을 위해 많은 봉사활동과 교육 서비스를 실천하고 있다."라는 이야기를 자주 들었다.

나는 지역사회에서 대학의 역할을 책임지는 학교를 표방하겠다고 기회 있을 때마다 강조했다.

"앞으로 10년은 인천재능대학교의 새로운 도전의 역사이자 대도약의 시대가 될 것입니다. 지역사회와 함께 성장하는 인천 지역 대표 대학으로도 우뚝 서겠습니다. 지역 산업 흐름에 적극 부응하면서 산학협력을 강화해 지역 경제 활성화에 기여하겠습니다."

이의 일환으로 2009년에 전문대학에서 최초로 등록금 동결을 단행하고, 2011년 인천재능대학교로 교명을 변경했다. 2012년도에 전례 없는 등록금 5% 인하를 확정하여 재학생의 70%에 해당하는 인천 지역 학생들에게 등록금 부담을 완화하는 효과를 거두었다.

학생들이 봉사활동에 많이 참여하고 있다. 그중에서 지역사회를 위한 봉사활동을 진지하게 펼치는 재능키움봉사단을 소개한다. 봉사단원들은 매년 김장 김치와 연탄을 배달하는 봉사활동을 전개한다. 지난해 연말에도 학교 일대에 거주하는 독거노인과 사회적 취약 계층을 위한 '사랑의 연탄 나눔' 봉사활동을 진행했다. 인천재능대 재학생, 교직원, 동구자원봉사센터 봉사자 등 총 100여 명이 봉사에 참여해 연탄을 전달하며 따뜻한 온정을 나누었다. 나는 허인환 동구청장과 함께 현장에서 봉사자들을 격려하고 직접 연탄을 나르면서 이렇게 격려했다.

"인천재능대학교가 추구하는 인재상 중 하나는 재능을 내 주변 이웃과 함께 나누는 것입니다. 올해 들어 가장 추운 날씨에도 불구하고 적극적으로 참여하는 학생들의 모습에 깊은 감명을 받았습니다."

내가 지역의 인재 활용을 위해 의욕적으로 추진한 사업이 바로 일학습병행제이다. 불가피한 사정으로 대학에 진학하지 않고 직업 현장에 뛰어든 직장인들이 일을 하면서 학습을 병행할 수 있기 때문에 지역사회에 기여할 수 있다고 판단했다. 일을 통해 생활을 해결하고 학업의 꿈을 실현할 수 있으니 말이다.

우리 학교는 2015년에 전국 전문대학 중 유일하게 일학습병행제 학위연계형 듀얼공동훈련센터로 선정된 후 전자과, 정보통신과, 유통물류경영과, 글로벌호텔외식조리과, 뷰티케어과, 호텔관광과, 항공운항서비스과 등 일곱 개 계약 학과를 운영하고 있다.

일학습병행제는 크게 두 단계로 나누어진다. 첫째는 직장에 재직하면서 학교에 가서 공부하는 재직자 단계이다. 둘째는 학교에 재학 중이면서 기업에 가서 현장 훈련을 받는 재학생 단계이다. 특히 재직자 단계의 일학습병행제는 사업 취지에 맞게 나이, 경력, 학력에 상관없이 함께 일하고 배우며 성장하는 학습근로자를 배출하고 있어 많은 감동을 전해 준다.

2015년에 덕산정보통신회사에 재직하는 일학습병행 1기 고성환 학생은 정보통신과에 입학할 당시 52세의 중년이었다. 학과 대표로서 자신보다 서른 살 정도 어린 학생들을 아버지처럼, 형처럼 이끌어 2년 동안 중도 탈락자가 거의 없이 졸업하는 리더십을 발휘했다. 졸업 후에도 후배 학생들을 위해 특강 강사를 하면서 후배들이 성실히 졸업할 수 있도록 이끌어 주고 있다.

또 인천 파라다이스시티호텔에 근무하면서 일학습병행제에 참여한 호텔관광과 이예린 학생은 근무 중 진심 어린 서비스를 고객에게 제공하여, 고객이 직접 호텔 총지배인에게 칭찬과 감사의 글을 이메일로 보낸 사연은 나를 참 흐뭇하게 했다.

"한 달 전쯤 투숙을 하지는 않았지만 호텔 시설을 이용한 사람입니다. 저희 가족에게 큰 도움을 주신 이예린 직원분께 정말 감사하다는 말을 전하고자 이메일을 남깁니다. 그 당시 아이가 제품에서 구토를 하는 상황이 발생했는데 직원분께서는 그 상황을 발견하고 바닥과 제 옷에 묻은 토사물을 함께 닦아 준 적이 있습니다. 더불어 아이가 급작스럽게 구토를 했다는 상황에 당황하여 많이 울고 있었는데 괜찮다며 아이를 달래 주었을 뿐만 아니라, 혹여나 아이의 속이 좋지 않을까 걱정하여 생수까지 챙겨 주셨습니다. 나중에 호텔을 한 번 더 방문했을 때 저를 알아보고 그때 괜찮았냐며 많이 걱정해 주셨습니다. 그리고 호텔에 전시되어 있는 작품 설명과 함께 아이들과 즐길 만한 시설을 잘 설명해 주어 재미있게 놀고 간 기억이 납니다."

이에 호텔 회장이 임원과 부서장에게 "초심을 잃지 말고 진정성 있는 친절함을 제공하자."라며 인성과 실력을 겸비한 이예린 양을 칭찬하여 화제가 되었다.

나는 수시로 학습 근로자들과 대화의 시간을 갖고 "일과 학습을 동시에 하는 여러분이 정말 자랑스럽습니다. 애로 사항이나 고충이 있으면 기탄없이 이야기해 주세요."라며 우리 학생들을 격려하고 응원하는 진솔한 소통의 장을 마련하고는 했다.

이제 인천시민들은 인천재능대학교가 어디 있는지 묻지 않는다. 인천 지역 내에 전국적으로 이름 있는 대학, 선택 가능한 대학이 하나 더 있는 것에 감사하는 마음을 갖고 있다고 한다. 이전에는 교직원들이 고등학교 입시 홍보를 가면 문전박대까지는 아니어도 그리 달가워하지 않던 것이 사실이었다. 그런데 이제는 시간 약속도 잡아 주고, 심지어 방문 시간에 맞춰 학생들을 모아 함께 진학 상담을 하기도 한다. 대학의 위상을 특정할 수 있는 바로미터는 고등학교 재학생과 진학 지도 선생님들이다. 이들의 태도가 변한 것은 우리 대학이 이제 '인천'을 대표하는 대학으로 변화했다는 것을 의미한다.

우리는 인천재능대학교라는 이름에 걸맞은 명실상부한 대학이 되기 위해 지속적으로 정진하고 있다. 지난 전문대학 특성화 사업에서도 우리 모토는 지역사회·산업과 함께 간다는 것이었다. 대학혁신지원사업을 추진하고 있는 올해도 마찬가지다. 인천이 커지면 우리도 커지고, 우리가 커지면 인천도 커진다. 우리는 인천과 함께 간다.

제 아들이
인천재능대에 다닙니다

"인천의 발전이 인천재능대학교의 발전이다."

내가 평상시 가지고 있는 모토이다. 학교 발전은 지역과 함께 가야 한다. 대학이 위치한 캠퍼스 지역이 발전해야 대학도 동반 상승하기 때문이다.

"지역을 위한 봉사활동과 교육 서비스를 실천하여 지역 주민들이 학교에 우호적인 생각을 갖도록 노력해 주세요."

우리 대학에 부임하면서부터 강조한 말이다. 학교가 가진 시설과 인적 자원을 사회를 위해 내주고 활용하면 자연히 지역사회와 연결이 된다.

내가 2008년도에 지역 주민을 위해 가장 먼저 한 조치는 학교 도서관을 상시 개방하는 일이었다. 지역 주민들이 직접 도서관을 방문하여 도서를 대출하고 열람석을 이용할 수 있는 시스템으로 바꾸었다. 3년 만에 천 명이 넘는 주민이 이용하여 주민들로부터 호평을 받았다. 2011년도에 학교 정문 앞에 공공 도서관이 현대식 건물로 개관되어 주민들이 활발하게 이용함에 따라 지금은 학교 도서관을 개방하지 않고 있다.

또 지역 주민에게 교육 서비스를 제공하는 일에도 앞장서기 시작했다. 2007년부터 지역 내 복지 기관과 협약을 맺고 초등학교 저학년 학생들을 위해 영재교육원을 출범시켜 영재 교육을 실시했다. 영재 교육 프로그램은 일반 가정의 자녀를 위한 영재 학급과 소외 계층 자녀를 위한 영재 학급 과정으로 나누어 1년 동안 운영되고 있다. 나는 사회적 배려 대상 영재 학급의 수료식에는 2011년부터 한 번도 빠짐없이 참석하고 있다. 올해 2월 수료식에서도 학생 46명에게 한 명씩 직접 수료증을 수여하고 함께 기념 촬영을 하면서 "미래 창조 사회의 인재로서 자신의 역량을 힘써 기르고, 남을 위한 배려와 관심을 가지고 봉사할 수 있는 전인적인 꿈나무로 성장해 나가기를 기대한다."라고 격려했다. 또 2019년부터는 우리 대학이 위치한 동구청과 함께 지역 내 초등학생을 대상으로 창의 논리 영재 캠프를 진행하고 있다.

그리고 지역사회를 위한 공헌 프로그램의 하나로 2012년에 사회서비스사업단을 조직하여 그 첫 번째 활동으로 청년사업단을 운영했다. 희망 독서 글쓰기라는 활동으로 지역사회에서 만 4~12세 아동을 대상으로 독서의 즐거움과 글쓰기의 유익함을 나누는 데 주력해 왔다. 이후 청년사업단은 다양한 계층의 서비스 요구를 수용하기 위해 노인들의 치매 문제를 다루는 노인 인지 기능 향상과 꼬마 작가 만들기 프로젝트로 세분화되어 새롭게 운영되기 시작했다.

중고등학교 학생들에게는 2011년부터 약 50개 학교 5천3백여 명에게 우리 학교 10개 학과의 진로 체험 기회를 제공하여 진로 선택에 기여하고 있다. 지역 주민들을 위해서는 뷰티케어과, 사진영상미디어과 등 특성화 학과를 중심으로 이발과 미용 봉사, 장수 사진 촬영, 독거노인 무선 전등 설치, 장애 가정 및 독거노인 생필품 전달 등 지역 소외 계층을 대상으로 봉사활동을 펼치고 있다.

또 2012년에 평생교육원을 설립하여 지역 주민들의 교육에 체계적으로 기여하고자 다양한 인문학 및 교양 강좌를 제공하고 있다. '인천을 이야기하다', '인생길 소학행', '티&와인 강좌', '1인 유튜버 양성 과정', '누구나 쉽게 따라 그릴 수 있는 드로잉 강좌', '이미지 브랜딩 컬러 포 유(color for you) 강좌', '사진 아카데미 및 창작 실기 강좌', '시낭송 아카데미 강좌', '문화관광해설사 과정', '보육교직원 보수 교육과정' 등을 개설했다. 이들 과정은 우리 학교의 관련 학과 교수들이 적극적으로 참여하여 차별화된 강좌로 자리 잡았다. 그 결과 평생교육원은 인천평생교육진흥원으로부터 인천을 대표하는 '인천시민대학'에 3년 연속 선정되었다.

무엇보다도 2015년도에 개설된 '아버지요리대학'은 인천 지역 기업 대표 및 주요 오피니언 리더들이 참여하여 요리하는 즐거움을 만끽하도록 한 특화된 CEO 과정으로 소위 '대박'을 친 인기 강좌가 되었다. 현재까지 총 162명이 수료한 가운데 그동안 수강생 중에는 아버지와 딸이 같이 손잡고 수업에 참여하기도 했고, 먼저 참여한 배우자의 추천으로 평생 주방에는 얼씬도 하지 않던 몇 대 독자가 가문에서 최초로 식칼을 만져 본 남자가 되기도 했다. 항상 정장 차림에 근엄한 표정만 보였던 CEO, 군복만 입고 다녔던 군 장성 등이 조리복을 입고 땀을 뻘뻘 흘리며 주임 교수의 지시를 받아 파를 썰고, 팬에 올린 고기를 볶는 모습은 부지불식간에 웃음을 짓게 만들었다. 나 역시 아버지요리대학에 1기생으로 참여하여 동기생들과 함께 요리하는 기쁨을 맛보았다.

수강생들도 대학의 노력에 경의를 표하며 그동안 1억 원을 훨씬 상회하는 대학 발전 기금을 기탁했다. 아버지요리대학 최초선 총동문회장은 소감을 이렇게 밝혔다.

"S대, K대 등 국내 유수의 경영대학원을 여덟 군데나 다녔습니다. 그중에 제가 다니면서 최고의 보람을 느낀 곳이 바로 인천재능대학교 아버지요리대학이었어요. 26명의 학생이 팀을 짜서 함께 요리를 만들고 만든 요리를 같이 먹어 보는 그 시간이 얼마나 재미있었는지 몰라요. 마치 소풍을 온 것 같았지요. 스스로 만든 음식은 또 얼마나 맛이 있던지요. 그렇게 함께 공부한 동기들과 상생하려고 노력하는 것은 물론 학교 발전 기금을 기부하는 등 인천재능대학교와 꾸준히 좋은 인연을 맺고 있습니다."

CEO 과정은 4년제 유명 대학에나 개설 가능하다는 사회적 편견을 깬 '아버지요리대학'은 인천재능대학교만의 차별화된 강좌로 자리 잡았다.

지역사회와 동반 성장한다는 목표를 가지고 달려온 우리의 노력은 결실을 맺기 시작했다. 내가 처음 재능대학에 왔을 때만 해도 지역 어느 자리에 나가서도 재능대학에 학생을 보내 달라는 말을 선뜻 하지 못했다. 졸업생은 재능대학에 다니고 있다는 사실을 감추기 바빴고, 교직원들도 재능대학에 재직하고 있다는 말을 자신 있게 하지 못했다. 그런데 재능대학의 교명이 인천재능대학교로 바뀌고 학교가 쑥쑥 성장하고 지역사회와 접촉면을 늘리면서 지역의 대학으로 가치를 인정받게 되자 많은 것이 달라졌다. 이제는 어디서나 당당하게 인천재능대학교에 학생을 보내 달라는 말을 할 수 있게 되었다. 먼저 자신이 인천재능대학교 출신이라는 것을 자랑스럽게 밝히고 나에게 악수를 청하는 사람들도 생겨났다.

한번은 인천 지역의 유력 인사가 식사를 하다가 갑자기 놀라운 고백을 하는 게 아닌가.

"총장님, 이제야 말씀드리지만 제 아들이 인천재능대에 다닙니다."

그것은 실로 놀라운 변화였다. 나는 그의 손을 잡고 다정하게 말했다.

"고맙습니다. 염려하지 마세요. 학교에서 인성과 실력을 갖춘 쓸모 있는 인재로 잘 키우겠습니다."

중앙아시아에 재능의 꽃이 피다

세계의 지붕이라고 불리는 중앙아시아에는 지구에서 가장 높고 넓은 고원인 티베트고원과 파미르고원, 남쪽으로는 히말라야 산맥이 자리 잡고 있다. 이곳에는 우리의 성과 이름을 가진 한민족 동포가 뿌리를 내리고 있다. 일제 시대 강압 통치를 피하여 많은 우리 동포가 두만강을 넘어 러시아의 영토였던 연해주로 이주했다. 하얼빈 의거의 안중근 의사, 봉오동 전투의 홍범도 장군, 대한민국임시정부 국무총리 이동휘, 고려인들의 대부 최재형 등이 바로 그들이다.

고려인들은 제정 러시아의 붕괴와 볼셰비키 혁명 등 역사의 격랑 속에 휘말렸다. 결국 소수 민족 탄압 정책을 펼친 스탈린에 의해 1937년 9월 9일부터 10월 말까지, 17만 5천여 명이 강제

이주를 당했다. 고려인들은 그동안 일군 모든 재산을 빼앗기고, 짐짝처럼 시베리아 횡단 열차에 실려 중앙아시아에 차례로 버려졌다. 그럼에도 불구하고 우리 동포들은 다시 억척스럽게 중앙아시아의 메마른 황무지를 개척하여 구소련 내 소수 민족 중에서도 가장 잘사는 민족이 되어 주류 사회로 진출했다. 하지만 1992년 구소련의 붕괴로 말미암아 중앙아시아의 국가들이 차례로 연방을 떠나 독립하며, 배타적인 민족주의를 내세워 고려인들을 다시 핍박하기 시작했다. 현재 약 55만 명의 고려인 동포들이 어렵게 한민족으로서의 정체성을 지키고 있다.

2015년 당시 외교부 산하 재외동포재단으로부터 한 통의 전화 연락을 받았다.

"경제적·사회적 어려움을 겪고 있는 고려인들의 자립을 돕기 위하여 카자흐스탄에 거주하고 있는 고려인 청년 10명을 교육해 줄 수 있으신가요?"

평소 고려인들의 어려움을 듣고 있던 나는 한 치의 망설임도 없이 수락했다. 이들은 뷰티와 미용 연수를 받았다. 1기 수료생들이 고국에 돌아가 우리 대학에서 배운 기술로 재취업과 창업에 성공했다. 교육 효과에 힘입어 연수 사업은 확대되었다. 벌써 5년 연속으로 총 8개 국가(카자흐스탄, 키르기스스탄, 우즈베키스탄, 우크라이나, 러시아, 타지키스탄, 투르크메니스탄, 벨라루스)에서 175명의 고려인 동포 연수생들이 우리 대학에서 연수를 마쳤다.

지난 9월에는 8개 국가 12개 공관에서 뽑힌 40여 명의 연수생들이 한식 조리, 제과 제빵, 사진·영상 촬영 및 편집, 호텔 식음료 서비스 교육을 수료했다. 재외동포재단 관계자는 "인천재능대학교에서 공부한 연수생들이 학업에 대한 호응도가 높고 만족도 역시 높다. 실제 현장에서 필요로 하는 프로그램을 운영해 주고 있어서 많은 성과를 거두고 있다."라며 긍정적인 평가를 했다. 나아가 우리 대학의 교육 사업을 모델로 직업교육 사업을 타 지역 재외동포로 확대하고 있다고 한다.

특히 수료생들이 본인의 형제, 자매, 친한 지인에게 교육의 우수함을 알리고 추천하여 프로그램에 지원한 경우가 점점 늘어나고 있다. 2018년에는 독립운동가의 3세 후손이 방문하여 연수를 받았다. 그 교육을 바탕으로 올해 대한민국 국적을 취득하여 한국에 영구 귀국하기도 했다.

나는 고려인들에게 단순히 직업교육만 시킬 것이 아니라, 고려인들의 정체성을 확립하기 위하여 '한국어와 역사 교육'을 병행했다. 이들은 처음에는 말이 서툴고 한국에 대해서 잘 알지 못했다. 하지만 한국에서 교육을 받으면서 한국어로 인터뷰를 할수 있을 정도로 말도 늘고, 모국의 문화를 느끼고 배우고 있다. 한국어뿐만 아니라 러시아에서 활동한 독립운동가 최재형 선생(안중근 의사의 후원자)을 기리는 '최재형기념고려인지원사업회'의 후원을 받아 고려인의 역사 교육과 독후감 대회를 실시하기도 했다.

이들은 90일간의 교육을 받고 나면 한국인의 피가 흐른다는 자부심을 갖게 된다. 우리말로 느리지만 또박또박 말하는 것을 보면 '피는 속일 수 없구나.' 하는 생각이 든다.

"많이 그리울 것 같아요. 좋은 교육, 좋은 친구들, 함께했던 시간을 평생 간직하겠습니다."

"부모님이 반대하셔서 제대로 뷰티 헤어 과정을 배워 본 적이 없어요. 소중한 기억을 선물해 줘서 고마워요. 고려인들은 모국을 TV 속에서만 보았는데 한국에서의 시간은 제 인생에서 가장 행복한 시간이었어요."

"학교에서 배운 걸 통해 고향에 돌아가 꿈을 꼭 이루겠어요. 꿈을 찾을 수 있는 기회를 줘서 너무 감사합니다."

이런 인연 덕분에 2018년 카자흐스탄 전문대학협의회에서 나를 초청해서 카자흐스탄 알마티를 방문하게 되었다. 알마티에 있는 김종일 한국교육원 원장으로부터 '이기우 총장이 온다'는 소식을 접한 수료생들이 나를 만나러 알마티로 달려왔다. 이들이 달려온 거리를 듣고 깜짝 놀랐다. 최소 1,000km에서 최대 2,500km 떨어진 곳에서 10여 명의 수료생들이 기차를 타고 찾아온 것이다.

나는 가슴이 뭉클했다. 이들은 인천재능대학교에서 연수받은 것에 감사하는 마음을 간직하고 인천재능대 동문인 것을 자랑스러워했다. 나는 이들이 너무 고맙고 기특해서 별도의 시간을 할애하여 연수생들과 식사를 하며 정다운 이야기를 나누었다. 여행 경비로 가져온 지갑 안의 모든 사비를 털어 연수생들에게 차비로 나누어 주었다. 이들은 자신과 선배들의 성공 스토리를 소개했다.

"2017년에 수료한 3기 뷰티 미용 연수생은 다시 블라디보스토크의 현직 미용사로 돌아가 유명 헤어디자이너로 활동하고 있어요."

"같은 기수의 우크라이나 출신 연수생들은 고향 마을에 한식당을 공동으로 열었습니다."

"인천재능대에서 갈고닦은 한국어를 활용하여 현지에 진출한 한국 회사에 취업한 연수생도 있어요."

척박한 중앙아시아에 재능의 꽃봉오리가 피는 것을 확인하며 기쁨과 보람을 느꼈다.

송도에 제2 캠퍼스
글로벌 시대를 열다

"전문대학 중 유일하게 인천경제자유구역 송도에 캠퍼스를 설립하다."

송도는 한반도 위치상 인천의 '배꼽'에 해당하는 지역이다. 이는 한반도의 중심에서 경쟁력 자체인 도시가 송도라는 뜻이다. 인천재능대의 송도 시대는 대학의 강점을 살려 송도국제도시에 도움이 되는, 함께 숨 쉬며 커 가는 대학이 되기 위해 뛰겠다는 의지의 표명이다. 우리는 그동안 "인천을 우뚝 세우겠습니다." 라는 슬로건으로 인천과 함께 가겠다는 의지를 펼쳐 왔다. 바로 인천재능대학교의 송도 시대가 그 증거가 된 것이다.

1단계는 한식세계화센터, 글로벌 외식조리동, 대학 본관을 조성한다. 2단계는 동북아시아 연계교육센터, 평생교육원, 특성화 학과 강의·연구동, 국제화 기숙사, 게스트하우스를 조성할 계획이다. 우리 대학은 송도국제화캠퍼스를 통해 지식, 연구 중심의 대학이 아니라 지역 산업 발전에 꼭 필요한 실무를 겸비한 글로벌 인재를 육성하는 데 중점을 둘 계획이다.

인천은 지리적으로 대한민국 심장에 해당하는 중요한 지역이다. 인천재능대의 송도 캠퍼스는 인천의 중심인 송도 지역의 공항·항만 산업 인프라(인천국제공항, 인천신항)와 대형 유통·물류 산업 성장에 대한 대응을 통해 안정적인 취업 기반을 구축하고 산학협력을 강화하는 데 목표를 두었다. '호텔관광물류서비스 특성화'를 이루어 냄으로써 지역 산업 발전에 기여하고 글로벌호텔외식조리과, 항공운항서비스과, 호텔관광과, 유통물류경영과, 뷰티케어과 등 특성화 학과를 운영하여 한식의 세계화를 비롯한 서비스 부문에서 세계인에게 인정받는 직업교육 명품 대학으로 도약하기 위한 전진 기지로 마련되었다.

송도 캠퍼스는 국내외 유수의 대학들이 글로벌 경쟁력을 갖추기 위해 마련한 전략적인 교두보라고 할 수 있다. 우리 대학은 전국 전문대학으로는 유일하게 송도국제도시에 유명 대학들과 함께 둥지를 틀게 되었다. 송도 캠퍼스에는 현재 유통물류경영과, 회계경영과, 마케팅경영과 등 경영 관련 세 개 학과가 이전해 있다. 앞으로 박물관 및 한식세계화센터도 건립하여 지역사회와 소통하고 상생할 수 있는 방안을 지속적으로 추진할 예정이다.

송도 캠퍼스 근처에는 연세대학교와 송도글로벌대학이 위치해 있고, 한국외국어대학교, 인천가톨릭대학교와 바로 인접해 있다. 우리 대학은 이 대학들과 협력하며 글로벌 대학으로 동반 성장할 수 있는 계기를 마련했다.

우리 학교는 2019년 2월 송도 캠퍼스에 행복기숙사를 개관했다. 행복기숙사는 공동생활의 자율과 절제를 필요로 하는 인성 교육의 기회를 제공하기 위해 학교 법인 재능학원과 한국사학진흥재단이 공동 출자하여 '인천재능대학교 공공 기숙사 유한 회사'를 설립했다. 행복기숙사는 현대적인 교육 복지·후생 시설을 확충하고 학생들에게 보다 안락하고 쾌적한 휴식 공간 및 거주 공간을 제공해 우수한 인재들이 교육에 전념할 수 있도록 했다.

지하 1층에서 지상 7층, 연면적 5,752㎡ 규모로 건립된 행복기숙사는 3인실 98실, 2인실 2실, 장애인 학우를 위한 2실 등 총 300명을 수용할 수 있다. 실마다 독립적인 샤워실과 화장실이 구비되어 있어 학생들의 프라이버시 및 독립성을 보장하고 있다. 또 층별로 휴게실과 옥상 및 옥외 휴식 공간 등을 마련하고 학생들에게 필요한 무료 와이파이와 세탁실, 학생 식당, 계단식 강의실, 소그룹실, 무인 택배함, 객실별 발코니 등 충분한 편의 시설을 제공하고 있다.

학생들은 최신식 설비와 환경에 만족하고 있다. "마치 호텔 같은 구조다. 책상과 침구도 아주 좋은 것으로 마련한 것 같다."라거나 "집이 지방이라 통학 문제로 진학을 주저했는데, 이제 아무 걱정이 없다."라고 기쁨을 표현한 것이다. 또 한 학부모는 "지금까지 이렇게 깨끗하고 편리한 기숙사를 보지 못했다. 좋은 기숙사를 제공해 주어서 감사하다."라는 말을 잊지 않았다. 학생들이 없는 방학 동안에는 고려인 연수생을 비롯하여 인천대학교와 인천가톨릭대학교 등 다른 학교 학생들, 삼성바이오로직스 등 기업체 인턴 교육생들이 시설을 이용하고 있다.

나는 행복기숙사 개관을 기념해 4월 한 달 동안 송도 캠퍼스 특별전시장에서 '송도 갯벌의 변모'라는 주제로 최용백 사진작가의 특별 사진전을 개최했다. 최 작가는 1997년 인천재능대학교 사진영상미디어과를 졸업한 동문으로 이미 유명한 중견 작가가 되어 왕성한 활동을 하고 있다. 그는 매립 이전의 송도 갯벌부터 2019년 현재의 모습까지 30여 작품을 전시했다. 나는 이렇게 축하의 말을 전했다.

"행복기숙사 개관을 기념해 사진전을 준비한 최용백 작가에게 감사드린다. 인천 송도가 매립되기 전부터 현재의 모습까지 무수한 생명의 탄생과 치열한 성장 과정을 훌륭한 예술로 승화시켰다. 과거의 기억과 그리움을 건져 올리는 시간이 되길 바란다."

행복기숙사 개관으로 우리 대학은 송도 캠퍼스를 거점으로 새롭게 도약할 수 있는 발판을 마련했다. 앞으로 날로 커지고 중요해질 송도국제도시에서 우리 대학은 또 하나의 힘찬 날개를 펼치고 있다. 전문대학 최초로 송도국제도시에 둥지를 튼 만큼 자부심과 책임감을 가지고 여러 대학과 당당히 경쟁하며 우리 대학만이 갈 수 있는 새 지평을 열어 나갈 계획이다. 모든 가능성을 열어 두고 유연하게 변화에 대한 수용성을 키워 나갈 것이다.

인성이 경쟁력이다

처음 우리 대학에 부임해 왔을 때 취업률이 수도권에서 하위권을 면치 못하고 있었다. 보통 사람들은 말한다. 전문대학은 '쓸모 있는 인재의 양성'을 기치로 내걸어야 한다고. 맞는 말이다. 전문대학은 모름지기 산업 현장에서 당장 써먹을 수 있는 실무형 인재를 양성해야 한다. 철저한 현장실습 중심 교육, 이것만이 기업이 필요로 하는 인재를 배출하는 길이다.

그러나 나는 그것이 전부여서는 안 된다고 생각했다. 현장이 중요하고 실무 능력이 중요한 것은 맞지만 먼저 충족되어야 할 조건이 있다. 그것이 바로 '인성'이다. 나는 기회 있을 때마다 인성의 중요성을 강조했다.

"우리 대학은 학생들의 '인성'을 책임져야 합니다. 단지 취업하기 위해서가 아니라 취업 이후 직장에 적응하고, 유능한 인재로 성장하기 위해 반드시 필요한 것이 인성입니다. 인성이 기반이 되어야 여러 사람과 화합할 수 있을 뿐만 아니라 장기적인 관점에서 쓸모 있는 인재가 될 수 있습니다."

나는 인성교육의 일환으로 2009년부터 금연 캠페인을 실시했다. 처음 학교에 와서 놀란 것이 화장실에 가득한 담배꽁초였다. 쉬는 시간이 되면 화장실 안이 담배 연기로 자욱해서 들어갈 수 없을 정도였다. 이래 가지고는 안 되겠다는 생각이 들었다. 몇 달 간 교내를 돌아보니 담배에서 비롯되는 산만하고 어지러운 분위기가 학교 내 학습 분위기를 상당히 해치고 있음을 알 수 있었다.

"자기 자신을 위해서 할 수 있는 가장 큰 일이 바로 담배를 끊어 주는 것입니다."

나는 그렇게 학생들을 설득해 나가기 시작했다. 무엇보다도 학생들 자신과 주변 사람들의 건강, 행복을 위해 금연이 절실한 상황이기도 했다. 금연 성공 장학금을 주고, 5월 축제 때는 커플 금연 선언식까지 실시했다. 교내의 일부 흡연 부스를 제외한 전 구역을 금연 구역으로 지정했다. 금연에 성공한 학생들이 금연을 원하는 학생들과 주기적인 만남을 가져 흡연의 위험성 및 금연의 중요성을 알리는 자리도 만들었다. 이는 금연 의지를 되새기는 긍정적인 효과를 냈다.

또 2010년에는 박재갑 서울대 의대 교수(전 국립암센터 원장)가 참석한 가운데 금연 선서식을 진행했으며 2013년에는 평생 금연 선서식을 갖기도 했다. 놀라운 것은 학생들의 반응이었다.

"금연을 선언하고 성공하면 장학금을 준다고 해서 학생들이 공개적으로 얼마나 참여할 수 있을까요?" 하는 우려가 있었기 때문이다. 거부감을 표현할 줄 알았던 학생들이 오히려 적극적으로 캠페인에 동참하기 시작했다. 그리하여 2018년에도 '금연 장학금 수여식 및 평생 금연 선언식'을 개최했고, 금연을 하기로 신청한 146명의 학생 중에 119명이 금연에 성공했음을 선포할 수 있었다. 이들에게는 1인당 30만 원의 금연 장학금을 지급했다. 2009년 재학생 금연 캠페인을 실시한 이후 금년까지 3천여 명이 금연에 동참하여 1천여 명이 금연에 성공했다. 10년간 총 2억 8,720만 원의 장학금이 지급되었다.

2010년부터는 인생에 귀감이 되는 명사들을 초청하여 진솔한 인생 수업을 들을 수 있는 '명사 특강' 시간을 마련했다. 강의를 통해 학생들의 발전 가능성과 잠재의식을 깨우고 인생의 좌표를 설정할 수 있는 기회를 주고 싶었다. 매 학기 열두 명의 명사를 초청하여 진행하는 특강에는 재학생들의 신청이 넘쳐, 600여 명의 학생들이 대강당에 모여 서서 강의를 듣는 일도 생겼다. 이해찬 전 국무총리, 김한길 의원, 차동엽 신부, 박찬법 전 아시아나 회장, 박명재 차의과대학 총장, 임진모 대중음악 평론가, 김홍신 소설가 등이 강사로 참여했다. 현재 우리 사회의 내로라하는 인사들의 육성으로 학생들의 가슴에 불을 지피는 시간이었고, 지금도 지속적으로 실시하고 있다.

또 실질적이고 구체적인 학생 지도를 위해 '지도 교수 책임 멘토제'를 도입했다. 학생이 입학하는 그 순간부터 졸업하고 취직하여 인생의 주인공으로 성장할 때까지 담당 지도 교수가 인생

멘토를 맡는 것이다. 모든 전임 교수가 모든 학생을 대상으로 멘토를 분담하여 진심으로 진로와 인생을 이야기하면서 진정한 스승과 제자의 관계를 맺을 수 있도록 유도했다. 물론 처음부터 끈끈한 사제 관계가 형성될 리는 없었다. 아직 젊다 보니 취업보다는 당장은 쉬면서 놀고 싶은 생각이 앞선 학생들도 적지 않았다. 취업을 거부하고 아르바이트로 연명하며 '미래의 꿈을 유보하는 학생들'이 있었던 것도 사실이다. 급기야 교수들과 연락을 끊고 잠적하거나 "내 인생인데 왜 상관하세요?"라며 화를 내는 학생들도 있었다.

하지만 그럴수록 교수들은 포기하지 않고 오히려 관심과 애정을 가지고 다가갔다. 사람과 사람 사이에 맺어지는 이런 관계와 감정은 단순히 취업률이라는 수치로는 산출할 수 없는 것이다. 바로 이렇게 수치로 측정할 수 없는 노력이 뒷받침되었기에 구체적인 성과가 드러나기 시작했다.

결과적으로 인천재능대학교는 2013년 70.2%, 2014년 74.3%, 2015년 78.9%, 2016년 80.8%, 2017년 78.5%로 5년 연속 수도권 취업률 1위를 달성했다. 특히 2010년부터의 해외 취업 누적 인원이 164명을 기록하면서 글로벌 인재 배출 대학으로 앞장서고 있다.

사회의 일원으로 당당하게 첫출발하는 제자를 지켜보는 기쁨은 스승만의 특권이다. 학생의 취업을 위해 모든 구성원이 바친 땀과 눈물의 노력을 어찌 일일이 거론할 수 있을까. 다만 우리는 누구나 알고 있는 아주 사소하고 평범한 일을 정성을 다해 실천했을 따름이다. 그리고 여기에는 바로 인천재능대학교만의 '인성교육'이라는 철학이 깔려 있다. 인성이 제대로 갖추어져야만 기술과 능력이 성장할 수 있는 것이다.

인성이 바로 경쟁력이다. 인성을 바탕으로 실력을 쌓아야 한다. 인성이 뒷받침되지 않는 실력은 모래 위에 집을 짓는 사상누각과 같다. 긍정 심리학의 창시자인 마틴 셀리그먼은 "기본적으로 인성을 전제로 하지 않는 학문은 결코 인간 행동을 제대로 설명하는 이론으로 인정받지 못할 것이다. 나는 바야흐로 인간 행동을 연구하는 학문의 핵심 개념으로서 인성을 부활시킬 때가 되었다."라고 주장했다. 기업에서도 인성을 갖춘 인재를 채용하려는 경향은 점점 높아지고 있다. 인성교육은 아무리 강조해도 결코 지나치지 않다.

인생에 귀감이 되는 명사들을 초청하여
진솔한 인생 수업을 들을 수 있는 '명사 특강' 시간을 마련했다.
현재 우리 사회의 내로라하는 인사들의 육성으로
학생들의 가슴에 불을 지피는 시간이었고
지금도 지속적으로 실시하고 있다.

취업률 1위의 비결

취업은 요즘 대학의 화두이다. 취업률이 대학의 교육 역량을 평가하는 중심 잣대가 되기 때문이다. 학생은 날로 줄어들고 대학은 이미 넘쳐난다. 나는 몇 년 전부터 학령 인구 감소에 따른 위기의식을 교직원들에게 강조해 왔다. 그 위기가 당장 내년으로 다가왔다.

"교육부가 추산한 2020년 대입 가능 자원은 47만 9천여 명으로 대학입학 정원에 비해 2만 명이 적습니다. 입학 정원이 대학 진학자보다 더 많아지는 초유의 역전 현상입니다. 5년 뒤에는 대입 자원이 40만 명 아래로 떨어지면서 입학 정원에 비해 무려 12만 명 이상 부족할 전망입니다."

이제 대학의 존폐가 취업률에 달려 있다 해도 지나치지 않다.

바야흐로 대학은 생존을 위한 무한 경쟁에 들어선 셈이다.

대학만이 아니다. 학생 입장에서 취업은 자신의 인생이 걸린 심각한 문제다. 청년 실업 문제 또한 어제오늘의 일이 아니다. 부모 품에 의지하는 캥거루족도 늘고 있다. 앞날이 창창한 젊은 이, 이 나라의 장래를 짊어지고 나가야 할 동량들에게 우리는 왜 자신 있게 희망을 안겨 줄 수 없는가. 늘 이런 고민을 하고 있다.

얼마 전에 지인 중 한 명이 대학에서 정년을 마치고 취업 지원 회사를 차려서 우리 학교를 방문한 적이 있다. 자신의 회사가 어떤 시스템으로 취업을 지원하는지 알리고 설명하러 온 자리였다. 그는 우리 학교의 취업 관련 시스템을 먼저 확인하더니, 인천재능대에는 자신과 같은 사람이 필요 없다고 말하며 호탕하게 웃었다.

"이렇게 체계적인 취업 지원 프로그램은 처음 봤습니다. 오히려 제가 배우고 갑니다, 총장님."

말 그대로 우리 학교 학생들은 체계적인 취업 지원 시스템으로 입학부터 졸업 후 2년까지 원스톱 서비스(one stop service)를 받는다. 취업 교육 지원, 취업 정책 지원, 졸업생 관리로 구분하여 세부적인 12단계 전략으로 30여 개 프로그램을 구성하고 있다. 중요한 프로그램을 소개한다.

첫째, 우수 기업 탐방 프로그램은 지역 유관 기관과의 협력을 통해서 이루어진다. 산업체 현장과 연계된 교육과정을 편성하고, 취업 약정 협약 업체를 매년 확산시키고 있으며, 대기업과 인재 매칭 사업 등을 체계적으로 운영하고 있다.

둘째, 졸업생 레벨 업(level up) 프로그램은 미취업자와 취업 의지 미약자를 대상으로 이루어진다. 지도 교수가 담당 졸업생을 취업 의지의 정도에 따라 적극적인 취업자와 소극적인 취업자로 구분하여 다르게 접근한다. 졸업생들의 취업 성공까지 맞춤형 집중 교육을 하고, 1:1 컨설팅을 실시하여 자기 주도적인 취업 전략을 만들어 주기 위해 전력을 다한다.

셋째, 해외 취업 확대를 위해 글로벌 현장실습, 영어 교육 강화, 방학 중 기숙형 영어 몰입 캠프, 방과 후 영어 프로그램 운영 등을 지원한다. 특히 기숙형 영어 캠프는 인천재능대학교만의 자체 기획 영어 특화 프로그램으로, 방학 기간 동안 학생들에게 영어의 기본기를 습득시키고 자신감을 향상시키는 데 큰 도움을 주고 있다.

넷째, 취업 후에도 직장 적응 면담을 지원하고, 직무 능력 향상 방안을 지도한다. 조기 이직 예방 지원체계를 구축함으로써 중도 탈락 및 조기 이직을 예방하고 있다.

나는 감히 확신한다. 취업 교육에서 인천재능대학교는 전국 최고의 시스템과 프로그램을 갖추었다고 말이다. 취업률 1위의 기록이 지속되면서 타 대학에서 벤치마킹하러 찾아오는 방문단도 증가하고 있다. 방문단 일행은 학생취업지원센터의 설명을 들은 후 다음과 같은 반응을 보였다.

"와, 이렇게 하니까 취업률 1위 대학이 되었군요."

"소문으로 전해 들었던 것보다 직접 와서 보니 취업에 대한 총장님의 의지와 학교의 역량이 더욱 빛나네요."

"인천재능대학교는 전국 전문대학의 리더가 되는 대학입니다."

"더 이상 1등 하실 것이 무엇입니까?"

"4년제인 저희 대학이 매우 부끄럽고 조만간 전체 보직자와 함께 다시 방문하겠습니다."

나는 최근 들어 교직원들에게 취업률에 대해 직접 말하지 않는다.

"저는 취업률 향상에 대해 학과 교수와 직원들에게 한 번도 언급하지 않았습니다. 이제는 학교 구성원 모두가 취업률 1위 대학이라는 자부심과 이를 유지하기 위해 스스로 노력하는 자세가 습관처럼 몸에 익숙해져 있으니까요."

지금과 같은 시대에 평생 한 직업만을 가지고 살 수는 없다. 젊은 나이에 빠르게 직업 체험의 기회를 가지는 것이 인생 전체에 도움이 된다. 오직 하나의 직업을 꿈꾸며 너무 오랜 기간 준비하면서 사회 진출을 늦추는 것은 바람직하지 않다. 집중적으로 자신의 역량을 만든 후에 그것으로 시작할 수 있는 일을 찾아서 직업 세계에 뛰어드는 것이 지금 시대의 사이클에 맞다는 생각이다.

그리고 한 분야에서 시간을 두고 일하면서 자신을 성장시킨 뒤 이를 기반으로 다른 영역으로 옮겨 갈 수 있다. 이제 인천재능대학교는 학생들의 실력을 확실하게 인정받아 어떤 학과의 경우에는 기업들이 학생들을 데려가려고 줄을 서는 경우도 있다. 또 학과 교수 한 사람을 아는 것을 큰 자랑으로 생각하면서 좋은 학생을 데려가기 위해 노심초사하는 회사까지 생겼다. 이 정도면 정말 큰 변화라는 생각이 든다.

꿈은 이루어진다

"인천재능대학교에는 무슨 학과들이 있어요?"

우리 학교의 인지도가 높아지면서 만나는 사람들이 학과에도 관심을 보이기 시작했다. 이런 질문을 받을 때마다 나는 구체적인 관심을 표명해 준 사실에 감사하는 마음을 갖고 신이 나서 설명한다.

"간호학과, 유아교육과, 아동보육과, 화장품과, 뷰티케어과, 항공운항서비스과, 글로벌호텔외식조리과, 호텔관광과, 유통물류경영과, 전자과, 사회복지과, 송도바이오과……."

내 말이 끝나기도 전에 "취업이 잘되는 실용적인 학과들이네요. 취업률 1등인 이유를 알겠습니다."라는 반응을 보인다. 나는 다른 학과들을 마저 소개한다.

"인공지능컴퓨터정보과, 정보통신과, 회계경영과, 마케팅경영과, 실내건축과, 건강관리과, 보건의료행정과, 실용음악과, 사진영상미디어과 등 21개 학과가 있습니다."

또 하나 받는 질문이 있다.

"전문대학은 2년 과정이지요?"

일반적으로 사람들은 전문대학은 2년, 일반대학은 4년이라고 생각한다. 이런 구분도 많이 달라졌다는 점을 나는 강조한다.

"전문대학은 2년제로 되어 있지만, 간호학과는 4년제이고 유아교육과는 3년제입니다. 이제 전문대학에도 학사학위 전공심화 과정이 있어요. 전문대학 졸업자가 전공심화 과정에서 1~2년의 교육과정을 이수하면 4년제 일반대학과 똑같은 학사학위를 받을 수 있습니다."

우리 학교 졸업생들은 각 분야에 취업하여 인성과 실력을 갖춘 인재로 활동하고 있다. 졸업생들이 사회에 진출하여 활약하는 이야기를 들으면 늘 마음이 흐뭇하다. 몇 개 학과의 사례만 소개한다.

간호학과는 4년제 과정으로 운영되는 대표적인 학과이다. 나는 간호학과에 과감하게 투자하여 최고의 실습 시설을 갖추도록 했다. 간호학과 졸업생들은 인성도 좋고 실력도 좋은 간호사를 꿈꾸며 노력한 결과 국가고시 합격률 100%, 취업률 100%를 자랑하는 명품 인재가 되어 사회에 진출하고 있다. 졸업생의 평균 30% 이상이 서울대병원, 서울성모병원, 고려대병원, 이화여대병원, 한양대병원 등 국내 최고 수준의 상급 종합병원에 취업하고 있다.

현재 일산병원에 근무하고 있는 김정 졸업생은 4년제 대학을 졸업하고 우리 대학에 35세의 늦은 나이에 입학하여 학업을 마치고 취업한 소감을 말했다.

"학교에서 마련해 준 싱가포르 어학연수 프로그램과 하와이 글로벌 현장실습의 경험은 저희 간호학과 학생들만을 위한 특화된 프로그램이었습니다. 이런 프로그램에 참여할 수 있도록 지도해 주신 교수님과 지원해 주신 총장님의 배려에 늘 감사하는 마음으로 대학 생활을 했습니다. 만학도 졸업생은 취업이 어렵다는 편견을 깨고 제가 거주하는 지역에서 최고 수준의 병원에 합격할 수 있었던 원동력은 학교에서 배운 지식과 다양한 경험이 그 바탕이 되었습니다."

유아교육과 역시 높은 취업률을 자랑한다. 매년 졸업생들은 유치원 정교사 2급 및 보육교사 2급 자격을 취득한 후 유치원과 어린이집에 근무하며 유아교육 현장을 선도하고 있다. 우리 학교 부속유치원은 대학과 학과의 지원을 받아 모범적으로 운영하는 지역사회 유아교육의 모델이 되었다.

박은실 졸업생은 현재 인천재능대학교 부속유치원에 재직 중이다. 10년차에 접어든 박은실 교사는 오랫동안 유치원에 근무하면서 교육감 표창까지 받을 수 있었던 이유를 두 가지로 설명한다.

"첫째는 교수님들의 좋은 가르침을 받아 현장 능력을 풍부하게 쌓을 수 있었고요, 둘째는 '진실·성실·절실하라'는 총장님의 삼실철학을 되새기며 일했기 때문입니다."

"안녕하세요."

우리 학교에 들어서면 유니폼을 입고 밝은 미소로 환하게 인사를 건네는 항공운항서비스과 학생들을 쉽게 만날 수 있다. 우리 대학 전체에 인사 문화를 선도하는 인성교육의 첨병들이다.

"푸른 하늘에 글로벌 날개를 펴다!"

학과의 모토다. 학생들은 세련된 국제 매너와 능숙한 외국어 구사 능력을 갖춘 글로벌 서비스 인재로 올바른 인성과 원만한 대인관계 능력을 갖춘 참된 서비스인으로 성장하고 있다. 졸업생들은 양질의 취업을 통해 대한항공, 아시아나항공과 같은 국내 대형 항공사와 티웨이항공, 제주항공, 카타르항공, 동방항공 등 국내외 항공사 객실 승무원으로 진출하고 있다.

양성은 졸업생은 현재 아시아나항공에서 객실 승무원으로 근무하고 있다. 입사 후 특강을 위해 학교를 찾아와 후배들을 격려하기도 했다.

"안전, 서비스, 외국어 교육들이 학교에서 배운 내용과 거의 흡사했어요. 학교에서 배웠던 커리큘럼이 산업체 현장에서 정말 필요한 내용으로 이루어져 있어서 도움이 많이 됐죠. 그 덕에 나이로는 막내였지만 수료 시에 우수 신입 사원으로 선발되었어요. 특히 학과에서 최고의 덕목으로 여긴 인사 잘하기는 사회에서도 큰 도움이 되었어요. 기본을 잘 배웠다는 칭찬을 듣고는 했어요. 다 학교 덕분이죠."

49년의 역사를 자랑하는 전자과는 일학습병행제, 전공심화과정을 모범적으로 운영하는 학과이다. 졸업생들은 삼성전자, LG전자를 비롯한 대기업과 중소기업에 취업하여 재능인으로서의 역량을 발휘하고 있다.

전자과 조유래 졸업생은 중견 기업 ㈜아이케이테크에 주임연구원으로 근무하고 있다.

"총장님의 삼실철학이 제 인생의 모토가 되었습니다. 절실한 마음으로 평생 학습하는 자세를 가지고 나아가라는 총장님의 말씀에 따라 현재는 직장에 다니면서 인천재능대학교 전자과 전공 심화 과정에 재학 중입니다."

유통물류경영과는 회계경영과 및 마케팅경영과와 함께 송도 캠퍼스 시대를 선도하는 학과이다. 유통물류경영과는 'CJ대한통운반'을 운영하면서 대기업 취업을 견인하고 있다.

김수진 졸업생은 4년제 대학을 다니다가 우리 학교에 다시 입학하여 CJ대한통운에 입사했다. 김수진 교우는 애교심과 자긍심이 넘치는 재능인이다.

"제가 회사 면접 시에 '4년제를 다니다가 전문대를 선택한 것에 대해 후회는 없는가?'라는 질문을 받았어요. 그때 저는 당당하게 '전문대에서만 쌓을 수 있는 물류 분야 직업 능력들이 있으며 인천재능대학교의 취업 지원 프로그램들은 내 역량을 최고로 끌어올릴 수 있는 기회 중 기회였다.'라고 답변했습니다."

그리고 "대기업 입사에 만족하지 않고 앞으로 더 자랑스러운 졸업생으로 좋은 본보기가 될 수 있도록 노력하겠습니다."라고 포부를 밝혔다.

명품 대학, 명품 인재를 꿈꾸고 있는 졸업생들이 대기업과 중소기업에 취업하여 꿈을 이루어 가는 모습을 보면 대견하고 자랑스럽기만 하다.

학력차별금지법이 필요하다

　현재 우리 사회를 이끌어 나가는 기준은 선택과 집중이다. 잘하는 사람에게 모든 것을 몰아주자는 의미이다. 능력에 따른 결과이니 기본적으로 동의한다. 하지만 공정한 게임 규칙을 만들어서 사회적 약자도 승자가 될 수 있는 길을 열어 주고, 패자에게도 부활할 수 있는 기회가 주어져야 한다는 것이 평소 내 소신이다. 특히 전문대는 일반대학에 비해 약자의 입장에 있다. 전문대에 입학하는 학생들 또한 사회적 약자가 많다.

　그렇다면 먼저 이들에게 충분한 지원을 해 주어야 하고, 이를 통해 동등한 출발 지점을 만들어 주어야 한다. 그다음에 기회를 공평하게 주고 엄정하게 평가하는 것이 필요하다. 사회 전체로 보면 그것이 더 생산적이고 효율적이다. 그렇지 않고 출신이나 학벌, 재력 등의 개인차를 당연한 것으로 여기며 엄정한 평가만을 강요한다면 누가 자신의 능력을 마음껏 펼칠 수 있겠는가. 어떤 사람이 이 사회와 공동체를 위해 자신을 던져 헌신하겠는가.

나는 우리 사회를 보면서 20대 안에서도 어찌 보면 가장 소외된 전문대 학생들을 위해 헌신하는 영향력 있는 어른들이 적다는 생각을 한다. 그래서 나 같은 사람의 역할이 더 중요하다. 고졸 출신이었지만 학벌 대신 오직 능력으로 평가받으며 우리 사회의 변화와 발전을 위해 열심히 일했고, 국가를 위해 최선을 다해 헌신했다. 내가 일한 만큼 보상이 주어졌고 그것을 알아주는 사람들이 있었다. 우리 사회가 올바른 쪽으로 발전하기 위해서는 나와 같은 사람들이 지속적으로 나올 수 있어야 하지 않을까? 그런데 지금은 어떠한가. 시간이 지날수록 사회적 약자도 승자가 될 수 있는 공정한 사회가 간절해진다. 학력에 따라 임금을 차별하는 기업이나 기준을 없애는 국가적 노력이 필요한 것도 이 때문이다. 학벌중심사회에서 능력중심사회로 가자는 데에는 이견이 없을 것이다.

내가 전문대학에서 학생들을 만나고 있으니 전문대학에 대해서 말해 보고자 한다. 우선 전문대학 졸업생의 경우, 기업에서의 역할이나 임금 구조의 측면에서 일반대학 졸업생보다는 오히려 고교 졸업생과 비슷한 처지에 있다. 따라서 정부의 고교 졸업생 취업 지원 정책이 시너지 효과를 창출하기 위해서는 전문대학 졸업생에게도 같은 관심이 필요하다. 또 전문대 졸업생의 임금이 고교 졸업생과 거의 차이가 없는 반면, 4년제 일반대학과는 여전히 40%나 차이가 난다는 통계에 주목할 필요도 있다. 근본적으로 전문대생들의 취업률의 향상만이 아니라 취업의 질을 높이려면 임금 차별이 없도록 특별법이 만들어져야 한다. 사교육에서부터 학벌 문제를 비롯한 우리 사회 상당 부분의 문제가 바로 임금 차별 때문이라고 해도 과언이 아니다. 다양한 직업을 있는 그대로 인정해 주고 제대로 된 대가를 공평하게 지급한다면 우리 사회의 많은 문제가 사라질 것이다. 이와 관련된 법안은 국회에서 2010년 당시 김기현 새누리당 의원이 '학력차별금지법'으로 발의했으나 여야가 일정이 바쁘다는 핑계로 흐지부지되고 말았다.

실력과 경력으로 인정받고 자신의 능력을 키워 나갈 수 있다는 신뢰가 있어야 사회가 발전할 수 있다. 그래야 우리 사회는 저성장, 장기 불황이라는 비극적 미래 전망에서 탈출할 수 있다. 이 부분에 대한 새로운 정책 수립은 반드시 필요한 일이라고 생각한다. 전문대 학생들의 자존감과 실력을 통한 공정 사회 수립을 위해서라도 이 법안은 다시 추진되어야 할 것이다. 능력 중심의 사회가 필요하다는 당위론적 말보다는 현실에서는 이렇게 임금 차별이 상존하기에 반드시 제도적 장치를 마련해 줘야 한다.

물론 학력차별금지법은 임금 체계가 능력과 업적에 따라 결정되면 해결될 문제이다. 우리나라의 임금 체계는 학력과 근속 연수가 중심이 되는 연공급 임금 체계이다. 입사할 때 고졸인지 전문대졸인지 대졸인지에 따라 임금이 결정되는 구조이다. 이와 같은 학력 중심 임금 결정 기준이 바뀌지 않는 한 학력차별금지에 대한 논의는 계속될 것이다.

주전자 정신과
4차 산업혁명 시대

내가 학생들을 만날 때마다 해 주는 이야기가 있다. 바로 '주전자' 정신이다. '주인 정신'과 '전문성', '자존감'의 앞 글자를 따서 만든 말이 '주전자'이다. 이 주전자 정신을 가진다면 사회에 나가서 못 해낼 것은 없다고 말해 준다.

첫째로 주인 정신을 가져야 한다. 주인 정신은 세상을 주도적으로 살아가게 만들어 준다. 주인 정신은 스스로 학습하는 사람이 가지는 태도이다. 누가 시켜서 억지로 하는 것이 아니라 자발적으로 행동하는 것이다. 주인과 종은 어떻게 다른가. 주인은 스스로 움직이지만 종은 시켜서 움직인다. 무슨 일을 하든지 스스로 하는 사람과 억지로 하는 사람은 차이가 날 수밖에 없다. 공부도 마찬가지다. 스스로 공부할 때 재미있고 효과도 있다. 스스로 할 때 주위 사람들에게 감동을 줄 수 있다. 나는 스스로 행동하여 감동을 주는 대표적인 사례로 미국의 전설적인 세일즈 맨 조 지라드 이야기를 들려준다.

"조 지라드는 35세까지 인생의 낙오자였다. 고등학교 중퇴에 변변한 기술도 없던 그는 구두닦이, 접시닦이, 난로 수리공, 건설 현장 인부 등 40여 개의 직업을 전전했다. 자동차 세일즈에 도전하면서 생각을 바꾸어 인생의 전기를 맞았다. 그는 15년 동안 1만 3,001대의 자동차를 팔아 '세계에서 가장 훌륭한 세일즈맨'으로 기네스북에 올랐다. 이 기간에 무려 열두 번이나 미국 전역 판매 실적 1위를 차지하여 전설적인 자동차 세일즈맨이 되었다. 그 비결이 무엇일까. 바로 '250의 법칙'이다. 한 사람의 인간관계 범위는 대략 250명 수준이다. 그래서 한 사람의 고객을 250명을 보는 것과 같이 생각했다. 고객 한 사람 한 사람을 왕처럼 대우했다. 한 사람의 고객을 감동시키면 250명의 고객을 추가로 불러올 수 있다. 반면에 한 사람의 신뢰를 잃으면 250명의 고객을 잃는 것과 같다. 그는 고객들에게 매달 1만 3천 장의 카드를 보내며 고객 한 사람 한 사람에게 정성을 다했다."

아무리 사소한 일이라도 가까이 있는 사람에게 정성을 다할 때 사람들은 감동을 느낀다. 주인 정신을 가지고 정성을 다하면 기회의 문은 열리게 되어 있다.

다음으로 전문성을 가져야 한다. 전문성은 자기 분야에 필요한 지식과 기술을 습득하는 것이다. 대학에 들어오면 자신이 다니는 학과에서 전공 과목을 통해 전문성을 키워 나가게 된다. 학생 시절에 전공 공부를 열심히 하는 것이 전문성을 높이는 지름길이다. 졸업 후 취업하면 자기가 하는 직무를 통해 전문성을 키워 나가야 한다. 신경과학자인 다니엘 레비틴은 '1만 시간의 법칙'과 관련해 "어느 분야에서든 세계 수준의 전문가가 되려면 1만 시간의 연습이 필요하다. 작곡가, 야구 선수, 소설가, 스케이트 선수, 피아니스트, 체스 선수 등 어떤 분야에서든 연구를 거듭하면 할수록 이 수치를 확인할 수 있다. 1만 시간은 대략 하루 세 시간, 일주일에 스무 시간씩 10년간 연습한 것과 같다."라고 소개했다. 자기 분야에서 10년 동안 열심히 하면 세계적인 전문가가 될 수 있다.

그리고 자존감은 스스로를 존중하는 마음이다. 인간은 만물의 영장이라고 하지 않는가. 인간은 우주와도 바꿀 수 없는 존귀한 존재이다. 자기 자신을 귀하게 여겨야 한다. 어떤 사람은 자기 자신을 지나치게 과대평가하거나 과소평가하는 경향이 있다. 자신을 제대로 알고 이해하는 노력이 필요하다. 자존감이 높은 사람은 뿌리 깊은 나무처럼 바람에 흔들리지 않는다. 심리학자 에이브러햄 매슬로는 '욕구 5단계설'에서 인간의 욕구를 1단계 생리적 욕구, 2단계 안전의 욕구, 3단계 애정과 소속의 욕구, 4단계 존중의 욕구, 5단계 자아실현의 욕구로 구분한다. 4단계 존중의 욕구가 바로 자존감이다. 자존감이 높은 사람이 욕구 5단계의 마지막 단계인 자아실현의 욕구를 충족할 수 있는 것이다.

자존감은 젊은 사람이든 나이 든 사람이든 중요하다. 자기 자신을 존중하고 사랑하는 사람은 불확실한 미래에서 오는 불안감과 언제든 스스로를 포기하려는 유혹을 이겨 낼 수 있다. 자존감이 있는 사람은 끈기가 있다. 수적천석(水滴穿石)이란 말이 있다. 한 방울씩 떨어지는 물방울이 바위를 뚫는다는 뜻으로, 작은 노력이라도 끈기 있게 계속하면 큰일을 이룰 수 있다는 의미를 담고 있다. 나는 평소에도 학생들에게 자존감과 끈기를 강조하기 때문에 졸업식에서 다시 한번 이렇게 상기시켰다.

"평범함이 비범함을 이길 수 있는 길은 오직 꾸준함뿐입니다. 번뜩이는 창의력과 상상력은 한순간의 머리에서 나오는 것이 아니라 꾸준히 반복하는 습관의 산물인 경우가 훨씬 많습니다. 갑자기 스친 아이디어 하나가 창조는 아닐 것입니다. 수많은 고민 끝에 만들어진 것, 그것이 바로 창조인 것입니다. 조선 시대 최고의 명필 추사 김정희는 칠십 평생 열 개의 벼루를 갈아 없애고 천 자루의 붓을 닳게 했다는 일화로 유명합니다. 명필은 타고나지 않습니다. 추사 김정희가 신필의 경지에 오른 것은 바로 피나는 노력의 결과입니다. 저는 그 노력을 뒷받침하는 힘이 바로 꾸준함이라고 생각합니다."

끝으로 소소한 일상을 소중하게 생각하라고 말해 주고 싶다. 우리를 지치게 만드는 것은 우리 앞에 놓인 큰 산이 아니라 신발 속으로 들어오는 작은 모래알이다. 사소하다고 생각하며 무시했던 일이 발목을 잡는 경우가 많다. 소소한 일상이 무너지면 일생이 무너진다. 작다고 간과하지 말고 더 큰 정성으로 메꾸어 나가기를 당부하고 싶다. 그럴 때 작은 데서 행복을 느낄 수 있다. 일본의 소설가 무라카미 하루키가 말한 '소확행', 작지만 성취하기 쉬운 확실한 행복을 즐길 수 있는 것이다.

주인 정신, 전문성, 자존감으로 뭉친 주전자 정신 그리고 소확행을 가지고 4차 산업혁명과 인공지능(AI) 시대에 대비할 때 무한 경쟁의 험난한 파고를 뛰어넘을 수 있을 것이다.

따뜻한 리더십, 주자 4법칙

　나에게는 일생 동안 마음 깊은 곳에 새겨 실천하고 있는 법칙이 있다. 바로 '주자 4법칙'이다. 이 주자 4법칙은 '먼저 주자', '칭찬 주자', '웃음 주자', '꿈을 주자'이다. 지금까지 나를 이끌고 만들어 온 원동력이 '따뜻한 리더십'이었다. 이를 통해 사람들의 마음을 움직여 왔던 것이다. 그리고 그 저변에는 주자 4법칙이라는 실천이 가로놓여 있었다.

　첫째, '먼저 주자'이다. 한 신문 기사에 따르면, 대졸 취업 경쟁률이 28.6대 1인데, 이렇게 어렵게 입사했음에도 불구하고 1년 이내에 퇴직하는 사람이 무려 25%나 된다고 한다. 왜 이런 엄청난 경쟁을 뚫고 입사한 회사를 그만둘까? 요즘 젊은이들이 지나치게 자기 위주로만 생각하기 때문이다. 과거에는 한 가정에 자녀들이 평균 5~6명은 되었다. 그런데 지금은 1.08명이다. 아이 안 낳기로는 세계 최고이다. 옛날 한 가정에 자녀가 많을 때는 집안에서 위계질서가 자연스럽게 형성되었다. 그 당시에는 선생님에게 혼나고 돌아오면, 혼날 짓을 했으니 그랬겠지 했다. 그런데 요즘은 어떤가? 당장 아이를 대동하고 부모가 득달같이 선생님을 찾아간다. 112에 신고하는 행위도 이젠 낯설지가 않다. 그러니까 학교에서도 선생님들이 아이들을 심각하게 훈계하지 않는다. 가정과 학교에서 엄격하게 배워야 하는데, 아무도 가르치지 않는 사회가 된 것이다.

이런 문제는 군대에서도 마찬가지다. 요즘 군인 사망 원인 1위가 자살이다. 군인의 가장 기본적인 임무는 적을 경계하는 것이다. 그런데 지휘관들의 관심은 외부의 적에 있지 않다. 그들의 최대 관심사는 군대 내 소위 '관심 사병'을 지키는 것이라고 한다. 그래서 지휘관들은 아이 대신에 엄마가 군대에 와야 한다고 우스갯소리를 할 정도이다. 엄마가 오면 우리 군이 세계 최강의 군대가 될 것이라는 말이다. 자식이 한두 명밖에 없고 또 모든 문제를 엄마가 해결해 주니, 어렵게 입사한 회사에서 네 명 중 한 명이 퇴직하는 것이다. 따라서 받는 것에 익숙한 아이들에게 남에게 먼저 주는 것을 가르쳐야 한다.

우리는 어느 때에 상대에게 주는가 되짚어 본다. 상대가 나에게 먼저 주었을 때가 대부분일 것이다. 남이 먼저 주지 않는 한 상대에게 주지 않는 것이 일반적이다. 반대로 상대가 나에게 아무것도 주지 않았더라도 먼저 주면 어떨까. 그러면 상황이 완전히 바뀐다. 내가 먼저 웃어 주면 상대도 웃고, 베풀면 베푼 것보다 더 많은 것이 돌아온다. 내가 국무총리 비서실장으로 일할 때, 성과를 낸 일은 부하 직원에게 직접 보고하게 하고, 보고하기 꺼리는 일은 내가 직접 했다. 그랬더니 나중에는 서로 일을 열심히 하려고 난리여서 총리비서실 전체를 생산적으로 운영했던 경험이 있다. 먼저 주면 궁극적으로 그게 다 자신에게 돌아오는 법이다.

둘째, '칭찬 주자'이다. 인체에서 가장 강한 곳이 어디일까? 바로 혀이다. 사람은 타인이 기대하는 방향으로 움직인다. 그것이 인간의 본능이다. 그런데 우리는 칭찬에 매우 인색하다. 가족과 친구에게 인색하고 특히 자기 자신에게 너무 인색하다. 그러나 배우자를 칭찬하고, 자식을 칭찬하고, 동료를 칭찬하면 많은 것이 바뀐다. 칭찬에도 기술이 있다. 칭찬할 일이 생기면 바로 하고, 반대로 나무랄 때는 나중에 따로 불러서 해야 한다. 우리는 거꾸로 하는 경우가 많다. 남이 있을 때 혼내고 혼자 있을 때 칭찬하는 것은 사람을 잃는 가장 빠른 지름길이다.

반대로 하면 그것이 사람을 키우는 가장 좋은 길이다. 지금은 은퇴했지만 축구 선수 박지성을 길이 남는 위대한 선수로 만든 것은 거스 히딩크 감독의 칭찬 한마디였다.

"박지성 선수는 정신력이 훌륭하답니다. 그런 정신력이면 반드시 훌륭한 선수가 될 수 있을 거라고 말씀하셨어요."

언어가 통하지 않아 히딩크의 말조차 제대로 이해하지 못한 것을 통역관이 전해 준 말이었다. 박지성은 키도 작고 보잘것없어 대학 진학도 쉽지 않았고, 평발에다 성격마저 내성적이어서 아무도 주목하지 않았던 선수였다. 그런 박지성이 세계 최고의 무대인 프리미어리그에서 그야말로 쟁쟁한 선수들과 어깨를 나란히 할 수 있었던 원동력이 바로 히딩크의 칭찬에서 비롯되었다는 것은 이제 많은 사람이 안다.

셋째, '웃음 주자'이다. 법정에서 피고의 외모가 형량을 결정하는 데 영향을 미친다고 생각하는가? 대부분은 그렇지 않다고 답할 것이다. 공평무사해야 하는 법 집행이 외모 때문에 좌우되면 안 된다고 생각하기 때문이다. 그러나 중범죄 사건을 대상으로 한 권위 있는 조사에서 그 기대는 어이없이 무너졌다. 뛰어난 외모는 유죄나 무죄 선고에는 영향을 미치지 않았지만, 형량을 가볍게 하는 데는 효과가 있었다는 것이다. 웃는 인상, 좋은 인상을 가져야 하는 이유이다.

어떤 부모들은 자신들의 아이가 좋은 대학 나오고, 학점 좋고, 토익 성적이 950점이 나오므로 어떤 회사에든 취직할 수 있을 것이라고 확신한다. 이는 착각이다. 그렇게 좋은 조건임에도 불구하고 무수한 취업 낙방생들은 무엇인가. 인상이 좋지 못하기 때문이다. 취업을 결정짓는 것은 인상이다. 인상이 공부보다 중요하다. 사실 공부로 승부할 수 있는 학생은 1년에 1% 남짓이다. 소위 말하는 명문 대학에 입학할 수 있는 학생들도 1년에 15,000명 정도밖에 되지 않는다.

따라서 좋은 인상을 만들어 주변 사람들에게 웃음을 주도록 해야 한다. 첫인상에도 비밀이 숨어 있다. 4초 동안 그 사람의 인상 전체의 80%를 파악한다고 한다. 그리고 4분 동안 대화하면서 앞으로 저 사람을 계속 만날지 말지를 결정한다는 것이다. 자칫 첫인상을 잘못 판단했다고 깨닫고 회복하는 데 걸리는 시간은 무려 40시간이 지난 다음이라는 통계를 보면, 인상을 늘 좋게 만드는 것이 얼마나 중요한지를 깨닫게 한다. 한두 번 보고 마는 관계라면 잘못 보인 첫인상을 회복하는 게 거의 불가능하다. 정말 끔찍한 결과가 아닐 수 없다.

또 흥미로운 통계는 우리가 얼마나 웃지 않는지를 단적으로 보여 준다. 사람이 일생 동안 일하는 시간은 20년, 잠자는 시간도 20년, TV 보는 시간은 7년, 걱정하는 시간은 6.7년, 양치하는 시간은 3.5년이라고 한다. 그런데 웃는 시간은 불과 89일뿐이라고 한다. 우리는 스스로 많이 웃고 있다고 생각하지만, 실제로는 전혀 그렇지 않다. "웃으면 복이 온다."라는 말은 괜히 하는 말이 아니다.

넷째, '꿈을 주자'이다. 30년 전에는 자식이 부모보다 사회적 지위가 높아질 가능성이 80%였다고 한다. 지금은 과연 몇 %나 될까? 10%에 불과하다고 한다. 대학을 졸업해도 마땅히 취업할 곳이 없어 임시직이나 계약직으로 전전하는 까닭이다. 청년 실업과 비정규직 문제는 앞으로 우리 사회를 강타하는 큰 문제가 될 것이다.

그렇다고 해결 방법이 전혀 없는 것은 아니다. 바로 부모 세대는 물론이고 자식 세대도 명확한 꿈을 갖는 것이다. 1953년 예일대에서 20년에 걸쳐 실험을 한 적이 있다. 졸업반을 대상으로 "당신은 꿈이 있는가?"라고 질문한 것이다. 그러자 67%가 꿈이 없다고 했고, 30%가 꿈은 있는데 적지 않았다고 했으며, 3%만이 꿈을 적어서 갖고 있다고 답변했다. 20년 후인 1973년 이들의 삶을 추적 조사한 결과가 놀라웠다. 꿈을 적어서 가지고 있다는 3%의 학생들이 보유한 자산이 나머지 97% 학생들의 자산보다 훨씬 많았던 것이다. 즉 97%의 학생들이 3%에 지나지 않는 학생들을 위해 일하고 있었다는 사실이다. 같은 실력을 가지고 입학했음에도 불구하고 꿈을 적은 학생들과 이런 엄청난 차이가 난 이유는 무엇일까? 그것은 바로 구체적인 목표를 설정하고, 또 그것을 위해 절실히 노력한 것이 만든 차이였다. 꿈을 적는다는 행위는 매우 단순하지만, 각자의 인생에 미치는 파장은 실로 대단하다.

나는 지금도 때와 장소를 가리지 않고 주자 4법칙을 나누어주고 있다. 거제도 시골에서 9급 공무원이 되고, 국무총리 비서실장을 거쳐 교육부 차관, 또 지금은 대학 총장으로 일할 수 있는 힘이 여기에 있다고 믿는다. 더구나 요즘과 같이 지식과 정보 등 무형의 자본이 발전의 동력이 되고 있는 사회에서는 '나누어 줄 수 있는 따뜻한 리더'가 세상을 바꾸는 힘이라고 생각한다. 무엇보다 좋은 사람, 실력 있는 사람을 얻는 것이 한 조직이나 사회를 발전시키는 근간이다. 이것이 바로 주자 4법칙으로 응축된 '따뜻한 리더십'을 여전히 내 책상 앞 가장 잘 보이는 곳에 적어 놓고 실천하고자 하는 이유이다.

놀라운 말의 힘

사람은 무엇으로 살아갈까. 러시아의 문호 톨스토이는 「사람은 무엇으로 사는가」라는 단편 소설에서 사랑으로 살아간다고 결론을 내린다. 그러면 사랑은 무엇으로 하는가. 말로 하는 것이다. 사람이 사랑하고 미워하는 것도 말로 이루어진다. "말이 씨가 된다."라는 속담이 있다. 말이 살아 움직여서 말한 대로 이루어진다는 뜻이 아닌가. 말은 생명력이 있다. 부정적인 말을 하는 사람은 부정적이 되고, 긍정적인 말을 하는 사람은 긍정적이 되는 법이다. 말에 따라 긍정의 힘, 부정의 힘이 나온다. 나는 부정적인 말을 하지 않는다. 항상 긍정적인 생각을 하고 긍정적인 말을 한다.

말은 살아서 움직이기 때문에 가장 먼저 자신에게 영향을 미친다. 긍정적인 말, 좋은 말을 해야 하는 이유이다. '월요병'을 예로 들어 보자. 사람들은 대체로 월요일을 싫어한다. 주말에 쉬었다가 월요일이 되면 한 주를 시작해야 하기 때문이다. 월요병이라고 생각하는 순간 우리의 뇌는 피로와 지겨움을 연상한다. 현대그룹 창업자 고 정주영 회장은 새벽을 맞이할 때마다 '오늘 새롭게 할 일을 생각하며 가슴이 뛰었다'고 한다. 나 역시 지금까지 월요병이란 말을 생각해 본 적이 없다. 월요병을 생각하면 월요병이 생기고, 생각하지 않으면 생기지 않는 까닭이다.

"항상 활기차게 활동하시는데 총장님도 외로우실 때가 있으세요?" 하는 질문을 받을 때가 있다. 나는 추호의 망설임도 없이 "제 사전에 외로움이라는 말 자체가 없습니다."라고 대답한다.

나는 지금까지 늘 남과의 경쟁이 아니라 나 자신과의 경쟁을 해 왔다. 조병화 시인이 시 「천적」에서 "결국 나의 천적은 나였던 것이다."라고 말했듯이 나는 늘 나 자신을 이기기 위해 노력해 왔다. 일례로 지난 10년 동안 나는 감기 한 번 걸리지 않았다. 정확히 말하자면 10년이 훌쩍 넘었지만 늘 10년이라고 말한다. 만약 감기 기운이 있으면 그때부터 나는 나 자신에게 말로 타이른다.

"아, 감기 기운이 있구나. 이 자식들이 감히 나한테 들어와?"

그렇게 나 스스로가 의식을 일깨우면서 내 몸과 컨디션을 적절하게 조절한다. 그러면 희한하게도 감기 기운이 딱 떨어졌다. 몸을 건강하게 유지하고 평생 늘 내 안의 예전 라이벌을 철저히 죽이는 훈련을 해 왔기에 감기나 외로움이 없다. 그래서인지 어디 가면 늘 "너는 주름도 없고 왜 이렇게 젊어?"라는 말을 듣는다.

나는 나 자신에게 긍정적인 말을 한다. 말을 통해 나를 최상의 몸 상태로 만드는 것이다. 아직까지 체력에는 자신이 있다. 무얼 해도 지치지 않고 내 몫을 해낸다. 나를 만난 지 얼마 안 되는 사람은 잘 모르겠지만 오랜 시간 나를 만나 온 사람은 내가 충분히 그걸 해내리라는 것을 알고, 또 믿는다.

나는 요즘 이런 생각을 자주 한다.

'내가 왜 이렇게 행복할까?'

이 정도면 평생 사회와 국가를 위해 열심히 살아왔다는 생각이 든다. 그렇기에 삶에 후회는 없다. 내가 이 세상에, 지금 이 순간 여기에 존재하는 것 자체로 행복하고 그렇기 때문에 불행하다거나 불운하다는 생각 자체를 아예 하지 않는다. 내가 행복하다고 생각하니까 행복한 것이다.

그럼에도 불구하고 계속 생각하는 것은 요즘 젊은 세대에 관한 연민의 마음이다. 흙수저, 금수저 논란을 보면 마음이 아프다. 3포라는 말이 나오더니 5포, 7포, 9포까지 나오다가 최근에는 다 포기한 '다포 세대'까지 등장했다. 포기라는 말을 밥 먹듯이 하는 세대가 안타까운 것이다.

우리 세대는 태어나서 일하고 사회에서 제 역할을 하며 성장한 시기가 대체로 나라의 경제 발전과 맞물려서 진행되었다. 고도성장 시대였기 때문에 그만큼 성공과 출세의 기회도 많았고 어떤 의미에서는 행복하게 지낼 수 있었다는 생각을 한다. 다시 말하면 자기만 열심히 일하면 그에 합당한 기회가 주어졌고 또 그 기회가 다시 좋은 발판이 되어서 임계치를 뛰어넘고 발전할 수 있는 그런 여건을 갖춘 사회에 살았던 셈이다.

그러나 지금은 어떠한가. 내가 20대에 했던 역할, 30대 초반에 벌써 사무관이 되어 하던 일을 지금 젊은 세대들은 40대가되어도 하지 못하는 경우가 많다. 그만큼 국가 발전이 정체된 상태이고 그러다 보니 사회적으로 젊은 사람들의 성장 기회가 부족하다. 역동적으로 경제 발전이 이루어지던 시기가 지나고 저성장 시대에 들어갔기 때문이다. 지금 젊은이들은 물질적으로나문화적으로 우리 세대보다 훨씬 풍족해졌지만 미래의 꿈을 그리며 역동적으로 살아갈 수 있는 사회적 조건이 안 된다고 할까.그래서 나는 더욱더 지금 내가 맡은 대학 총장이라는 역할에 막중한 책임감을 느낀다. 앞으로 대한민국을 책임져야 할 젊은 세대가 그들의 꿈을 유감없이 펼칠 수 있도록 마지막 남은 내 열정을 불태우고 싶다.

내가 졸업식에서 학생들에게 자주 하는 말이 있다.

"이 세상에서 가장 무서운 적은 자신이고, 가장 큰 실패는 포기이며, 가장 크게 망하는 것은 절망이라고 했습니다. 이제 사회라는 더 큰 울타리 속으로 진입하게 될 여러분은 쉽게 포기하거나 절망하지 않는 집념과 열정으로 자신과의 경쟁에서 당당히승리하는 재능인이 되어 주기를 바랍니다."

말에는 말한 대로 이루어지는 놀라운 힘이 있다. 늘 명심하는말이다.

분리수거하는 남자

요즘 '일과 삶의 균형(Work-Life Balance)'을 뜻하는 워라밸이란 말이 유행이다. 워라밸 개념은 원래 일하는 여성들의 일과 가정의 양립에 한정되어 사용되었다. 지금은 노동관의 변화와 라이프 스타일의 다양화를 배경으로 모든 직장인을 대상으로 발전했다. 워라밸은 조직 구성원들의 업무 만족감, 충성심, 사기 등에 영향을 미치기 때문에 우수한 인재 확보를 위해 기업들의 중요한 관리 요소가 되었다. 특히 주 52시간제가 도입되고 '저녁 있는 삶'이 강조되면서 더욱 관심을 받고 있다.

워라밸이란 말이 자주 회자되다 보니 가끔 이런 질문을 받는다.

"도대체 개인 생활은 어떻게 보내세요?"

아마도 바쁘게 사는 내 모습을 보면서 안타까운 나머지 가정에서 나는 어떤 남편이고 아버지냐는 질문인 것 같다. 내 또래의 한국 남자들은 대체로 가족 내 대소사라든지 자식 교육은 아내에게 모두 맡기고 사회생활에 총력을 기울여야 겨우 생존할 수 있는 그런 시대를 살아왔다. 우리도 잘살아 보자고 외치던 고도성장 시대에 아침 일찍 일터로 나가고 저녁 늦게 집으로 돌아오는 생활이 반복되었다. 그러면서도 가화만사성(家和萬事成)이 무척 강조되었다. 실제로 남편과 아내의 역할이 분담되어 직장은 남편이 책임지고, 가정은 아내가 책임지는 영역이 확실하게 인식되었던 시절이기도 했다.

솔직히 말해 38년 공무원 생활 초기에는 집에 전혀 신경 쓸 새가 없었다. 이사하는 날 아침에 아내에게 이사한다는 이야기를 듣고, 저녁에는 새로 이사한 집으로 들어가는 것이 내 일이었다. 요즘에야 포장 이사라는 것이 있어서 짐을 다 싸 주는 경우가 있지만, 그때만 해도 이사는 모두 아내의 몫이었다. 지금 생각하면 참 미안한 일이다.

세월이 흐르면서 내가 아내를 배려해 주고 아내에게 봉사하는 쪽으로 많이 변화되었다. 일례로 분리수거는 지난 15년 동안 온전히 내 몫이었다. 우리 아파트에서 최초로 분리수거 다녔던 남편이 바로 나이다. 처음에는 정말 쑥스러웠다. 가끔 분리수거함 앞에서 얼굴이 익은 이웃을 만나면 이렇게 말했다.

"이거 내가 좋아서 하는 거예요. 운동하는 겁니다."

부끄러운 나머지 물어보지도 않았는데 내 쪽에서 먼저 변명 아닌 변명을 했다고 할까. 그러나 차츰 남자들이 분리수거하는 일이 확산되면서 지금은 당당하게 분리수거 주머니를 들고 밖으로 나간다.

가끔 나 스스로 내가 아버지 역할, 남편 역할을 잘하고 있나 자문해 볼 때가 있다. 부족한 점은 있지만 나름대로 노력하고 있다고 자평한다. 나는 무엇보다 가족과 대화를 많이 나눈다. 아들이 셋인데 무슨 문제가 생기면 모두 나에게 먼저 연락을 해 온다. 그러면 나는 가장 합당한 해결책을 찾아 조언을 해 준다. 언제든 답답하게 얽힌 난맥상을 합리적으로 해결하고 조율하는 역할을 많이 해 왔기에 나에게 생긴 능력을 가족에게 도움을 주는 쪽으로 쓸 수 있어서 행복하다. 아들들이 나에게 "아버지는 늘 든든한 멘토예요!"라고 말해 줄 때 기쁘고 고마운 마음이 든다.

가장 즐거움을 주는 것은 손자 녀석들이다. 장남에게서 난 큰 손자가 고등학교에 다니고, 둘째는 초등학교 6학년이다. 둘째 아들한테서 난 손자가 초등학교 6학년이다. 특히 막내 손자 하윤이는 내 피로회복제이다. 제일 힘들 때 이 녀석들을 떠올리면 이상하게 피로가 싹 사라진다. 아들 며느리 내외와 손자들과 함께 한 달에 한두 번씩 식사할 때가 있다. 그때가 가장 행복한 시간이다. 가끔은 손자들과 같이 노래방도 간다.

나는 절대 어디 가서 직책으로 나를 드러내려고 하지 않는다. 혼자 있을 때는 기사 식당에 가서 밥을 먹을 때가 있다. 혼자서도 충분히 밥을 잘 먹고 다닌다. 택시 기사들 옆에서 맛있게 밥을 먹는다. 가끔은 학교 앞 순댓국집에 갈 때도 있다. 국물이 깊고 맛있어서 입에 잘 맞는다. 일요일마다 사우나에 가는데 다녀

나는 무엇보다 가족과 대화를 많이 나눈다.

아들이 셋인데 무슨 문제가 생기면

모두 나에게 먼저 연락을 해 온다.

그러면 나는 가장 합당한 해결책을 찾아 조언을 해 준다.

오는 길에 동네 김밥집에서 김밥을 사 온다. 우리 집에서는 그걸 일요일의 외식이라고 부른다.

아내가 해 주는 밥을 먹을 때는 나는 항상 말한다.

"당신이 해 주는 밥이 정말 맛있어. 잘 먹었어, 여보."

나는 우리 대학에서 운영하는 평생교육원 아버지요리대학 1기 과정을 마쳤다. 실제로 요리를 배우면서 그동안 아내가 음식을 만드느라 얼마나 수고했는지를 헤아려 보며 더욱 감사한 마음이 들었다. 대학 총장으로 사는 시간이 많지만 집에서는 나 역시 평범한 아버지이고 남편이다.

나는 평범한 시민의 한 사람으로서 소박한 꿈을 간직하고 있다. 언젠가 때가 되면 조그만 식당을 하나 열어 보는 것이다. 맛있는 메뉴도 개발하고 사랑하는 주변 사람들에게 대접도 하면서 손님들에게 인정받는 그런 식당을 말이다. 아버지요리대학 과정을 마친 것은 내 꿈을 위한 사전 작업인 셈이다. 또 하나의 꿈은 사진을 찍어 보는 일이다. 지금 내 작은아들이 사진작가로 활동 중이다. 아들과 함께 전시회도 열어 보고 싶다.

여한 없이 일하다 떠난 사람

"4선 총장이 되신 것을 축하드립니다."

"대단하십니다. 어떻게 가능하세요?"

총장을 네 번 연임한 데 대해 많은 사람이 놀라면서 나에게 건네는 말이다. 오너 총장이 아니면서 4선 총장을 하는 경우는 전무후무한 일일 것이라고 흔히들 말한다. 나는 4선 총장 축하 인사를 받을 때마다 박성훈 이사장의 철학을 소개한다.

"재단 이사장님이 정말 훌륭하십니다. 이사장님이 저에게 대학 경영의 전권을 위임하시고 마음껏 일할 수 있도록 지원하시기 때문에 가능한 일이지요."

박성훈 이사장은 교육 기업 재능교육의 창업자로서 교육 기업가로 성공하신 분이다. 스스로학습을 개발하고 『스스로학습이 희망이다』라는 책까지 발간했다. 박성훈 이사장은 학습지를 통해 사교육에서 스스로학습법을 전파하며 교육의 변화를 추구하면서, 공교육으로도 스스로교육철학을 구현하기 위해 인천재능대를 인수했다. 인천재능대의 건학 이념도 "모든 인간은 무한한 가능성을 가지고 있으며, 누구나 유능한 인재로 양성될 수 있다."라는 스스로교육철학에 바탕을 두고 있다. 박성훈 이사장은 총장이 재능교육 철학을 바탕으로 학교를 이끌어 갈 수 있도록 변함없이 지원해 왔다.

"대학 경영의 전권을 줄 테니 총장이 소신껏 일하세요. 좋은 대학을 만들어 주세요."

이사장이 한결같이 강조하는 말씀이다. 나를 믿고 모든 권한을 위임하여 일할 수 있는 환경을 만들어 주었다. 특히 인사·재정·학사 등 대학 운영 전권을 위임받은 내 사례는 국내 대학에서 유례를 찾아보기 힘들어 더욱 돋보인다는 평가가 많다.

나는 나와 같은 사례가 우리나라에 더욱 많아져야 한다고 생각한다. 단 몇 년으로 하나의 대학을 책임지고 경영하여 성과를 낸다는 것은 어려운 일이다. 긴 시간 제대로 된 장기적인 관점에서 대학을 발전시킬 수 있는 다양한 사례가 많아졌으면 좋겠다. 총장을 오래 하기 위해서가 아니라 정말 일을 열심히 해서 새로운 길을 만드는 것이 중요하다.

실제 한 대학의 사례를 소개하겠다. 얼마 전 새로 총장이 된 분이 인천재능대학교 발전 사례를 연구하고 나서 성공 요인을 재단 이사장과 총장의 환상적인 하모니라고 분석했다.

"인천재능대학교의 가장 대표적 성공 요인의 하나로 '외부에

"대학 경영의 전권을 줄 테니 총장이 소신껏 일하세요

좋은 대학을 만들어 주세요"

박성훈 이사장이 한결같이 강조하는 말씀이다.

서 역량 있는 교수를 스카우트해서 특별 채용한 점'을 들 수 있습니다. 구성원의 역량을 향상시키고 혁신 마인드를 높이기 위해 교내 구성원만으로 혁신을 하기에 어려울 때가 있습니다. 인천재능대는 필요하면 총장이 외부 인력을 과감히 수용할 수 있었습니다. 하지만 우리 대학은 특별 채용 자체가 불가능합니다. 재단에서 허용해 주지 않기 때문입니다. 우리 대학의 재단은 총장에게 이러한 인사권을 주지 않습니다."

그러면서 이렇게 덧붙였다.

"인천재능대학교의 이사장님께서는 이기우 총장님께 인사권뿐만 아니라 재정권까지 모든 권한을 주셨더군요. 이러한 점들은 이사장님께서 이기우 총장님을 신뢰하는 정도를 가늠할 수 있고, 나아가 이사장님께서 오직 좋은 대학을 만들어야겠다는 마음으로 과감하게 권한 위임을 하셔서, 어떻게 하면 대학을 발전시킬 수 있는지를 보여 준 대학 교육 경영의 대표적 모델케이스라고 생각합니다."

이 밖에도 내가 사람들에게 자랑스럽게 하는 이야기가 있다.

"박성훈 이사장님은 친인척을 학교 경영에 관여시키지 않습니다. 인사를 총장에게 사심 없이 맡기고 학교 운영을 일임하고 있기에 가능한 일입니다. 이사장님은 지금까지 학교에 투자만 하고 단 1원도 개인적으로 사용한 적이 없으시지요. 이처럼 총장에게 전권을 위임하고 소신껏 일할 수 있도록 분위기를 조성하고 재정을 지원하기 때문에 인천재능대학교가 1등 대학으로 성장할 수 있었습니다."

나는 총장실로 들어오는 학교 2층 복도와 13층 회의실에 박성훈 이사장의 사진을 걸어 두고 하루에도 몇 번씩 지나다니면서 존경과 감사의 마음을 다진다. 나를 이 학교로 불러 준 분이고 나에게 학교를 운영할 수 있는 전권을 준 분이다. 그런 분의 사진을 보면서 나는 늘 마음을 다잡는다. '열심히 해야 한다. 학생들에게 죄짓지 말아야 한다. 쓸모 있는 사람으로 이들을 키워야 한다.' 이런 점들이 나를 붙들어 주는 역할을 했기에 흔들림 없이 학교 일에 더욱 매진할 수 있었다.

이제 총장의 남은 임기를 마치면 훌훌 벗어나 다른 일을 하고 싶다. 그런데 아직도 여전히, 나는 대학과 학생들을 사랑하는 것 같다. 최근에 이런 말을 들은 적이 있다. 수도권 취업준비위원회 전문대 위원들이 모인 적이 있는데 거기서 "이기우 총장을 인천재능대에 두지 말고 3개월씩만 대학을 돌아가면서 경영하도록 하면 좋겠다."라는 말이 나왔다는 것이다. 그 말을 전해 들으며 농담처럼 웃고 말았지만 내심 속으로 고개를 끄덕였다. 인천재능대에서 물러나면 '이제는 총장 자격이 아니라 학교 경영의 측면에서 나를 필요로 하는 학교에 가서 그동안 내가 쌓아 온 노하우를 짧은 기간 집중적으로 전수해 주고 컨설팅을 해 주는 역할을 하면 어떨까.' 하는 생각이 들었기 때문이다. 교통정리는 내 장기이니까 학교 경영이 얽히고설켜 있을 때 정리하는 일을 아주 잘할 수 있을 것 같다.

사실 나는 지금까지 어떤 개인적인 꿈과 계획을 세워서 온 적이 없다. 주어진 일을 열심히 하다 보면 늘 그다음 일이 기다리고 있었다. 공무원 시절에도 9급 공무원에서 차관까지 오르면서 삼실철학을 바탕으로 '오늘 하루가 나의 인생'이라는 자세로 살다 보니 공무원 신화라는 평가를 받았다. 인천재능대학교 4선 총장도 마찬가지다.

앞으로도 변함이 없을 것 같다. 그곳이 어디든 내가 필요한 곳에서 지금까지 쌓아 온 경험과 역량을 쏟아붓고 싶다.

먼 훗날의 내 묘비명에 대해 생각해 본 적이 있다. 아마도 거기에는 이렇게 적혀 있을 것 같다.

'여한 없이 일하다가 떠난 사람'

그런 사람으로 기억되고 싶다.

9관왕에 오른 것을 축하합니다

'올림픽' 하면 제일 먼저 손기정 선수가 떠오른다. 손기정 선수는 1936년 베를린 올림픽에서 가슴에 일장기를 달고 올림픽의 꽃인 마라톤 금메달 시상대에 올랐다. 웃음이 없는 슬픈 얼굴의 사진이 우리 마음을 아프게 했다. 1976년에 레슬링의 양정모 선수가 해방 이후 첫 올림픽 금메달을 획득했다. 지금도 그날의 감동을 잊을 수가 없다.

그리고 30년 후인 2006년에 한국은 동계 올림픽에서 안현수·진선유 두 선수가 쇼트트랙에서 한국 최초 올림픽 3관왕을 거머쥐었다. 우리나라 선수들도 올림픽에서 3관왕의 주인공이 될 수 있다는 현실이 신기하고 자랑스러웠다. 한 종목도 아니고 세 종목에서 금메달을 딴다는 것은 참으로 어려운 일이다.

인천재능대학교가 정부 지원 사업 평가에서 최고의 평가를 받으며 마치 올림픽에서 금메달을 따듯이 실적이 하나하나 쌓이기 시작했다. 처음 1등을 했을 때 올림픽 금메달을 딴 것처럼 기뻤다.

2013년에는 드디어 '3관왕'을 차지했다. 먼저 교육부 정보 공시 결과 취업률이 70.2%로 수도권 1위를 차지하여 취업률 신화가 시작되었다. 그 후 5년 연속 취업률 1위를 달성하게 된다. 간호학과, 유아교육과, 아동보육과, 뷰티케어과, 글로벌호텔외식조리과 등은 취업률 90% 이상을 기록하여 '입학이 곧 취업인 대학'이라는 말이 생겨났다.

또 우리 대학은 2013년에 교육부 'WCC(World Class College)' 대학으로 선정되었다. 이는 교육부가 글로벌 역량을 갖춘 세계 최고 수준의 전문대학을 집중 육성하기 위한 사업이다. 136개 전문대학 중 상위 21개 대학을 선정했는데 서울·인천 지역에서는 우리 대학이 유일하게 선정된 것이다. 우리 대학은 세계 수준의 교육 여건을 갖추고 지속적인 성장 가능성과 글로벌 직업교육 역량을 확립한 선도적인 전문대학으로 인증을 받았다. 3년마다 평가가 이루어지는데 2016년에도 재지정되어 최우수 대학의 면모를 과시했다.

그리고 교육부에서 '고등직업교육 품질 인증 대학'으로 인증을 받았다. 이는 대학의 사명과 책무, 학사 및 교육과정, 산학협력, 시설 등 총 아홉 개 영역의 교육 적합성을 평가하여 얻은 결과이다. 2017년 갱신 심사에서도 무결점으로 인증받아 앞으로 5년 동안 혜택을 누리게 되었다.

2014년에는 특성화 전문대학 육성사업에 선정되면서 '4관왕'이 되었다. 특성화 사업은 전문대학의 경쟁력을 강화하고, 지역·산업 맞춤형 전문 인력을 양성하기 위해 2014년부터 시작된 전문대학 최대 지원 사업이다. 우리 대학은 인천 지역 서비스산업을 선도할 맞춤형 인력 양성 특성화 대학으로 지정되어 250억 원의 지원금을 받아 2014년부터 5년간 교육 환경 개선 및 국가직무능력표준(NCS) 기반 교육과정 개발에 활용할 수 있는 계기를 마련했다.

나는 2015년 신년사에서 백척간두에 선 위기의식을 갖자고 교직원들에게 강조하면서 내 비상한 결심을 밝혔다.

"운외창천(雲外蒼天)하는 독수리처럼 어두운 구름을 극복하고 힘차게 날아오르기 위해서는 무엇보다 구성원 전체의 힘, 에너지, 기를 한데 모으는 것이 중요합니다. 이제 조금만 더 가면 1등 대학이 될 수 있습니다. 우리 학교가 대한민국 고등직업교육의 메카로 확고히 뿌리내리고 명품 대학을 구현하기 위하여 여러분의 경험과 지혜와 역량을 한데 모아 주시기를 다시 한번 간곡히 요청합니다. 총장인 제가 제일 앞에 서서 뛰겠습니다. 몸을 던져 일하겠습니다. 지금까지 그래 왔지만, 지금처럼 처절하고 절실한 상황을 그냥 보고만 있을 수 없습니다. 우리 함께 달려 나갑시다."

그해 교직원들이 한마음으로 더욱 노력하여 교육부 평가 두 개 분야에 선정되면서 '6관왕'이 되었다. 먼저 교육부 대학구조개혁평가에서 전국 최우수 A등급을 받았다. 136개 전문대학 중 14개교에 A등급을 부여함에 따라 자율적으로 정원을 조정하는 혜택을 받고 서울, 인천, 경기 전역 전문대학 중 최고 점수를 받아 A등급 대학으로 선정되었다.

또 고용노동부 '재직자 단계 학위연계형 일학습병행(듀얼공동훈련센터)' 사업에 선정되었다. 이는 정부가 실무형 인재 양성을 위해 기업이 취업을 원하는 청년을 근로자로 채용하여 교육 훈련 기회를 제공하고 학위를 인정받는 제도이다. '일학습병행 듀얼공동훈련센터' 지정 및 학위연계형 일학습병행 전문대학 선도 모델을 운영하게 되었으며, 일학습병행제 사업 최우수 기관으로도 선정되었다.

2017년도에 교육부 '사회맞춤형 산학협력 선도 전문대학 육성사업(LINC+)'에 선정되어 '7관왕'에 올랐다. 이는 산학협력을 기반으로 교육과정을 운영하고 협약 기업에 졸업과 동시에 취업하게 함으로써 교육의 미스매치를 최소화하는 프로그램이다. 인천 지역 기업 및 사회와 협력하여 산업 발전을 선도할 창의적 현장형·맞춤형 인재 양성을 목표로 했다.

2018년도에 두 개 사업에 선정되면서 드디어 '9관왕' 타이틀을 완성했다. 전국 최고 대학으로서의 위상을 다시금 확인하게 된 것이다. 하나는 2주기 대학구조개혁평가 일환으로 실시된 대학기본역량진단평가에서 '자율개선대학'에 선정되었다. 이로써 인천재능대학은 인위적으로 정원을 감축하지 않고, 국가 지원금을 활용하여 대학 경쟁력을 강화하고 국내를 넘어 세계적 명품 직업교육 전문대학으로 발돋움하게 된 것이다.

또 하나는 고용노동부 '고숙련 일학습병행 사업(P-TECH)'에 선정되었다. 정부가 실무형 인재 양성을 위해 기업이 취업을 원하는 청년을 근로자로 채용하여 교육 훈련 기회를 제공하고 학위를 인정받는 제도이다. 고교 단계부터 도제 일학습병행을 통해 취업한 산학일체형 도제 학교(고교) 졸업생을 대상으로 기업의 전문 핵심 인력으로 성장할 수 있는 훈련 과정을 운영하는 것이다.

"9관왕에 오른 것을 축하합니다."

"4년제 대학도 부러워할 정도로 전국 최고의 특성화 대학이 되었으니 정말 대단하십니다."

우리 학교가 정부가 지원하는 아홉 개 분야에서 1등을 차지한 것에 대해 외부 사람들이 건네는 축하 인사말이다. 인천재능대학교에는 언제부터인가 '1등'이라는 말이 자연스럽게 따라붙었다. '최초', '최고', '유일' 등의 수식어가 이제 익숙한 말이 되었다. 나는 조직 구성원들에게 9관왕에 올랐다고 해서 자만하지 말고 보다 겸손한 마음으로 내실을 다지고, 학생을 위한 정성에 배전의 노력을 기울이자고 강조하고 있다.

벤치마킹 방문단이 밀려오다

인천재능대학교는 대학과 기관의 벤치마킹 대상이 되었다. 2015년부터 지난해까지 82개 대학이 학교를 방문했다. 연간 20개 이상의 대학 관계자가 찾아와 '살아 숨 쉬는 대학', '영혼 있는 대학'을 내건 학교의 속살을 탐방하러 오고 있다. 관계자들은 손님을 맞이하느라 바쁘다.

"최선을 다해서 우리가 경험한 것을 공유하고 도움이 되도록 하세요."

교직원들에게 당부하는 말이다. 방문단은 10여 년 전만 해도 하위권 대학이었던 인천재능대학교가 최고 대학으로 성장한 데 대해 놀라움을 금하지 못한다.

나는 총장을 14년 동안 하고 있으나 '영업부 대리'의 심정으로 총장직을 수행하고 있다. 처음부터 변화와 혁신을 요구했다. '변화를 두려워하지 않는 대학', '변화와 변화를 거듭하는 대학'이 되자고 강조했다. 때로는 '이만하면 되겠지.' 하는 생각이 들지만 급변하는 환경에서 변화하지 않으면 위기는 언제든지 찾아오는 법이다. 나는 "4차 산업혁명 시대의 새 대학 모델을 만들려니 늘 변화에 배가 고프다."라고 말한다.

이러한 노력의 결과는 어떠할까. 2015년에 대학구조개혁평가 수도권 지역 최고 점수로 최우수 A등급을 획득하고, 특성화 사업 1차년도 최우수 대학으로 선정되면서 주목을 받기 시작했다. 이후 끊임없이 발전하여 현재 정부재정지원사업 등 교육 성과 9관왕을 달성하고, 5년 연속 수도권 전문대학 취업률 1위를 기록하며 국내외 교육 기관 중 최고의 벤치마킹 대학으로 부상하게 되었다. 처음에는 주로 전문대학에서 벤치마킹을 하러 왔으나 점점 4년제 일반대학으로 확대되어 방문단이 끊이지 않고 있다. 일반 단체나 기업을 넘어 해외에서도 찾아오고 있어서 관계자들이 손님맞이에 분주하지만 기쁜 마음으로 정성을 다해 안내하고 있다.

국내 대학의 경우 인천대학교는 우리 학교를 네 차례나 방문했다. 조동성 총장은 "우리 대학이 벤치마킹할 대상은 바로 인천재능대학교입니다. 인성교육, 교수와 상담을 통한 자아 성찰, 사회봉사, 인성과 창의성 학습을 통한 문제 해결 능력 배양, 세계적 수준의 전문대학(WCC) 선정의 과정을 배워야 합니다."라고 말한다. 인천대학교는 인천 지역을 대표하는 대학과 전문대학으로서의 강점을 살린 협력 방안을 강구하고 있다. 2017년 인천대학교 조동성 총장 일행 11명이 내방하여 인성 중심 교육 프로그램 성과를 보고 학과 탐방을 진행했다. 최근에는 인천대학교 최용규 이사장이 중국 대학 설립과 관련하여 협의차 우리 학교를 방문해서 많은 이야기를 나누었다.

화장품 용기 제조 전문 업체인 ㈜연우에서는 2017년에 기중현 사장 일행이 내방하여 인성·예절 교육 커리큘럼에 관심을 보였다. 이에 감명을 받은 사장은 나를 초청하여 사내 임직원들을 대상으로 특강을 진행하기도 했다.

또 LG그룹 회장 직속 정도경영팀 고성필 팀장 일행이 그룹에서 운영하는 두 개의 전문대학이 어려움을 겪고 있는데 그 해결책을 찾기 위해 우리 학교를 방문했다. 진지한 질문을 통해 우리 학교가 어떻게 최고의 대학으로 평가받게 되었는지 그 과정을 소상히 파악하고 나서 말했다.

"인천재능대학교는 전문대학의 비전이네요. 이제 우리 LG그룹 산하 두 대학이 어떤 방향으로 나아가야 할지 확실하게 알았습니다. 감사합니다."

해외 대학에서도 방문단이 오고 있어 놀라게 된다. 중국 산둥상업직업기술대학의 마광수이 당서기를 비롯한 산둥성상업그룹 임원이 네 번이나 우리 대학을 방문하여 실질적인 교류 방안을 합의하여 시행하고 있다. 양 대학은 학술 교류 협정에 따라 연수를 실시하고 있다. 중국 난징공업대 부총장 방문단은 우리 학교에 내방하여 NCS 기반 교육 커리큘럼과 학과 최신 실습실을 둘러보고 감탄했다. 양 대학은 국제 교류 협력 방안에 대해 심도 있게 토의하면서 협력 방안을 모색하고 있다.

말레이시아 버자야대학 총장 일행이 방문해 학생들이 원하고 필요로 하는 것이 무엇인지 정확히 파악하여 벤치마킹하고 있다. 이들은 내 교육 철학과 비전에 공감을 표하고, 양 대학은 MOU를 체결하면서 어학연수, 현장실습 프로그램 운영 등 활발한 교류 협력 관계를 형성하고 있다. 태국에서도 교육부, 직업교육기관 관계자 20여 명이 내방하여 학교 현장을 둘러보고 감탄을 금치 못했다.

베트남의 리 타이 토 국제대학 이사장 일행이 직업교육대학 설립을 앞두고 방문하여 실습 현장과 교육 시스템을 둘러보고 "인천재능대학교야말로 자신이 지향하는 선진 직업교육대학의 모델입니다."라고 하면서 앞으로 지속적인 교류 협력을 희망했다.

인기 있는 견학 대상으로 먼저 EWE 조기경고체계 시스템을 들 수 있다. EWE 조기경고체계는 교육부 특성화전문대학육성사업 우수 사례로 선정된 인천재능대학교 고유의 학생 관리 체계로 'Early Warning Education'의 약자로 간단히 '조기경고체계'라고 부른다. 조기경고체계는 전체 중도 탈락생의 70~80%가 입학하자마자 첫 학기에 학교를 그만둔다는 연구 결과에 착안하여 만들어진 인천재능대학교만의 독창적 학생 지도 시스템이다. 학생 입학부터 졸업 이후 2년까지 성공적인 학과 적응과 진로 설계, 취업 지도 및 취업 후 조기 이직 예방을 위한 상시적·체계적인 학생 질 관리 시스템으로, 크게 중도 탈락 예방 조기경고체계, 조기 이직 예방 교육체계, 조기 이직 예방 지원체계 등 3단계로 구성된다. 산업 현장에서 특히 환영받는 대표적인 시스템으로 우리 대학에 대한 신뢰를 높이는 매개로 작동하고 있다.

다음으로 인성교육이다. '쓸모 있는 사람'을 양성하고 '클린 캠퍼스'를 위해 매년 금연 운동, 기초 질서 지키기, 인사 잘하기 등의 캠페인을 지속적으로 시행하고 있어서 방문단의 관심이 높다. 특히 인천재능대학교를 방문하는 외부 인사들은 한결같이 학생들이 인사하는 모습을 보면서 처음에는 '학생이 나를 어떻게 알지?'라고 착각할 정도로 인상 깊게 생각하며 '인사를 잘하는 대학'으로 인식하고 있다.

나는 본관 현관에 '다른 생각 다른 가치'의 현수막을 크게 걸어 놓고 늘 마음속에 간직하면서 우리 학교 학생과 교직원 그리고 방문하는 분들이 함께 공유하기를 바라고 있다.

- 우리 대학은 다른 대학과 '다른 대학'이 되고자 합니다.
- 우리 대학에 오시면 어디서나 반갑게 인사를 잘하는 학생을 만날 수 있습니다.
- 우리 대학에는 학생을 자식처럼 생각하고 정성을 다해 가르치는 교수님이 많습니다.
- 우리 대학은 학생을 중심에 두고 학생 한 사람 한 사람의 성공을 위해 정성을 다합니다.
- 우리 대학은 '다른 생각, 다른 도전, 다른 성공'으로 전국에서 벤치마킹을 가장 많이 오는 대학입니다.
- 우리 대학은 학생 저마다가 '스스로 학습'하고 익혀·'재능을 능력으로 꽃피우는 대학'입니다.

Chapter 5

대한민국 교육의
큰 틀을 만들다

전문대학의 위상을 높이다

　본의 아니게 한국전문대학교육협의회(전문대교협) 회장을 8년째 하고 있다. 초유의 일이고, 최장수이기도 하다. 그러나 그게 중요한 것이 아니다. 전문대교협 회장을 지내면서 각 매체와 인터뷰를 참 많이 했다. 지금도 그렇다.

　얼마 전까지만 해도 "전문대교협은 어떤 단체인가요?"라는 질문을 자주 받았다. 전문대교협에서 하는 일을 소개해 달라는 취지의 물음이다. 이기우라는 사람은 이미 알고 있었으나 전문대교협은 모르겠다는 반응이다. "대교협(한국대학교육협의회)은 알겠는데 전문대교협은 그 하위 조직인가요?"라는 뉘앙스를 담고 있었다. 자존심 상하는 일이었다. 전국 136개 전문대학을 대표하는 공식적인 협의체에 대한 모욕이라는 생각이 들었다. 그러나 최근에는 전문대교협에 대해 묻지 않는다. 교육 이슈가 발생하면 전문대교협을 통해 먼저 정보를 얻고자 한다. 지난 8년 동안 이것만으로도 충분히 의미 있는 일을 했다고 자부한다.

나는 2010년 전문대교협 회장으로 합의 추대되었다. 선출직이었지만 나에 대한 기대감으로 힘을 실어 주기 위한 방편이었다. 전문대교협 입장에서는 그만큼 절박한 과제가 많았던 것이다. 나는 이때부터 4년을 연임하면서 그 기대에 부응하고자 노력했다. 일단 전문대학의 자존심부터 세울 필요가 있었다. 일반대학의 하위 기관으로 인식되고 차별을 당연시했던 그 풍토를 걷어 내고 싶었다. 가장 시급한 것이 전문대학의 올바른 자리매김과 발전 방향 설정이었다.

그 당시에는 전문대학 총장을 학장으로 불렀다. 2~3년제 학과 중심이므로 전문대학 총장은 학장이란다. 그리고 학교명을 '○○대학'이라고 불렀다. '대학교'는 4년제 일반대학에만 붙일 수 있었다. 지금 생각해도 어이없는 일이다. 나 역시 '고졸 9급 신화'라는 명칭이 따라다니는 사람인데 평상시 사람을 평가할 때 그 사람이 얼마나 어떤 일을 해낼 수 있느냐, 혹은 얼마만큼의 실력을 갖추고 있느냐로 평가하지 대학으로 사람을 평가해 본 적이 없다. 더군다나 전문대가 가지고 있는 교육 내용 자체는 사회에 나가서 필요한 실용 위주로 되어 있어서 불필요한 거품이 빠져 있다. 그런데 사람들은 대체로 거품 낀 것을 좋아하니까 인식의 전환이 필요하다는 생각을 한 것이다.

그래서 '학장'에서 '총장'으로 명칭을 변경하고, 학교명에 '교' 자를 붙여 '대학교'란 교명을 사용할 수 있게 했다. 전문대학과 일반대학의 서열적 관계를 명칭부터 개선한 것이다.

전문대학 학생들에게 전문학사학위가 아닌 학사학위를 취득할 수 있는 길도 열었다. '산업체 경력 없는' 학사학위 전공심화과정을 설치하여 다양하고 깊이 있게 학업을 이어 갈 수 있는 기회를 제공했다. 간호학과에 4년제 수업 연한을 도입하여 전문대학에서 수업 연한 다양화가 필요한 학과들이 법적인 테두리 안에 들어올 수 있는 교두보를 만들었다. 선진국처럼 전문대학과 일반대학의 벽이 사실상 무너진 것이나 마찬가지다. 나아가 '고등직업교육평가인증원', '고등직업교육연구소'를 설치하여 전문대학 교육의 질적 평가 수준과 중요 정책을 연구·개발할 수 있는 기초적 시스템을 구축했다. 전문대학 엑스포(EXPO)를 개최하여 전문대학과 직업교육에 대한 사회적 인식도 높였다.

전문대교협 회장 임기는 2년이다. 연임을 하고 물러났다. 3선 연임에 대한 권유를 물리치고 다른 분을 추천했다. 2년 후에 다시 "전문대학에 할 일이 많습니다. 위기의식이 더욱 커지고 있습니다. 풀어야 할 과제들이 산적해 있으니 다시 한번 전문대학을 위해 봉사해 주세요." 하는 간청이 많았다. 그리하여 할 수 없이 회장에 뽑혀 8년째 하고 있다.

이번에 두 번째 연임을 하면서는 전문대학의 사회·교육적 역할과 위상을 강화했다는 평가를 받고 있다. 특히 정부의 입학금 폐지에 따른 전문대학 지원 확대를 이끌어 냈다. 2022 대입제도 개선에서 전문대학과 직업교육을 위축시키는 불합리한 개선안을 합리적으로 수정했다. 2주기 대학구조개혁평가인 대학기본역량진단에서 전문대학의 특성을 반영한 평가를 실시하고, 그 결과와 연계하여 진행되는 대학혁신지원사업에서 평가를 없애고 사업비 지원 방식을 대학이 선택할 수 있도록 했다. 지원금의 사용처에 대한 칸막이를 낮춰 대학이 효율적으로 활용할 수 있는 체제를 만들었다. 또 강사법 도입 등 정부의 핵심 정책에 전문대학 현장의 목소리를 담기 위해 노력했다. 그 외 지방자치단체의 전문대생 장학금 소외, 국가공무원 지역인재채용제 전문대 배제 등 전문대학에 대한 행정 및 재정적 차별 과제에 대하여 시정을 꾸준히 요구하고 있다.

최근에는 전문대학에 대한 재정 지원 확대와 고등직업교육의 국가적 책무성 강화 차원에서 직업교육진흥법을 마련하여 입법화를 준비하고 있다. 지금 전문대교협은 단순히 전문대학만 잘 살려고 활동하지 않는다. 직업교육의 발전은 온 국민에게 평생을 살아갈 수 있는 가장 기본적인 동력을 마련해 주는 일이다. 초고령 사회와 4차 산업혁명 시대에 탄력적으로 대응할 수 있는 평생직업교육 체제를 마련해 주는 국가적인 사업인 것이다.

일반대학과 전문대학이
손을 맞잡다

　전문대교협 회장으로 있으면서 전문대들의 목소리가 커졌다는 평이 많다. 내가 회장이어서가 아니라 전문대학에 대한 사회·교육적인 필요성을 비로소 인식하여 공감하고 도와주는 목소리가 커진 것이다. 정말 전문대학의 목소리가 커졌다면, 그것은 전국 136개 전문대학 총장들과 구성원 전체의 연대와 소통, 전문대학 발전에 대한 간절한 바람이 커졌기 때문이라고 생각한다. 나는 가교 역할을 했을 뿐이다.

　실제 전문대교협의 위상이 강화된 것은 정부와의 관계에서 살펴볼 수 있다. 정부 입장에서 전문대교협은 크게 신경 쓰지 않아도 되는 단체였다. 지금은 아니다. 현재 전문대교협은 고등직업교육의 국가적 책무성을 강화하기 위해 정부 및 국회와 긴밀한 협조 체제를 구축하고 있다. 사실 이 기관들을 설득하지 못하면 전문대학 관련 제도와 예산 지원은 요원하다. 이는 전문대학과 직업교육에 대한 지속적·항구적 책임을 이끌어 낸다는 점에서 매우 중요하다. 이전에는 그들과 소통 창구를 마련하기조차 힘들었다. 하지만 최근에는 전문대학 관련 논의와 정책에서 교육부는 물론 고용노동부와 중소기업벤처부 등 유관 기관 실무 책임자들뿐만 아니라 장차관들이 참여하고 있다. 국회에서도 교육위원회 중심으로 많은 국회의원이 참석해 머리를 맞대고 숙의하는 모습은 우리 전문대학의 달라진 위상을 대변하는 장면이라고 생각한다.

특히 국가교육회의에서도 전문대학과 직업교육을 다양한 교육경로 확보 차원에서 중요한 의제로 다루고 있다. 교육부와의 고등직업교육정책 공동 TF에서는 일상적인 협력이 가능하도록 제도화했다. 최근 한 달 동안 박백범 교육부 차관이 전문대학과 세 번을 만났는데, 이전에는 상상도 할 수 없는 일이다. 그만큼 전문대학의 위상이 높아진 것이다. 이처럼 높아진 전문대학의 위상은 학벌중심사회에서 능력중심사회로 나아가는 디딤돌이 될 것이다. 일반대학을 졸업하고 전문대학에 다시 진학하는 유턴 현상이 점점 증가하고 있어 이를 입증해 주고 있다.

또 성인 학습자가 증가하는 데서도 찾아볼 수 있다. 신입생 중 26세 이상 성인 학생이 차지하는 비율이 2018년 9.5%까지 높아졌다. 전문대학에 입학하는 열 명 중 한 명은 성인 학습자라고 할 수 있다. 일반대학의 성인 입학자 비중이 1% 수준임을 고려할 때 전문대학의 성인 입학자 비중이 열 배 가까이 높은 셈이다. 우리 사회의 뿌리 깊은 학벌주의에도 불구하고 성인 학습자들이 전문대학을 선호하는 이유는 무엇일까? 일자리와 자신의 또 다른 적성 찾기에서 답을 찾을 수 있다. 이들은 대학의 명성보다 취업 가능성과 새로운 삶의 설계를 위해 전문대학을 선택하고 있다. 세상 물정 잘 아는 성인 학습자들이 고등직업교육기관인 전문대학의 진면목을 제대로 보고 있는 것이다.

나는 전문대학과 전문대교협을 만난 것을 큰 행운이자 새로운 도전이었다고 생각한다. 우리 사회와 교육에서 직업교육의 중요성과 필요성을 재인식하게 되었다는 점에서 행운이다. 또 상대적으로 홀대받고 있는 전문대학의 위상과 역할을 높이기 위해 최선을 다하고 있다는 점에서 도전이다. 아직까지 직업교육과 전문대학을 위해 가야 할 길이 더 많이 남아 있지만, 전문대교협을 중심으로 기존의 완고한 교육 지형 속에서 전문대학의 역할과 위상을 더욱 확장하고 강화해 나갈 것이다.

그래서일까. 지난 7월 12일에는 전문대교협과 대교협이 최초로 머리를 맞대는 역사적인 간담회를 열었다. 전에 없던 상징적인 일이다. 일반대학이 전문대학에 손을 내밀다니 말이다. 이슈는 등록금 현실화 문제다. 지난 11년 동안 등록금을 묶어 놨으니, 전국의 대학 재정은 파탄지경이다. 그 절박한 심정이 반영된 것이기도 하지만, 대교협 입장에서는 나를 지렛대로 삼으려는 의도를 숨기지 않았다.

"이기우 회장님께서 문제를 기가 막히게 해결하시니, 이번 일에도 적극 앞장서 주시기를 바랍니다."

우리 전문대학 입장에서도 대교협과 함께하는 것이 현안 문제 해결에 큰 도움이 된다. 같이 하지 않을 이유가 없다. 등록금 문제 해결에는 앞으로 넘어야 할 산이 중첩되어 있다. 하지만 국내 고등 교육을 책임지고 있는 일반대학과 전문대학이 고등교육 재정의 확충을 위해 정부에 공동 대응하는 자리를 만들었다는 것이 중요하다.

전문대학과 일반대학은 서로 보완 관계가 되어야 한다. 시대가 얼마나 빠르게 변하고 있는가. 인공지능, 로봇 등 4차 산업혁명의 흐름 속에서 일자리와 산업 구조가 급속히 변화하고 있다. 기존 직업이 사라지고 새로운 직업이 생겨난다. 직업의 수명도 짧아지고 있다. 평균 기대수명도 늘어 100세 시대가 가시화되고 있다. 이는 새로운 일자리 환경에 적응하고, 인생 2·3모작을 준비해야 하는 평생직업능력 개발이 필요한 시대가 오고 있음을 보여 준다.

대학이 저출산·고령화, 4차 산업혁명 같은 변화에 능동적으로 대응하기 위해서는 시대의 변화와 요구를 제대로 담아내야 한다. 이에 전문대학은 평생직업교육대학으로서 교육 대상과 영역을 확장해 생애 주기별 직업교육을 책임져야 한다. 평생직업교육대학이라는 새로운 프레임으로 평생교육과 직업교육을 수용해 일반대학과 다른 교육 영역을 개척하는 것이다. 이는 일반대학과의 역할 분담론이며 전문대학의 정체성을 명확히 하는 길이기도 하다.

전문대학의 이런 변화는 학습자들에게 급격한 변화에 대한 수용성과 탄력성 그리고 평생 고용을 유지하는 능력을 키워 준다. 국가적으로는 고용률 향상과 구조화된 저성장에 활력을 불어넣는 상생의 길이 될 것이다. 일반대학과는 서로 윈윈하면서 보완 효과를 극대화할 수 있는 길이다.

정부의 교육개혁협의회
위원으로 활동하다

2011년 11월 어느 날, 국무총리실의 한 간부로부터 전화가 걸려 왔다. 이명박 정부의 교육정책을 총괄하고 조정하고 자문하는 국무총리 교육개혁협의회 위원으로 선정되었다는 것이다. 격월로 개최되는 국무총리 주재의 회의에 참석하여 대학 현장의 목소리를 들려주고, 국가의 중요 교육정책 결정과 교육개혁 추진에 자문을 해 달라는 요청이었다. 노무현 대통령 임기 말에 교육부 차관을 거쳐 인천재능대학교 총장과 전문대교협 회장을 맡고 있으므로, 현장의 의견과 교육정책 및 교육개혁에 대한 40여 년간의 노하우를 국무총리에게 전해 달라는 뜻에서 위원으로 선정되었다는 총리실의 설명이다.

교육개혁협의회는 이명박 정부 출범 당시에 대통령이 의장인

교육개혁대책회의와 국무총리가 주재하던 공교육경쟁력강화민
관협의회를 하나로 통합하여, 정부 부처와 다양한 민간 전문가
들이 참여하는 교육정책 자문기구로서 이명박 대통령의 임기 말
까지 운영되었다.

2012년 2월 15일, 나는 정부중앙청사 국무총리 회의실에서 개
최된 제8차 회의에서부터 교육개혁협의회 위원으로 참석했다.
김황식 총리가 전체 위원들에게 나를 소개했다. 나는 인사말을
통해 "교육개혁협의회 일원으로서 전문대학 현장의 생각과 의견
들을 잘 전달하고, 선진 국가로의 도약과 국민을 위하는 교육정
책을 자문하고 결정하는 데 최선을 다하겠습니다."라고 신임 위
원으로서 의지를 밝혔다.

이날 8차 회의에서는 아동 누리과정에 대한 집중적인 토의
가 이루어졌다. 만 5세 아동 누리과정의 준비 상황을 점검하고,
2013년부터 시행할 만 3~4세 아동 누리과정의 확대 도입 방안
에 대해 심도 있게 논의하여 방안을 확정했다.

김 총리는 누리과정의 의미를 다각도로 제시하며 관련 기관의
노력을 당부했다.

"만 5세 아이 모두가 유아교육의 혜택을 누림으로써 교육 격
차를 줄여 나가는 중대한 정책입니다. 누리과정 예산 지원은 저
출산 대책, 미래 대비 투자, 일자리 대책 등 다각적인 정책 목적
이 있는 만큼 기획재정부, 교육부, 보건복지부 등 관련 기관은
지자체, 교육청과 협력 체제를 강화해서 학부모들의 요구와 기
대를 충족시켜 나갈 수 있도록 세심한 배려와 노력을 기울여 주
기 바랍니다."

나 역시 누리과정에 의미를 부여했다.

"어린이집 보육과정과 유치원 교육과정은 통합하기 대단히 어려운 분야였는데 누리과정을 만들었다는 것 자체가 대단한 일입니다. 이를 계기로 교육과정을 통합하고 재원도 통합하여 유치원과 어린이집의 연계, 교사 양성 과정을 통합하는 등 조금씩 전진해 나가야 합니다."

이어진 삼청동 총리 공관에서의 교육개혁협의회 위원 만찬 간담회는 나를 흥분하게 만들었다. 6년 만에 찾은 총리 공관이라 누구보다도 감회가 깊었다. 국무총리 비서실장 시절 매일 총리 공관에서 살다시피 했던 지난 기억들이 떠올랐다. 김 총리는 만찬 간담회에서 "올해는 사실상 이명박 정부가 일하는 마지막 해인 만큼 새로운 일을 찾기보다는 이미 계획하고 진행하는 교육개혁 과제들이 제대로 정착할 수 있도록 더욱 정밀하게 챙겨 주기 바랍니다."라고 당부했다.

제9차 회의에서는 대학입학 특별전형 개선 방향, 고등교육 국제화 추진 전략, 교육기부 활성화 추진 체계 구축과 실천 방안에 대해 심도 있는 논의를 거쳐 최종 방안을 결정하는 성과를 거두었다. 특히 대학입시의 여러 문제에 대해 김 총리는 "정부가 나서면 대학 자율을 해칠 수 있다는 비판이 많은 영역이니 대학이 스스로 자율에 상응하는 책임감을 갖고 학생 선발에 임해 주길 바랍니다. 이를 위해 대학 공동의 노력이 중요한 만큼 대교협과 전문대교협에서 적극 나서 줄 것을 당부합니다."라고 말했다.

또 전문대학에서의 국제화 추진 상황에 관한 총리의 질문에 나는 이렇게 답변했다.

"전문대학에서도 대학별로 유학생 유치와 교육 강화, 우수한 전문대학 교육 프로그램의 해외 수출, 졸업생의 해외 취업 확대 등 국제화 추진을 위해 노력하고 있습니다."

제10차 회의에서는 고졸 취업자 후진학제도 추진 현황 점검과 활성화 종합방안, 지난번 회의에서 발표된 지방대학 발전 방안 시안에 대해 교육개혁협의회 의견 수렴 과정을 거쳐 최종안을 확정하고, BK(Brain Korea) 21 후속사업 기획 시안을 교육부로부터 보고받은 후 심도 있는 논의를 했다.

제11차 회의에서는 교권보호 종합대책, 대안교육 발전 방안, 대학자율화 추진 계획을 심의·확정하는 한편, 대학입시 특별전형 및 전형료 개선 현황 보고가 있었다.

이명박 정부 교육개혁협의회의 마지막 회의인 2012년 10월 제12차 회의에서는, 관계 부처 합동으로 마련된 돌봄 기능 연계·통합 방안과 2020 외국인 유학생 유치 전략 수립을 포함한 Study Korea 2020 Project 안건 상정안에 대해 심도 있는 논의를 했다. 그 결과 발전적 최종안을 만들어 낸 성과는 오늘날 전국 대학들의 유학생 유치 확대에 기반을 제공했다.

또 교육부가 제안한 고교–대학 연계 심화 과정 활성화 실천 방안은 선진 국가에서 시행하고 있는 제도이며, 우수 학생의 수월성 교육 수요를 공교육 체계 안으로 흡수할 수 있는 방안으로서 그 당시 교육개혁협의회에서 최종안이 결정되어 현재 다수의 대학에서 고교–대학 연계 과정을 도입, 운영하고 있다.

대법관 출신으로 감사원장을 지내고 이명박 정부의 마무리 국무총리로 취임한 김황식 총리는 조용한 성품에 위원들의 발언에 귀 기울이는 경청을 우선시했다. 법치와 안정을 중시하는 김황식 총리의 리더십으로 이명박 정부는 집권 후반기를 안정감 있게 이끌어 갈 수 있었다는 평가를 받았다. 또 김황식 총리는 2년 반 동안 역대 최장수급 국무총리로 재임하면서 조선 시대 황희 정승을 잇는 '명재상'이라는 세인들의 평가도 함께 받고 있는 인물이다.

이명박 정부의 김황식 총리와 함께 활동한 교육개혁협의회 위원 시절은 많은 교육정책 결정에 참여하면서 교육개혁에 앞장섰던 기쁨과 보람의 시기로 기억된다.

이명박 정부의 김황식 총리와 함께 활동한

교육개혁협의회 위원 시절은

많은 교육정책 결정에 참여하면서

교육개혁에 앞장섰던 기쁨과 보람의 시기로 기억된다.

국가교육회의,
교육개혁의 밑그림을 그리다

우리 사회에서 차지하는 교육의 역할과 기능은 매우 크다. 대한민국 국민 모두가 교육전문가라고 할 만큼 교육에 대한 관심이 높은 데 반해 교육정책의 안정성은 매우 취약하다. 교육정책이 자주 변하여 예측이 어려운 영역이 되어 버렸다. 또 교육정책 실현과 집행의 절차적 공정성에도 문제를 노정하고 있다. 교육주체들이 소외되거나 불이익을 당하지 않도록 제도화할 필요가 있다. 여기에는 국민이 믿고 따라갈 수 있도록 일관성 있는 정책과 합리적인 절차를 제시하고, 활발하게 소통하며 설득하는 과정이 전제되어야 한다.

그런 차원에서 2017년 9월 17일에 대통령 직속 국가교육회의가 출범했다. 교육개혁 추진을 위해 국가교육회의를 설치하고 장기적으로 중장기 교육정책을 논의하기 위해 국가교육위원회를 설치하는 문제는 문재인 대통령 공약 사항으로, 취임 이후 주요 국정 과제로 채택되었다. 국가교육회의는 '국가교육위원회'를 설치하기 전 대통령 직속 자문기구로 교육개혁과 중장기 교육정책에 대한 논의를 주도하게 된 것이다. 즉 교육전문가와 관계 부처가 참여하여 중장기적이고 일관성 있는 교육정책 수립 기반을 조성하는 등 국민이 공감하는 교육정책 과제를 도출하는 교육정책의 민주성과 합리성을 제고하기 위한 조직이다.

2017년 12월 12일, 국가교육회의는 제1대 신의령 의장과 제1기 위원이 위촉되면서 실질적인 업무를 개시했다. 당연직 위원으로는 교육부, 기획재정부, 고용노동부, 여성가족부 등 관계 부처 장관, 청와대 사회수석비서관, 전국시도교육감협의회 회장, 한국대학교육협의회 회장 그리고 한국전문대학교육협의회 회장인 내가 당연직 위원으로 참여하게 되었다. 2018년 12월 18일에는 제2대 김진경 의장과 제2기 위원이 위촉되어 현재까지 활동을 지속하고 있다.

나는 국가교육회의가 출범한 의미를 잘 알고 있다. 국가교육회의 제1·2기 모두 12차에 걸친 회의에 단 한 차례도 결석한 적이 없다. 모든 회의에 참여하여 가장 높은 출석률을 기록하고 있다. 국가교육회의만큼은 자리를 꼭 지키고 싶었다. 일종의 사명감이라고 해도 좋겠다.

국민적 관심이 큰 사안들에 대해서는 합리적인 결과를 도출하는 데 미력이나마 보태고 싶었다. 나는 교육 행정과 교육 현장을 비교적 균형 잡힌 관점에서 바라볼 수 있었기 때문이다. 실제 회의가 여러 차례 진행되면서 국가교육회의에 윤활유 역할을 한다는 평가를 받고 있다. 함께 참여하는 위원들은 "이기우 회장님께서 쟁점을 잘 정리해 주셔서 회의가 원활하게 진행되고 있습니다."라거나 어떤 대안을 제시하면 "이견이 달리 없습니다."라고 말하면서 내 역할을 곱게 봐 주기도 한다.

국가교육회의에서 논의했던 것 중 몇 가지가 떠오른다. 가장 뜨거웠던 이슈는 2022학년도 대입제도 개편이었다. 사실 대입제도는 웬만하면 건드리지 않는 게 좋다는 말이 있다. 그 어떤 좋은 개편안이라도 모두를 만족시킬 수 없기 때문이다. '또 바꾸느냐'는 비판에만 직면하게 된다. 실제 입시제도는 한두 해의 문제가 아니라 초중등 교육 전체를 뒤집는 큰 교육 이슈여서 안정성을 가지는 것이 중요하다. 나는 청와대 국민 청원으로 시작된 대입제도 개편 논의 과정에서 공론화를 통해 수능 위주의 비율이 확대될 수 있도록 했다.

동시에 전문대학의 대표라는 자격도 잊지 않았다. 2018년 8월 6일, 2022학년도 대입제도 개편 권고안 발표 시에는 전문대학 현장에서 학생 모집의 어려움을 조금이나마 해소할 수 있도록 했다. 전체적으로는 수능 위주 전형의 비율이 현행보다 확대되면서 설립 목적(산업대학, 전문대학, 원격대학 등), 학생 수 감소에 따른 충원난 등을 고려하여 적용 제외 대상을 검토할 수 있도록 한 것이다. 또 국가교육회의 내 고등교육전문위원회에 전문대학 교수가 위원으로 참여할 수 있도록 하여 미래 교육 방향을 다양하게 설정할 수 있는 기반을 만들었다.

둘째는 국가교육위원회 설치 문제이다. 교육 관련해서 총체적 문제 해결을 위한 해법 중 하나로 제기된 것이 바로 국가교육위원회 설치이다. 특히 지난 대선에서는 진보나 보수 주요 정당의 모든 후보가 유사한 내용을 공약했다. 핀란드, 프랑스, 일본 등 선진국들도 이미 국가교육위원회와 유사한 기구를 만들어 효과를 경험하고 있다. 국가교육회의는 국가교육위원회를 만들기 위한 준비 과정, 일종의 인큐베이팅 과정이라고 할 수 있다. 국가교육위원회는 4차 산업혁명과 인구구조 변화 등 미래 사회에 대비해 새로운 교육 체제를 마련하는 것을 목적으로 한다.

나는 국가교육회의 위원으로서 2019년 3월 1일 교육계 공동 선언에 참여했다. 이 선언에는 국회 교육희망포럼, 전국시도교육감협의회, 교육부, 국가교육회의, 한국교원단체총연합회, 전국교직원노동조합, 한국대학교육협의회, 한국전문대학교육협의회 등이 함께했다. 정권 차원을 넘어서 시민 사회와 교육 자치의 바탕 위에 협력과 협치를 통해 미래 교육 체제를 구현할 국가교육위원회 설립의 필요성에 공감한 것이다. 또 대국회 입법 활동도 꾸준히 전개하여 「국가교육위원회 설치 및 운영에 관한 법률안」이 제정될 수 있는 기반을 조성했다.

또 흐뭇한 기억으로 남는 것은 국가교육회의를 인천재능대학교에서 개최한 일이다. 국가교육회의가 교육 현장과 동떨어져서는 곤란하다. 2019년 6월 10일 제11차 국가교육회의가 우리 대학에서 열렸다. 또 평생직업교육대학인 전문대학의 특성과 문제가 잘 드러날 수 있도록 간담회에 참여하는 13명의 학생들을 다양하게 구성했다. 즉 전국 전문대학생을 대상으로 하되 만학도와 유턴 입학자, 국공립 전문대학과 사립 전문대학 학생 등을 참

국가교육회의 제1·2기 모두 12차에 걸친 회의에

단 한 차례도 결석한 적이 없다.

국민적 관심이 큰 사안들에 대해서는

합리적인 결과를 도출하는 데 미력이나마 보태고 싶었다.

여시켜, 그들의 입장에서 보는 전문대학과 사회적 인식의 문제를 발표하고 질문하도록 한 것이다.

김미선 학생(계명문화대학교)은 평소에 전문대학에 대한 편견이 매우 심했지만 전문대학에 와서 변화된 자신의 모습을 소개했다.

"전문대 학생들은 누구보다도 밝고 활기찼으며, 본인에게 맞는 일을 만났을 때는 정말 신나게 임하고, 심지어는 다른 친구들을 도와줄 줄 아는 아름다운 젊은이였습니다. 그리고 만학도들을 위한 입학전형 확대와 학비 지원 등을 고려해 주시기를 바랍니다."

또 유턴 입학자인 우리 대학 배지효 학생은 "입학 전에는 전문대학에 대해 막연한 생각만 했는데, 이제는 전문 직업인 양성이 '전문'인 대학이구나 하는 인식의 전환이 되었습니다."라고 진솔하게 말하면서 "전문 기술직에 대한 사회의 인식 개선을 위한 국가 정책이 필요합니다."라는 제법 의미심장한 발표를 했다.

이에 국가교육회의 위원들도 학생들의 발표에 크게 공감하고 전문대학 현장을 보다 깊이 인식할 수 있는 계기가 되었다고 입을 모았다.

실제 평생직업교육은 국가교육회의에서도 중요한 의제로 논의되고 있다. 엘리트 교육 체제를 극복하고 분화된 교육경로를 보장하는 차원에서, 고등교육과 직업교육, 평생교육을 지원하기 위한 거버넌스 구축이 심도 있게 다루어지고 있는 것이다. 사실 평생교육과 직업교육은 전문대학 발전을 위한 것만이 아니라 전 국민의 생존과 전 생애 삶의 질을 결정하는 중대한 문제이기 때문에 거국적인 관심이 촉구되는 일이다. 나는 국가교육회의에서 고등직업교육, 평생직업교육, 전문대학 등의 키워드가 주요 이슈로 논의될 수 있는 기반과 분위기를 제공했다는 점에서 매우 뿌듯하다. 내 역할이 전부는 아니겠지만, 전문대학과 직업교육의 얼굴마담 이상의 노릇은 한 것 같아 나 스스로도 큰 의미를 부여하고 있다.

대학구조개혁을 연착륙시키다

'대학구조개혁', 대학 입장에서는 참 두려운 말이다. 대학구조개혁만큼 불편하고 부담되고 피하고 싶은 말이 또 있을까. 학령인구의 급감과 대학입학 정원 간의 불균형이 빚어낸 시대의 촌극이자 비극이다. 많은 비용을 들여 기껏 만들어 놓은 대학을 일부러 줄여야 한다는 점에서 촌극이고, 대학구조개혁의 결말을 생각하면 비극이다.

정부에서 대학구조개혁을 단행하기 위해 구성한 조직이 대학구조개혁위원회이다. 대학구조개혁위원회는 대학구조개혁평가와 대학기본역량진단 등 대학의 구조개혁 관련 주요 정책을 심의·수행하는 자문기구이다. 2011년 7월에 출범한 이래 지금까지 운영되고 있다. 나는 전문대교협 회장 자격으로 출범할 때부터 현재까지 참여하고 있는데, 9년 동안 쉬지 않고 위원으로 활동하는 사람은 나밖에 없다.

위원회는 2014년 1월에 대학구조개혁 추진 계획을 수립하여 발표했다. 2015년 4월부터 8월까지 1주기 대학구조개혁평가를 실시하여 재정 지원 가능 대학, 국가 장학금 I유형 지원 가능 대학, 학자금 대출 제한 대학의 명단을 공개했다. 그리고 2주기 '대학구조개혁평가'부터는 구조개혁이라는 명칭이 주는 거부감 때문에 그 명칭을 '대학기본역량진단'으로 변경했다.

2017년 3월에 2주기 대학기본역량진단 기본 계획을 수립하고 2017년 12월 기본 계획을 확정했다. 2018년 4월부터 8월까지 대학기본역량진단을 시행하여 일반재정지원사업과 연계했다. 즉 진단에 통과한 대학들은 대학혁신지원사업 I유형인 자율개선대학으로 선정했고, 통과하지 못한 대학들은 대학혁신지원사업 II유형인 역량강화대학으로 재선정하는 과정을 거쳤다. 또 국가장학금 I·II유형 지원 가능 대학과 학자금 대출 제한 대학의 명단을 최종 공개하기도 했다.

2019년 8월에는 2021년 3주기 대학기본역량진단 기본 계획을 발표하여 현재 의견을 수렴하고 있다. 특히 3주기에는 대학 정원 조정과 연계하지 않도록 했다. 이는 평가와 연계한 인위적인 입학 정원 조정의 폭이 입학 자원 급감 속도를 따라잡지 못한다는 현실적인 이유 때문이다.

대학구조개혁평가와 대학기본역량진단 결과가 공개될 때마다 대학가에서는 큰 회오리바람이 몰아쳤다. 일반적으로 대대적인 인사 조치가 단행된다. 평가 결과에 따라 대학 정원을 감축해야 하고, 정부 재정 지원도 받을 수 없기 때문이다. 치명타가 아닐 수 없다. 한번 평가와 진단에서 밀려나면 대학의 명성에 큰 타격을 입는다. 재정적인 위기 상황에도 직면하게 된다. 우리나라에서 대부분을 차지하고 있는 사립대학들 중 등록금 수입과 정부 재정 지원에서 자유로운 대학은 거의 없다. 따라서 평가와 진단에 책임이 있는 총장들과 주요 보직자가 자리를 떠날 수밖에 없는 슬픈 현실이 연출되고 있는 것이다. 그것도 벌써 두 번째이다.

그러니 1주기든 2주기든 그 기본 방향과 함께 평가 지표에 매우 민감할 수밖에 없다. 어떤 식으로 대학 정원을 감축하고 또 재정 지원과는 어떻게 연동되는지에 목숨을 건다. 대부분 평가 지표 항목과 산식에서는 너무나 날카로워진다. 나는 전문대학 대표이기도 하지만, 평가와 진단에 직접 참여하는 대학 총장이기도 하다. 그래서 내가 고려한 것은 연착륙이었다. 사실 대학 구조개혁과 기본역량진단은 불가피한 측면이 있다. 너무나 하기 싫지만 피해 갈 수 있는 방법이 달리 보이지 않는다. 적절한 지점에서 대학구조개혁과 대학 현장에 타협할 수 있는 완충 지대를 만들어 주는 것이 내 몫이라고 생각했다. 교육부의 입장에 서 보기도 했고, 현재는 대학 현장에 있기 때문에 가장 현실적인 방안을 제시할 수 있었던 것이다.

특히 전문대학은 일반대학과는 또 다른 특수성을 가지고 있다. 사실 종전 대학 평가의 방향은 거의 일반대학 위주로 결정되었다. 전문대학은 그에 준해서 타율적으로 결정되어 버리는 경우가 허다했다. 이 때문에 나는 전국 136개 전문대학을 위해서 구조개혁위원회에 참석할 때마다 전투하는 심정이 되었다. 대부분 일반대학에만 이해가 있는 다른 구조개혁위원들에게 전문대학의 교육 방향과 성과 평가의 방법을 일일이 설명하여 이해시키는 과정이 필요했기 때문이다. 또 전문대학에 큰 부담을 주는 평가 항목은 과감히 삭제하거나 대폭 변경할 수 있도록 설득했다. 평가의 목적은 대학을 괴롭히는 것이 아니라 대학의 발전과 경쟁력 강화라는 기본 원칙을 늘 상기시켰다.

한편으로는 대학구조개혁과 기본역량진단으로 대학들이 내몰리게 된 책임이 대학에만 있지 않다는 '정책의 역사성'에 대해서도 강조했다. 왜 오늘날 대학구조조정이라는 뜨거운 감자가 등장했는가? 1996년에 시작된 '대학설립준칙주의'에 태생적인 원인이 있다. 그 당시 정부가 대학 설립 예고제를 도입하여 일정 요건만 갖추면 수도권 이외 지역에서 누구나 설립할 수 있도록 했다. 그 결과 사립대가 1996년 109개에서 2013년 156개로 늘어났다. 2013년에 허가제로 바뀌기 전까지 우후죽순 격으로 대학이 늘어난 것이다. 대학설립준칙주의 이후 대학 난립은 지방대의 동반 몰락을 가져와 상대적으로 서울 시내 소재 대학들의 위상이 높아졌고, 대학이 많아지다 보니 대학의 서열화가 더 공고해지는 문제점이 발생했다. 대학구조개혁과 기본역량진단의 책임을 대학뿐만 아니라 정부도 나누어 져야 한다는 것을 말하는 것이다.

모든 대학이 뼈를 깎는 고통을 분담하며 상생할 수 있는 틀을 마련해야 한다는 입장이다. 시장의 경쟁 논리로만 접근하면 전문대학과 지방대학은 고사할 수밖에 없다. 또 전제할 것은 전문대학이든 일반대학이든 고등직업교육의 주체로 자기 정체성을 확고히 할 수 있는 구조를 만들어 주고 나서 책임을 물어야 한다는 점이다.

사실 지금까지 대학구조개혁이 제대로 힘을 받지 못했던 이유 중 하나는 소위 부실 사학들에 대한 마땅한 퇴로가 마련되지 못했기 때문이기도 하다. 예를 들면 대학을 해산하려면 잔여 재산을 국고로 귀속시키게 되어 있는데, 잔여 재산 일부를 설립자에게 돌려주는 특례를 한시적으로 시행해 자발적 퇴출을 활성화하는 방법을 적극적으로 검토해야 한다. 이것이 대학구조개혁에서 발생할 수 있는 문제들을 최소화하고, 대학의 경쟁력을 높일 수 있는 한 가지 방법이라고 생각한다.

2주기 대학기본역량진단의 여파가 마무리되지도 않았는데, 벌써부터 3주기 대학기본역량진단 준비 체제를 갖추느라 대학들이 매우 분주해졌다. 너무나 마음이 아프고 민감한 사안이라 논의할 때마다 불에 덴 것 같은 괴로움을 느끼지만, 고통을 중화하기 위해 내 역할을 소홀히 하지 않겠다는 의지를 마음 깊숙이 새긴다.

교육이 희망이다

현재 우리나라 교육에서 가장 큰 문제는 무엇일까? 국민들이 더 이상 교육을 신뢰하지 않는다는 점이다. 교육을 흔히 백년대계라고 하지만, 가장 변화가 극심한 부분이 바로 교육정책인 것은 일종의 역설이다. 대한민국 학부모들을 전부 교육전문가로 만든 것은 교육계에 몸담고 있는 우리의 책임이다. 교육에 대한 믿음의 부족, 신뢰의 상실에서 비롯되었기 때문이다. 나는 일관성 있는 교육정책이 꾸준히 유지되어야 체계적인 교육이 정립된다고 생각한다.

그러면 어떤 교육이 좋은 교육일까. 알면 알수록 어려운 것 또한 교육이다. 나는 교육부에서 30여 년, 인천재능대학교에서 14년 등 반세기 넘게 교육의 최일선에서 내 나름대로 최선을 다해 일해 왔다. 나름 교육에 대해서는 전문가적 식견을 지녔다고 생각해 왔다. 그런데도 '교육이 무엇이냐'는 물음에는 늘 주저한다. 명쾌한 대답을 하기에는 교육 문제가 너무 복잡하게 얽혀 있는 까닭이다.

하지만 한 가지 정리한 생각은 있다. 아니, 50년이 넘는 기간 동안 교육 한길을 걸으면서 근육처럼 저절로 생겨난 원칙이 있다. 그것은 바로 다산 정약용 선생이 제시한 실사구시(實事求是)이다. 실용 우선, 합리 지향, 실상 파악, 쓸모를 강조했던 실사구시야말로 교육의 요체가 되어야 한다는 믿음이다. 현재 우리 교육이 일정 부분 정체되고 또 갈팡질팡하고 있는 이유는 현실과의 간극에서 비롯되었기 때문이다. 학벌 중심의 사회 구조와 같이 우리 교육이 사실을 추구하고 실용을 지향하는 힘이 너무 약하게 작용하고 있다는 것이다.

교육은 구체적인 삶의 문제에서 출발하여 그것을 해결해 주는 넓은 의미에서의 실용성을 갖추어야 긴 생명력을 가질 수 있다. 교육이 먹고사는 문제에서 동떨어져 독불장군처럼 고고하게 자리만 차지하고 있는 것은 더 이상 우리 사회에 도움이 되지 않는다. 우리의 생활에서 추상성이 아니라 구체성으로 작동해야 한다. 한마디로 '써먹을 수 있어야 하는 것'이다. 그래야 '쓸모 있는 인재'를 키울 수 있다. 써먹을 수 없는 교육은 생명력이 길지 않다. 죽은 교육이다. 실사구시가 우리 교육의 중심이 되어야 교육이 희망이 될 수 있다.

우리 사회에서 교육을 다시 희망의 범주에 포함시키려면 학벌 중심사회라는 유령을 퇴치해야 한다. 학력이나 학벌이 만능의 열쇠처럼 작동하는 사회여서는 곤란하다. 그런데 우리의 사회 구조와 인식 체계에는 일반대학, 특히 수도권 4년제 대학 진학이 미래의 안정적인 삶을 보장하는 기반이 될 것이라는 믿음이 있다. 이를 개선하기 위해서는 선진화된 외국처럼 직업교육을 국가가 책임지는 시스템이 필요하다. 나아가 그렇게 공부한 학생이 사회적으로 대우받는 시스템이 만들어져야 한다. 즉 실력과 능력으로 평가받는 능력중심사회 구현에 대한 사회적 공감대와 실천이 더욱 확산되어야 하는 것이다. 세계적인 투자가 워런 버핏은 "이 세상에는 성공적인 직업과 그렇지 못한 직업이 있는 것이 아니라, 성공적인 직업인과 그렇지 못한 직업인이 있을 뿐이다."라고 했다. 학생들에게 직업의 가치가 아닌 일과 노동의 가치를 가르치고, 그 가치에 맞게 대접받을 수 있는 사회를 만드는 것이 합리적인 사회이자 내일이 있는 사회이다.

능력중심사회를 여는 첫걸음은 고등교육 체계의 개혁이다. 전문대학과 일반대학의 위상과 역할을 명확하게 구분해 각자의 강점을 살려 주는 정책이 필요하다. 전문대학과 일반대학에 대한 서열적 인식을 타파하여 각자의 전문 영역에 집중할 수 있는 구조를 만들어야 한다. 학문과 연구 중심에 일반대학이 있다면, 전문대학 중심에는 평생직업교육이 있다. 일반대학과 전문대학은 전문 분야가 다르다. 이를 서열로 구분하는 것은 시대착오적이다. 이는 단순히 전문대학의 발전을 위해서가 아니라 우리 사회가 보다 선진화되는 길을 가자는 의미이다. 따라서 일반대학 진학이 곧 성공이라는 잘못된 성취기준과 고등학교 진학 지도의 편향성도 개선되어야 한다.

이제는 '어느 대학을 나왔느냐'가 중요한 것이 아니다. '무슨 일을 할 수 있느냐'가 더 중요한 시대이다. 4차 산업혁명 시대는 창의성이 더욱 중요해졌다. 산업 사회에서는 근로자를 화이트칼라와 블루칼라로 구분했으나 이제는 '창의적 계층'과 '비창의적 계층'으로 구분하는 창의적 경제 시대를 우리는 맞이하고 있다. 그런 점에서 앞으로 전문대학 안에서도 자신의 끼와 꿈에 맞는 직업을 얼마든지 찾을 수 있다는 사회적 인식이 보다 확산될 필요가 있다.

일반대학도 마찬가지다. 간판을 따러 가는 교육이 아니라 자기의 재능을 살릴 수 있는 교육이어야 한다. 공자는 인재시교(因材施教), 즉 사람의 소질과 성품을 고려하여 가르침이 달라야 한다는 맞춤형 교육을 강조한다. 성격이 소극적인 제자 염유에게는 "좋은 말을 들으면 곧바로 실천하라."라고 재촉했지만, 의욕이 넘치는 자로에게는 "부모 형제와 상의해서 행동하라."라고 신중론을 가르쳤다. 주입식 교육으로는 창의적인 인재를 기를 수 없다. 공자의 인재시교는 주입식 교육을 탈피하는 데 좋은 가르침이 된다.

미국 콜로라도주립대 도시공학과 버나드 아마데이 교수는 현재의 미국 공학 교육에 대하여 회의를 가진다고 밝혔다. 최고의 공학 교육과정을 운영하는 학교는 미국의 명문대가 아니라 르완다의 키갈리 과학기술대학교(KIT)라고 주장한다. 그는 이유를 이렇게 소개한다.

"모든 학생은 시골 마을에서 의무적으로 3개월을 지낸 후 학교로 돌아와 현장에서 경험한 문제의 해결 방안을 보고서로 제

출해야 한다. 이 과정은 2004년에 시작되었는데 4년 동안 매해 반복해야 졸업 자격이 주어지고, 학위를 받으려면 그 마을에서 자신이 어떠한 문제를 어떻게 해결했는지 구체적인 증거를 제시해야 한다."

나는 여기에 우리 교육의 내일을 여는 핵심적인 키워드가 담겨 있다고 본다. 바로 '일상의 문제 해결'이다. 한 마리의 물고기를 주는 교육이 아니라 고기 잡는 법을 가르치는 교육이 되어야 한다. 대한민국 교육이 희망이 되기 위해서는 현실과 만나야 한다. 사실에 바탕을 두어 진리를 탐구하는 실사구시의 태도와 실천을 겸비해야 한다.

Chapter **6**

언론의
집중 조명을
받다

총장도 영업부 대리처럼
뛰어야죠

"신문에서 봤어요."

"TV에서 봤어요."

"라디오에서 들었어요."

오랜만에 만나는 사람들이 건네는 인사다. 많은 지인이 언론을 통해서 내 움직임을 알고 있었다. 총장이 되고 나서 나는 서울의 중앙지와 인천, 경인 지역의 거의 모든 신문과 인터뷰를 했다고 해도 과언이 아니다.

서울의 종합지 『조선일보』, 『중앙일보』, 『동아일보』, 『문화일보』, 『국민일보』, 『한국일보』, 『경향신문』, 『서울신문』, 『한겨레신문』, 『세계일보』, 『연합뉴스』, 『뉴시스』, 『머니투데이』 등, 경제지인 『매일경제』, 『한국경제』, 『서울경제』, 『헤럴드경제』, 『아주경제』 등이 우호적으로 기사를 내보냈다. 인천과 경인 지역의 『경인일보』, 『인천일보』, 『기호일보』, 『경기일보』, 『중부일보』, 그리고 『한국대학신문』은 나와 학교의 동향을 상세히 보도해 주었다. TV와 라디오도 마찬가지다. 언론은 참 고마운 기능을 한다. 인천재능대학교를 전국에 홍보해 주고 있으니 얼마나 감사한 일인지 모른다.

대학 총장으로서 또는 한국전문대학교육협의회 회장으로서 인터뷰한 내용 중 인상적인 기사를 중심으로 정리하려고 한다. 또 올해 3월과 4월 『한국경제신문』에 매주 에세이를 쓰면서 교육에 관한 내용을 총정리할 수 있는 기회가 되었다. 그동안 언론에 보도된 주요 내용과 최근에 기고한 글을 중심으로 소개한다.

총장이 되고 나서 초창기에는 대학의 기반을 다지는 차원에서 화제가 되었다. 처음에는 적자를 흑자로 전환했다는 점에서 관심이 쏟아졌다. 「취임 6개월 만에 재정 흑자로」와 같은 제목으로 신문 기사가 많이 나왔다. 2007년 1월 8일 『한국일보』에 소개된 내용을 잠깐 살펴보자.

개교 후 처음 두 차례의 강도 높은 자체 감사를 실시한 데 이어 불필요하고 낭비적인 예산을 줄인 결과 6개월 만에 흑자로 전환하는 데 성공했다. 교수들과 직원들을 하루도 빠지지 않고 만나는 특유의 '스킨십' 행정으로 갈등 구조를 협력 구조로 돌려놓았다. 강의 환경을 바꾸는 일도 그의 몫이었다. 실험 실습 기자재 확보에 주력했고 강의 수준을 높이기 위해 교수 평가 지표를 만들었다. 최근 재능대학을 방문했던 교육부 관계자는 "대학 최고 책임자의 역량이 캠퍼스 운명을 좌우할 수 있다는 느낌을 받았다."라고 전했다.

2009년에는 대학 최초 등록금 동결이라는 기사가 화제가 되었다. 나는 경제가 어려워지면서 '경제 시름을 함께 나눠야 한다'는 취지로 대학 등록금을 동결하는 조치를 내렸다. 2009년 2월 24일 『한국경제신문』은 이렇게 소개했다.

재능대학은 지난해 11월 대학 최초로 2009학년도 등록금 동결을 선언해 학부모와 학생의 근심 덜기에 나섰다. 장학금은 오히려 전년보다 10% 증액하기로 결정. 재학생 2명 중 1명이 혜택을 보게 됐다. 이기우 총장은 "어려운 경제 여건 속에서도 자녀 교육에 헌신하는 학부모들과 경제적 어려움을 함께 나누고자 내린 결단"이라며 "그럼에도 학생들에 대한 교육 투자는 한 치도 소홀할 수 없기 때문에 장학금은 더 늘리기로 했다."라고 배경을 설명했다. 등록금 동결은 곧바로 신입생 모집의 높은 성과로 보답받았다. 이 대학의 수시 1차 모집은 높은 등록률을 보였고, 정시 모집 6.23대 1로 경인 지역 최고 상승률을 기록했다.

2011년 3월 2일 『머니투데이』에 소개된 「총장도 영업부 대리처럼 뛰어야죠」 기사는 많은 사람의 관심을 받았다.

이기우 재능대 총장(한국전문대학교육협의회 회장)은 자신을 영업부 대리로 비유했다. 스스로를 낮춰 적극적인 대외 활동에 나선 결과 그가 총장에 취임한 후 이 대학의 발전은 남다르다. 인기 학과의 취업률은 90%에 육박하고 2010학년도 입시에서는 인천·부천 지역 실질 지원율 1위를 기록했다. 재능대학은 1971년 3월 인천 동구 송림동에서 '대헌공업전문대학'으로 문을 연 후 1997년 교육 전문 기업 ㈜재능교육이 인수, 재능대학으로 교명을 바꿨다.

이 총장은 지난해 8월 한국전문대학교육협의회(전문대교협) 회장에 취임해 전문대 간 소통을 위해서도 분주하다. 지금까지 전문대는 각자 입장이 달라 통일된 목소리를 내기 힘든 구조였다. 그는 "회장 취임 후 전문대교협과 회원 대학 사이에 믿음과 신뢰가 형성된 점이 가장 큰 성과"라며 "임기 동안 경쟁력 없는 전문대학 구조조정 시 퇴출 경로를 마련 중"이라고 말했다. 아울러 "전문대학은 전문대학끼리, 4년제는 4년제끼리 경쟁하는 시대는 지났다."라며 "학령 인구 감소와 무한 경쟁 시대에 전문대와 일반대의 구별은 무의미하다."라고 역설했다. 이 총장은 이어 "요즘 총장은 소위 사장님처럼 앉아서 결재만 하고 있어서는 살아남기 힘들다."라며 "몸도 마음도 날렵한 영업부 대리 스타일로 스스로 직급을 낮춰야 생존할 수 있다."라고 말했다.

나의 조직 세포 길들이기

"총장님의 가장 큰 백은 무엇인가요?"

"일입니다."

내가 가는 곳마다 주목을 받은 이유는 일을 통해서이다. 일을 사랑하는 까닭에 일을 잘할 수 있다. 일중독과는 다르다. 나는 공자가 강조한 "지지자불여호지자(知之者不如好之者), 호지자불여락지자(好之者不如樂之者): 아는 사람은 좋아하는 사람만 못하고, 좋아하는 사람은 즐기는 사람만 못하다."라는 말을 참 좋아한다. 일을 좋아하고 즐기게 되면 일을 하면서 지치거나 힘이 들지 않는다. 2013년 1월 25일 『헤럴드경제』와의 인터뷰는 「일은 나의 가장 큰 백」이라는 제목으로 소개되었다.

'삼실'에 대해 구체적으로 설명해 달라.

오늘의 나를 있게 해 준 인생 덕목이 삼실이다. 진실, 성실, 절실을 말한다. 삼실 중 '진실'은 정직한 마음과 행동이 기본이다. 업무 처리나 타인과의 관계 등 모든 부문에서 다 정직해야 한다. 정직한 생각과 행동이 깃들어야 신뢰를 받을 수 있다. 사람이 정직하기만 해도 안 된다. 자칫 무능해 보일 수 있다. 최선을 다하고 자기 분야에서 최고가 되려는 자세가 필요하다.

'성실'이라는 것은 직급과 자리에 상관없이 최대한의 정보와 지식으로 조직을 위해 업무를 정직하게 처리하는 것이다. 그러나 해내기 힘든 일은 그냥 성실하고 정직하다고 이뤄지는 게 아니다. 업무 시 상대방이 절절하게 느낄 수 있도록 가슴을 울려야 한다. '절실'한 마음이 있어야 한다. 보통 업무 수행을 위해 상대방을 방문할 때 세 번 정도에서 그치는 경우가 많다. 다섯 번이고 여섯 번이고 안 되면 열 번까지 상대방을 찾아라. "열 번 찍어 안 넘어가는 나무가 없다."라는 것은 괜한 말이 아니다.

공무원이 될 후배들에게 공직자로서 가져야 하는 자질이 있다면 충고해 달라.

지금 이 순간을 어떻게 사용하느냐에 따라 결과는 판이하다. 그래서 일을 항상 가장 큰 '백'으로 삼아야 한다. 오직 일로 승부해야 한다. 소관 업무에 대해 적어도 직속상관보다 많은 정보와 지식을 갖고 있어야 한다. 적자생존법이란 말이 있다. '적는 자만이 살아남을 수 있다'는 뜻이다. 메모하는 습관을 가져라. 아이디어나 해야 할 일을 나중에 기록하면 과거가 된다. 현재 어떤 것이 떠오를 때 그것을 메모하면 그것은 현재의 것이 된다. 현재의 것이 풍부해지면 일거리가 많아지고 재미도 붙는다.

일을 좋아하고 즐기기 위해서는 건강이 뒷받침되어야 한다.

내가 건강이 좋지 않았다면 어떻게 되었을까. 일을 잘하기 어려웠을 것이다. 내 몸이 천근만근 무거우면 일이나 다른 사람을 배려할 마음이 생기지 않는 법이다. 많은 사람이 나에게 젊고 건강해 보인다면서 건강의 비결을 물어보고는 한다. 나는 내 건강 관리에 대해 최근『한국경제신문』에「나의 조직 세포 길들이기」라는 제목으로 소개했다.

기분 좋은 인사는 건강에 관한 덕담이 아닐까? 최근 결혼식장에서 20여 년 만에 후배를 만났다.

"그대로시네요. 어떻게 하나도 안 변하셨어요!"

그의 인사에 나는 대답했다.

"그래, 그렇게 보이나. 겉만 그렇지 속은 다 썩었어."

그러고는 그동안의 공백을 지우며 같이 웃었다. 으레 하는 인사겠지만 기분은 좋았다.

100세 시대를 살면서 건강만큼 중요한 것은 없다. 조지 W 부시 대통령(43대)이 아버지 조지 부시 대통령(41대)의 장례식에서 한 추도사처럼 '최대한 늦게, 젊게 죽기'가 관건이다. 그러려면 먼저 몸에 충성해야 한다.

예전에 어느 선배가 건강에 관해 했던 말이 있다. 나이가 들면 꼭 지켜야 할 법칙 세 가지가 있단다. 첫째는 '넘어지지 말라'다. 넘어지면 목숨을 잃을 수도 있고, 최소 골절이 기본이다. 또 나이 때문에 회복 시간도 매우 길어 주변에 끼치는 불편이 너무나 크다. 둘째는 '감기 들지 말라'다. 앓는 과정에서 건강이 더 나빠지고 면역력도 약해져 합병증까지 유발하기 때문이다. 셋째는 '옛날 생각 하지 말라'다. 팔팔했던 시절만 생각하고 몸을 함부로 쓰면 반드시 탈이 나게 마련이라는 것이다.

나도 건강을 지키는 나만의 법칙을 꾸준히 실천하고 있다. 바로 '나의 조직 세포 길들이기'이다. 내 몸을 구성하고 있는 세포를 내 편으로 만들어 언제나 최상의 상태로 몸을 유지하는 것이다. 조직 세포를 길들이는 첫 번째 방법은 '잘 먹어 주기'이다. 지금 먹는 이 음식이 세상에서 제일 좋은 음식이라 생각하고 잘 씹어 먹는다. 라면을 먹을 때도 마찬가지다. 먹을 때마다 항상 입에 달고 다니는 말이 있다. "아, 잘 먹었다!", "정말, 맛있다!" 그러면 세포들이 알아듣고 소화를 돕는다. "음식을 충분히 소화해 내는 사람에겐 불치병이 없다."라는 인도 속담은 괜한 말이 아니다.

두 번째는 '적절히 운동해 주기'이다. 우유를 마시는 사람보다 우유를 배달하는 사람이 더 건강한 법이다. 조직 세포들이 제일 좋아하는 것이 바로 운동이다. 운동은 남들이 좋다고 해서 내게도 유익하리라는 법은 없다. 모두에게 건강 비법으로 통하는 표준화되고 정형화된 운동이란 없다. 하루에 30분 이상 내게 맞는 운동을 실천하는 것이 중요하다.

그런데 잘 먹어 주는 것은 잘 실천할 수 있지만, 바쁘게 지내다 보면 운동은 하루 이틀 못하는 경우가 있다. 이럴 때 세포들이 아우성친다. 그 소리에 귀 기울여야 한다. 자칫하면 120세를 사는 수도 있다. "병은 말을 타고 들어와서 거북이를 타고 나간다."라는 말을 경계 삼아야 한다. 이제는 자기 몸에 맞는 '건강 지키기'를 실천할 때다.

일인일기(一人一技)의
당당한 세상

'명품 대학', '명품 인재', '쓸모 있는 인재', 내가 기회 있을 때마다 강조한 말이다. 기업에게 필요한 인재를 공급하는 것은 대학의 책임이다. 나는 2014년 1월 14일 『동아일보』와 「명품 인재 양성하는 교육 환경에 우선적으로 투자」라는 제목으로 인터뷰를 가졌다.

인천재능대는 지도 교수와의 '일대일 멘토링'을 1학점 필수 교과목으로 지정했다. 지도 교수는 해당 학생과 한 학기 동안 심층 면담을 통해 어떤 분야에 진출하고 무엇을 하고 싶은지를 파악한 뒤, 해당 분야의 멘토를 연결해 주거나 꿈을 이루는 데 필요한 자기 계발 기회를 제공한다.

예를 들어 해외 유명 호텔에 진출하고 싶은데 부족한 영어 실력이 걸림돌이라면 비슷한 고민을 하는 학생들을 모아 무료 영어 특강을 진행한다. 학생들 개개인의 필요에 따라 맞춤형 취업 지원 프로그램을 제공하는 것. 이 외에도 전공 실무 최고경영자(CEO) 특강, 취업 의지가 부족한 학생들이 자존감을 회복하고 취업에 대한 동기 부여를 받는 힐링 캠프, 취업 콘테스트 등 다양한 취업 프로그램을 운영한다.

명품 인재에 대한 내 생각은 변함이 없다. 『조선일보』와 2018년 3월 12일에 「급변하는 사회 직업 역량 중요 … 전문대, 인재 키우는 인큐베이터 역할」을 제목으로 인터뷰를 진행했다.

"앞으로의 사회는 우리가 예측할 수 없을 만큼 변할 것입니다. 현존하는 직업 대다수가 사라지고, 새로운 직업이 수없이 탄생할 거예요. 4차 산업혁명에 따라 인공지능이나 로봇과 경쟁해야 할 수도 있죠. 이런 변화에도 흔들리지 않고 살아남기 위해서는 전 생애에 걸쳐 자신만의 능력을 키워야 합니다. 이제는 단순한 스펙이 아니라 어떤 일을 자신이 얼마나 잘할 수 있느냐로 평가받는 시대가 올 겁니다. 저는 이러한 직업 역량을 키우는 데 그 어떤 교육 기관보다 전문대학이 가장 적합하다고 확신합니다."

이기우 인천재능대학교 총장은 "부모가 변화하는 사회를 내다보지 못하고 과거의 패러다임에 사로잡혀 자녀에게 입시와 직업에 대해 강요하는 것은 문제"라며 "아이들이 학벌보다는 자신의 능력을 키울 수 있는 전공을 선택할 수 있도록 도와야 한다."라고 강조했다.

명품 인재에 대한 생각을 종합하여 올해 4월 나는 『한국경제신문』에 「일인일기의 당당한 세상」이란 제목으로 글을 썼다.

'매력(魅力)'이란 사람의 마음을 끌어당기는 묘한 힘을 말한다. 매력의 대상은 사람이 될 수도, 사물이 될 수도 있다. 어떤 체제나 제도가 될 수도 있다. 오늘은 매력적인 직업교육에 대해 한번 이야기하고자 한다.

교육에도 매력적인 교육 내용과 교육 기관이 있다. 많은 사람은 이른 바 '사(士)' 자 직업을 준비할 수 있고, '명문'이라는 수식어가 붙은 학교에 매력을 느낀다. 특히 산업화와 고도성장을 관통하던 지난 시대에는 명문 대학에 대한 열망이 용광로처럼 뜨거웠다.

이제는 그 시대를 지나 부모가 된 기성세대와 그들의 자녀가 갖고 있는 교육과 직업에 대한 관점이 조금씩 달라지고 있다. 명문 대학에 들어가는 것 말고도 성공하는 길이 있고 행복한 삶을 살아갈 수 있다는 사실을 깨닫게 된 것이다. 실제 우리 주변을 둘러보면 자신이 좋아하는 일을 배워 '잡(job) 프런티어'로 살아가는 전문 직업인이 많다. 성공과 행복에 이르는 경로가 매우 다양해졌고 거기엔 환경과 가치의 변화도 한몫했다. 직업교육의 매력을 찾는 발길이 점차 늘고 있는 이유다.

확실히 시대가 달라지고 있다. 유명 셰프가 가르치는 전문대학에서 자신의 꿈을 키운 뒤 스타 셰프인 고든 램지가 운영하는 영국 런던의 레스토랑에 취업한 청년, 일본 정보기술(IT) 기업 취업을 목표로 전문 교육과정을 이수하고 기업 7곳에 동시에 합격해 일본 최대 전자상거래 업체인 라쿠텐에 입사한 전문 직업인이 주목을 끌고 있다. 세계 최대 승강기 업체인 오티스(OTIS) 싱가포르 법인의 첫 번째 여성 기술자가 된 청년도 있다.

그들은 누구와도 비교할 수 없다. 전인미답(前人未踏)의 길을 걸어가고 있기 때문이다. 기성의 주류와 다른 방법으로 자신만의 행복한 성공을 당당하게 일궈 가고 있는 것이다. 그들의 공통점은 전문대학을 나침반 삼았다는 것이다. 전문가를 만드는 힘을 가진 전문대학 직업교육 혁신의 산물이다.

올해 대한민국의 실업 문제를 들여다보면 편향되고 경직된 교육 제도가 똬리를 단단하게 틀고 있다. 공부가 아닌 다른 것으로 성공할 수 있는 기회가 주어지지 않고 있다. 이제 학생들이 다양한 선택권을 갖고 자신의 흥미와 적성에 따라 눈치 보지 않고 직업교육을 선택하기 바란다. 매력적인 직업교육을 통해 행복과 성공을 동시에 만족시키는 일이 일상이 되고, 청춘들을 능력 중심 세대로 키워 낼 수 있는 교육 제도를 기대해 본다. 이것이 바로 현 기성세대와 정부가 Z세대(Generation Z)에게 만들어 줘야 할 일인일기(一人一技)의 당당한 세상이다.

4차 산업혁명 시대,
생각 키우는 교육 해야

대학은 어떤 인재를 키워야 할까. 4차 산업혁명 시대에 적응할 수 있는 인재, 즉 생각을 키우는 교육을 해야 한다. 『매일경제』는 2017년 10월 31일 「4차 산업혁명 시대, 생각 키우는 교육 해야」라는 제목으로 4년제 졸업생의 전문대 유턴 현상과 학벌이 아니라 능력 중심의 인재 육성에 대해 소개했다.

한국전문대학교육협의회가 경기도교육청과 함께 다음 달 2일부터 4일까지 경기도 일산 킨텍스에서 진로직업체험박람회를 연다. 2010년에 이어 지난해부터 다시 한국전문대학교육협의회를 이끄는 이기우 회장(인천재능대학교 총장·전 교육부 차관)은 "학력중심사회에서 능력중심사회로 변하고 있는 이 시대에 올바른 직업교육을 통해서 학생들에게 꿈과 끼를 찾아 주는 기회를 마련해 주고 싶다."라며 행사 취지를 강조했다.

평생교육의 시대가 실제로 눈앞에 펼쳐진 지금 그는 사람들을 만날 때마다 '필요하면 더 배우면 된다'는 메시지를 전파하고 다닌다.

"4차 산업혁명은 곧 일자리 혁명입니다. 이는 사회 전반의 급격한 변화를 예고하고 있죠. 결국 새 일자리에 대비한 교육의 설계가 중요합니다. 4차 산업혁명의 시발점이 교육 혁신이라면 그 종착점은 바로 일자리라고 볼 수 있죠. 새로운 교육은 정답을 찾는 교육의 틀을 깨고 생각을 키우면서 능동적으로 협업할 수 있는 인력을 양성하는 데 목표를 두어야 합니다. 동시에 고등교육기관은 이론과 연구를 위해서만이 아니라 현장을 기반으로 하는 탄력적인 교육과정을 운영해야 합니다."

이 회장은 4년제 대학을 졸업하고 취업을 위해 다시 전문대학으로 '유턴 입학'을 하는 현상이 급격하게 늘어나는 점을 안타까워했다. 올해 국정감사 자료에서도 나왔듯이, 최근 3년 새 유턴 입학 지원자는 49%, 실제 등록생은 13% 늘어난 상황이다. 그는 이에 대해 전문대학이 전문 직업인을 양성해 높은 취업률을 보장한다는 점에서는 고무적이지만, 가계 경제와 사회가 불필요한 비용을 많이 지불한다는 측면에서는 절대 바람직하지 않다고 진단했다.

요즘 취업이 어려워지면서 일반대학을 졸업하고 다시 전문대학에 들어오는 유턴족이 늘어나고 있다. 학교 교육과 현장 교육의 괴리를 나타내는 단적인 현상이다. 나는 이에 대해 얼마 전 『한국경제신문』에 「전문대 유턴족에게 직진 도로를」이란 글을 통해 안타까운 마음과 해법을 다음과 같이 제시했다.

일반대를 졸업하고 다시 전문대에 입학 원서를 낸 인원이 지난해 9,200여 명에 달했다. 이 중 전문대에 입학한 경우는 1,537명에 이르렀다. 이 수치가 해마다 크게 증가하는 것을 보면 단순히 개인 차원을 넘어선 사회 현상으로 봐야 하지 않을까.

그들에게 유턴한 이유를 물었다. 대답은 단순하지만 명확했다. 잠재된 소질과 적성으로 전문적인 일자리를 갖기 위해서였다. 결론은 '취업'이다. 어려운 고용 환경에서 전문대 졸업생 취업률은 70%를 넘는다. 일반대와의 취업률 격차가 지속적으로 벌어지고 있다. 이제는 굳이 통계 수치를 빌리지 않아도 '전문대' 하면 '취업'을 당연하게 떠올리게 되는 등식으로 자리 잡았다.

실리를 추구하는 청년 세대는 능력과 실력으로 기성세대가 쌓은 학력주의 옹벽을 넘어서기 위한 도전을 당차게 시도한다. 그 도전 중 하나가 전문대로의 유턴이다. 유턴족은 학벌을 좇아 취득한 일반대 졸업장을 버리고 전문대에서 길을 다시 찾는 것을 '다운그레이드'라 여기지 않는다. 자신의 꿈과 미래를 위해 '업그레이드'한다고 생각한다.

그렇다고 유턴 현상을 긍정적인 신호로만 봐야 할까? 2015년 국회 자료(유기홍 의원)에 따르면 전문대로 유턴한 입학생들의 졸업 비용은 3,857억 원에 달하는 것으로 분석됐다. 일반대 4년, 전문대 2~4년 동안 학비와 생활비로 가계에서 부담한 금액만이다. 엄청난 비용이다. 뒤늦게 진로를 변경하기 위해 짊어져야 할 고통치고는 너무 가혹하다.

이런 비용 낭비와 고통은 학벌·학력주의를 쌓아 올린 기성세대와 직업교육을 도외시한 국가의 책임이다. 이제라도 중등학교에서는 직업교육에 대한 올바른 가치관을 형성할 수 있도록 진로 지도를 강화하고, 국가는 전문 인력을 양성하는 직업교육 시스템을 일반 교육과 동등한 수준으로 격상해야 한다.

4차 산업혁명의 새로운 흐름 속에서 국가 경쟁력의 활로를 직업교육의 혁신과 확대에서 찾고 있는 경쟁국들의 움직임을 눈여겨봐야 한다. 우리 사회도 직업교육에 대한 편견을 거두고 미래 지향적인 시각으로 다시 바라봐야 한다. 학력으로 차별하지 않고 능력으로 입사와 임금, 승진 등을 결정하는 고용 문화를 정착시켜야 한다.

유턴으로 우회하기에는 실업으로 신음하는 청춘들이 너무 안타깝다.

꿈과 소질을 찾아 진로와 미래를 설계할 수 있는 넓고 곧은 길을 내줘야 한다. 젊은 세대들이 갈팡질팡하지 않고 직업교육으로 직진할 수 있는 고속도로를 건설해 주는 것이 기성세대의 역할이다. 더 늦기 전에 우리 스스로 업보를 덜 수 있는 방법을 찾아야 한다. 유턴족은 우리에게 외친다.

"문제는 취업이야!"

안녕하세요! 인사가 만사다

　명품 인재는 '글로벌 능력과 인성을 갖춘 직업인'을 말한다. 졸업생들의 사회적 위상과 경쟁력을 강화하려면 직무 수행 능력은 물론 직업인으로서의 품성과 도덕적 자질을 갖추고 있어야 한다. 이를 위해 나는 인성교육을 강조해 왔다. 우리 학교를 방문하는 사람들이 한결같이 놀라는 게 바로 학생들의 인사이다.

　"대학교를 방문해서 모르는 학생에게 인사를 받아 본 것은 처음입니다."

　"학생들이 어쩌면 그렇게 인사를 잘해요?"

　실제로 기업인들은 인성이 좋은 인재를 우선적으로 채용하겠다고 밝히기도 한다. 인성은 그만큼 중요하다. 나는 올해 2월 11일 『국민일보』와 인터뷰를 하면서 인성교육의 중요성을 이렇게 설명했다.

학생들에게 강조하는 부분은 '인성'이다. '금연하기', '인사 잘하기' 등의 기초 질서 지키기 캠페인을 전개할 수 있도록 지원하고 있다. 2009년부터 매년 진행해 온 '금연 장학금 수여식 및 평생 금연 선언식'을 통해 우리 대학은 쾌적한 면학 분위기 조성과 함께 학생들이 건강한 몸과 마음으로 대학 생활을 누릴 수 있도록 지원하고 있다. '인사 잘하기' 역시 인성교육 차원에서 강조하는 부분이다. 타 대학 및 기관에서 우리 대학을 방문해 가장 놀라워하는 부분 중 하나가 바로 학생들과 교직원들의 인사하는 문화다. 대학 구성원 간의 인사뿐만 아니라 모르는 사람에게도 인사하는 분위기가 잘 조성돼 총장으로서 가장 자랑스럽게 여기는 부분이기도 하다.

교직원들에게는 매 순간, 모든 사람에게 최선을 다할 것을 강조하고 있다. "어느 구름에서 비가 내릴지 모른다."라는 말이 있다. 때로는 금방이라도 비를 적셔 줄 것 같은 먹구름에서 비가 내리지 않고 저 멀리 희미하게 보이던 하얀 구름에서 비가 내리는 것처럼 일의 결과는 미리 짐작할 수 있는 것이 아님을 뜻한다. 사람 일도 마찬가지다. 어느 사람과 어느 시간, 어느 장소에서 인연이 될지 모르기에 매 순간 정성을 다해야 한다. 교직원 한 명 한 명이 스스로 대학을 대표하는 일원임을 잊지 말고 매 순간 모든 일에 최선의 노력을 다하기를 당부하고 있다.

나는 인성교육의 연장선상에서 올해 4월 『한국경제신문』에 「안녕하세요!」라는 제목으로 달라진 대학의 입학식 광경과 함께 인사의 중요성을 밝혔다.

새내기들의 입학을 환영하는 입학식을 한 지도 한 달이 지났다. 추위가 한풀 꺾인 캠퍼스에는 연둣빛 젊음이 흠씬 묻어난다. 매년 반복되는 일이지만 봄을 맞는 교정을 볼 때마다 늘 처음처럼 새롭고, 설레며, 긴장된다.

"지금까지 이런 신입생은 없었다."

"어서 와. 간호학과는 처음이지?"

교정에 걸린 선배들의 격려 플래카드가 정겹다. 필자는 입학식 축사에서 "맨발로 걷기만 해도 멋진 청춘이니, 실패하더라도 포기하지 말고 도전하는 청춘이 돼라. 하루하루 최선을 다하면 행복한 인생이 될 수 있을 것"이라고 당부했다. 새내기들이 경쟁과 성공이란 말보다 행복에 더 큰 가치를 두고 살아가기를 바라는 마음이다.

대학들은 해마다 어떤 인상으로 신입생과 만날까를 고민한다. 솔로몬 아시의 '초두 효과' 때문이다. 4초 만에 결정된다는 첫인상을 염두에 두고 올해는 토크쇼 형식의 오리엔테이션과 찾아가는 희망 간담회를 개최해 보았다. "개그콘서트에 온 것 같아요.", "마! 이게 바로 인천재능대 클라스 아이가."가 실시간으로 트윗되었다. 반응이 뜨거웠다. 요즈음 세대를 Z세대라고 한다. 태생적으로 디지털 문화에 익숙한 세대지만, 온라인보다 직접적인 경험을 더 선호한다는 견해도 있다. 그 어떤 정체성을 지닌 세대라도 시대를 관통하는 키워드는 있게 마련이다. 문제는 진정성이고 소통 방식이다.

교수들도 해마다 학생들이 어떻게 하면 만족스러운 대학 생활을 할수 있을지를 모색한다. 입시 위주의 이기기 위한 경쟁 교육에 더 익숙한 학생들이다. 이들을 남을 먼저 배려하고 원활하게 소통하는 사람으로 변화시키기 위해 고민한다. 실제 입학 혹은 졸업 이후 학생들이 '사람이 되었더라'는 평가를 받을 때가 제일 기분이 좋다. 인성과 태도가 잘 빚어졌다는, 기본이 탄탄하다는 칭찬이기 때문이다.

평범하지만 상당한 위력을 발휘하는 소통 방식이 있다. '먼저 인사하기'다. 인사의 의미는 타인에게 좋은 기운을 줘 최상의 상태가 되도록 해주는 데 있다. 먼저 호감을 표시함으로써 공감할 수 있는 영역을 확장하는 것이다. 호감은 더 큰 호감으로 돌아온다. 그래서 인사는 공경의 뜻을 표출하는 것이지만, 자신을 높이는 방법이기도 하다. 인사는 화수분이다. 인사를 잘하는 것만으로도 두둑한 현금 카드를 지니고 있는 것과 같다. 인사는 결국 나를 위한 것이다.

익숙하든 낯설든 그 누구를 보더라도 반갑게 인사부터 하자. '된 사람'의 시작을 만드는 일이다. 인사(人事)가 만사(萬事)이자 만사형통(萬事亨通)의 핵심이다. 인사는 진정성을 실어 나르는 급행열차다. 새내기들로 즐거운 소란이 한창인 캠퍼스, 웃으며 따뜻한 봄을 맞으련다.

"안녕하세요!"

학벌중심사회에서
능력중심사회로 바뀌어야

평균 수명 100세 시대가 점점 가시화되고 있다. 이제 하나의 기능을 가지고 평생 살아가는 시대는 지났다. 평생 학습을 하면서 사회의 변화에 적응할 수 있는 직업 능력을 키우지 않으면 안 된다. 학벌 중심 사고로는 4차 산업혁명 시대를 살아갈 수 없다. 나는 인재 양성에 대해 『중앙일보』와 2017년 4월 26일에 「직업교육에 강한 전문대학이 학벌중심사회 아닌 능력중심사회 이끌 것」이라는 제목으로 인터뷰를 했다.

이날 토론회에서 이기우 한국전문대학교육협의회 회장을 만나 고등직업교육에 대한 자세한 이야기를 들어 봤다. 이 회장은 "빠르게 변화하는 세상에 대처하기 위해서는 우리 사회도 이제 학벌중심사회에서 능력중심사회로 바뀌어야 한다."라면서 "그 중심에는 직업교육에 특화되어 있는 전문대학이 있다."라고 강조했다.

전문대학을 '직업교육대학'으로 전환하자고 제안했다.

그 제안의 핵심은 일반대학과 전문대학을 직렬 구조의 상하 관계로 볼 게 아니라 연구 중심의 일반대학과 직업 중심의 전문대학으로 구분하자는 것이다. 지속 가능한 직업교육 체제를 구축하기 위해 전문대학 중심으로 고등직업교육 기관의 성격을 명확히 해야 하고 거기에 맞는 교육 패러다임도 새롭게 마련해야 한다. 그런 차원에서 전문대학을 직업교육대학으로 전환하는 것이 대한민국 교육계에 필요한 시기이다. 교육 체제에 다양성과 탄력성을 부여해야 한다.

전문대학에 있어 평생직업교육이란?

전문 직업인 양성에 적합한 인적·물적 기반을 갖추고 있다. 다양한 분야의 '실전 기량'을 익히게 해 줄 인프라와 네트워크도 구축하고 있다. 전문대학은 단기 실용 교육 프로그램 운영에 대한 풍부한 경험을 바탕으로 산업체와 학습자의 요구를 수렴한 평생교육 프로그램을 개발·운영할 수 있는 최적의 조건을 갖추고 있다.

나는 기회 있을 때마다 학벌이 아니라 능력이 중심인 사회를 강조한다. 최근 『한국경제신문』에 「평생직업교육, 전문대학이 답이다」라는 제목으로 글을 올렸다.

요즘 교정에서 마주치는 학생들의 구성이 예전과 다름을 느낀다. 한눈에 봐도 다소 나이가 많아 보이는 성인 학습자들이 늘고 있다. 전문대학 성인 학습자 증가 현상은 통계에서도 확인할 수 있다. 신입생 중 26세 이상 성인 학생이 차지하는 비율이 2016년 8.5%에서 2018년 9.5%까지 높아졌다. 전문대학에 입학하는 10명 중 1명은 성인 학습자라고 할 수 있다. 일반대학의 성인 입학자 비중이 1% 수준임을 고려할 때, 전문대학의 성인 입학자 비중이 10배 가까이 높은 셈이다.

우리 사회의 뿌리 깊은 학벌주의에도 불구하고 성인 학습자들이 전문대학을 선호하는 이유는 무엇일까? 일자리와 자신의 또 다른 적성 찾기에서 답을 찾을 수 있다. 이들은 대학의 명성보다 취업 가능성과 새로운 삶의 설계를 위해 전문대학을 선택하고 있다. 세상 물정 잘 아는 성인 학습자들이 고등직업교육 기관인 전문대학의 진면목을 제대로 보고 있는 것이다.

대학들은 내년부터 입학 정원이 고교 졸업자보다 더 많은 초유의 상황을 맞게 된다. 이론과 학문을 추구하는 일반대학이든, 직업교육을 지향하는 전문대학이든 생존 경쟁력을 키우기 위해 구조조정과 혁신을 외치고 있다. 전문대학의 고민은 더욱 깊다. 직업교육에 대한 편견이 여전하고 오랜 기간 잘 키워 놓은 보건·뷰티 등 직업교육 분야 학과를 일반대학이 모방하는 사례도 늘어나고 있기 때문이다. 전문대학 성장의 답은 어디에서 찾아야 할까?

인공지능, 로봇 등 4차 산업혁명의 흐름 속에서 일자리와 산업 구조가 변화하고 있다. 기존 직업이 사라지고 새로운 직업이 생겨난다. 직업의 수명도 짧아지고 있다. 평균 기대수명도 늘어 100세 시대가 되고 있다. 이는 새로운 일자리 환경에 적응하고 인생 2·3모작을 준비해야 하는 평생 직업 능력 개발이 필요한 시대가 오고 있음을 보여 준다.

대학이 저출산·고령화, 4차 산업혁명 같은 변화에 능동적으로 대응하기 위해서는 시대의 변화와 요구를 제대로 담아내야 한다. 이에 전문대학은 평생직업교육대학으로서 교육 대상과 영역을 확장해 생애 주기별 직업교육을 책임지고자 한다. 평생직업교육대학이라는 새로운 프레임으로 평생교육과 직업교육을 수용해 일반대학과 다른 교육 영역을 개척하는 것이다. 이는 일반대학과의 역할 분담론이며 전문대학의 정체성을 명확히 하는 길이기도 하다.

전문대학의 이런 변화는 학습자들에게 급격한 변화에 대한 수용성과 탄력성 그리고 평생 고용을 유지하는 능력을 키워 준다. 국가적으로는 고용률 향상과 구조화된 저성장에 활력을 불어넣는 상생의 길이 될 것이다.

대통령의 전문대 졸업식 참석

한국전문대학교육협의회 회장인 나는 우리 대학뿐만 아니라 다른 대학의 행사에도 관심을 갖고 있다. 문재인 대통령이 올해 2월 21일 유한대학교 졸업식에 참석할 때도 마찬가지였다. 대통령은 독립운동가이자 기업가였던 유일한 박사가 설립한 대학에 찾아가 졸업생들에게 축사를 통해 격려해 주었다. 대통령이 전문대 졸업식에 참석한 것은 큰 뉴스가 되었다.

대통령의 전문대 졸업식 참석은 나에게 더욱 의미 있게 다가왔다. 대통령께서 전문대학교를 그만큼 관심 갖고 평가하고 있으니 전문대가 현재의 위기 상황을 냉철하게 분석하면서 적극적으로 대응할 필요가 있다고 느꼈다.

이명박 대통령 시절 이주호 교육부 장관이 인천재능대 2011년

입학식에 참석하여 학생들에게 "인천재능대학교에서 여러분이 꿈꾸는 것, 여러분이 이루고자 하는 것, 그리고 여러분이 가고자 하는 인생의 길을 잘 개척하시기를 바라며 여러분의 학창 생활이 보람차고 행복하기를 기원하겠습니다."라고 격려한 적이 있다. 그때에도 '장관의 전문대학 입학식 참석'은 큰 화제가 되었다. 학생들도 장관의 참석에 대해 자긍심을 가졌던 기억이 새롭다. 대통령이나 장관이 전문대학에 찾아와 전문대의 의견을 듣고 소중히 여기는 풍토가 조성되기를 간절히 바라고 있다. 나는 지난 3월 『한국경제신문』에 「대통령의 전문대 졸업식 참석」이라는 제목으로 글을 썼다.

최근 문재인 대통령이 전문대 졸업식에 참석했다. 역대 대통령으로는 두 번째다. 2001년 2월 21일 당시 김대중 대통령이 충청대 졸업식에 참석한 이후 18년 만이다.

전문대는 학령 인구 급감과 10년 넘게 이어진 등록금 동결·인하로 어려운 상황에 처해 있다. 문 대통령이 강조한 4차 산업혁명을 능동적으로 맞이할 '새롭게 융합하는 창의적 사고'를 가진 인재를 양성하기 위한 과제가 만만치 않다. 이 와중에 전문대는 차별과 소외의 냉혹한 한대(寒帶)에 갇혀 있다.

2017년 전문대 취업률은 69.8%로 4년제 일반대(62.6%)보다 7.2%포인트 높다. 일반대를 졸업하면 취업을 더 잘할 것이라는 기존 인식을 뒤엎는 결과다. 전문대와 일반대의 취업률 격차는 2013년 3.1%포인트에서 2016년 6.3%포인트로 해가 갈수록 벌어지고 있다.

일반대를 졸업하고 다시 전문대에 입학하는 사람도 많아졌다. 일반대를 졸업한 전문대 지원자는 2017년 7,412명에서 지난해 9,202명으로 크게 늘었다. 올해 입시에서는 1만 명을 훌쩍 넘길 것으로 예상한다. 전문대는 성적으로 대학을 가는 기존 사회적 인식과 교육 체제에 도전해 분명히 다른 질서를 형성해 나가고 있다. 그런데 날이 갈수록 전문대 교육현장은 오히려 피폐해지고 있다. 이런 상황에서 문 대통령의 방문이 갖는 의미는 크다.

문 대통령의 축사도 화제다. 윈스턴 처칠은 옥스퍼드대 졸업식 축사에서 "포기하지 마라, 포기하지 마라, 포기하지 마라!(Never give up!)"라고 강조했다. 스티브 잡스는 스탠퍼드대 졸업식 축사에서 "늘 갈망하고, 우직하게 나아가라!(Stay hungry, Stay foolish!)"라고 했다. 문 대통령 축사는 불투명한 미래에 대한 불안과 선택의 기로에서 갈팡질팡하는 젊은 세대들에게 용기를 줬다.

"도전하고 실패하며 다시 일어서는 것에 두려움을 가져서는 안 됩니다."

"변화에 대한 능동적 대처만이 변화를 이겨 내는 길입니다."

"삶의 만족은 다른 사람의 시각에 있는 것이 아니라 자신이 좋아하는 일에 있다는 사실을 잊지 말기를 바랍니다."

문 대통령이 특히 강조한 것은 '기존 틀에 갇히지 않는 도전 정신'과 '평등한 기회 속의 공정한 경쟁과 노력'이다. 우리 사회는 학벌중심사회에서 능력중심사회로 전환되고 있다. 이런 시점에 전문대 졸업식에서 공평한 기회 속 정당한 경쟁과 끝없는 도전을 주문한 대통령의 메시지는 다층적인 의미를 지닌다. 청년 세대들이 일반대·서울·국공립 중심의 기존 서열화된 대학 질서에서 차별받지 않도록 하겠다는 것이다. 그들이 마음껏 도전하며 자신의 꿈을 자유롭게 펼칠 수 있게 하겠다는 의지의 천명이라고 해석해도 되지 않을까.

국가교육위원회,
교육 대전환 기회다

"부실 대학교 100곳은 문 닫아야."

2011년 6월 22일 『서울경제신문』과의 인터뷰에서 한 말이다. 그 당시 나는 한국전문대학교육협의회 회장을 맡고 있었기 때문에 정부가 거시적인 안목에서 대안을 마련해야 한다는 취지를 살려 제안을 했다. 그때 인터뷰 내용을 살펴보자.

"국내 대학 348개 가운데 교육 환경이 열악한 부실 대학 100곳은 퇴출돼야 합니다. 그러기 위해서는 확실한 퇴출 구조가 마련돼야 합니다."

이기우 한국전문대학교육협의회 회장(재능대 총장)은 『서울경제신문』과의 인터뷰에서 "부실 대학에 대한 정부 주도의 구조조정은 잘되지도 않을뿐더러 부작용이 많다."라면서 "사학 법인을 해산할 때 설립자에게 대학 재산의 일부분을 가져가도록 하는 등 퇴출 경로를 마련해야 자연스러운 구조조정이 이뤄질 것"이라고 말했다.

국내 대학은 일반대학 202개, 전문대학 146개 등 총 348개다. 이 회장은 이 가운데 적어도 100곳은 정리돼야 정상적인 고등교육이 가능하다고 본다.

이 회장은 "학교 법인을 해산할 때 실익이 없으면 어떤 설립자들이 손을 떼려 하겠느냐."라고 하면서 "지방 공기업이 폐쇄된 대학의 땅과 시설을 재개발해 거둬들인 수익의 일부를 설립자에게 주면 정부 예산을 들이지 않고도 구조조정의 효과를 볼 수 있다."라고 설명했다.

최근 취업난으로 인해 일반대에 비해 취업률이 높은 전문대에 대한 학생·학부모의 선호도가 높아지고 있지만 전문대 역시 위기의식이 높다. 학령 인구가 계속 줄면서 정원을 채우지 못하는 전문대가 적지 않다. 부실 대학으로 평가돼 학자금 대출 제한을 받는 대학 중 전문대가 절반이다.

이 회장은 "위기는 곧 기회"라며 "일반대에 비해 덩치가 작은 전문대는 변화에 더 빨리 적응할 수 있다."라고 강조했다. 그는 "전문대가 살아남기 위해서는 고등직업교육의 기반을 더욱 튼튼하게 하고 현장 밀착형 실무 중심 교육을 강화해야 한다."라고 하면서 "지역 기반의 특화된 학과를 운영하고 현장 맞춤형 교육을 더 늘려야 한다."라고 말했다.

그로부터 8년이 지난 올해 나는 다시 한국전문대학교육협의회 회장으로서 국가의 백년대계인 교육의 중요성을 더욱 절실히 깨닫고 있다. 교육이야말로 미래의 희망을 짊어지는 분야가 아닌가. 교육은 산업이라고 할 수 있다. 나는 국가교육위원회 위원으로 국가 전체의 관점에서 교육 문제를 고민하고 있다. 이 역할을 하는 곳이 바로 국가교육위원회이다. 올해 3월 나는 『한국경제신문』에 직접 대한민국의 전체 교육에 대한 입장을 「국가교육위, 교육 대전환 기회다」라는 제목으로 글을 올렸다.

국민 대다수가 교육 문제로 고통받고 있다. 부모들은 노후 준비를 뒤로한 채 자녀 사교육비 지출에 허리띠를 졸라맨다. 아이들은 학교, 학원으로 끌려다니며 입시 스트레스에 마음과 몸이 병들고 있다. 수시로 바뀌는 대입제도는 학생과 부모, 학교에 피로를 누적시킨다. 대학을 나와도 제대로 된 일자리를 얻지 못하는 현실 앞에 교육이 더 이상 희망이 될 수 없음을 절감한다.

문제는 글로벌화, 디지털화, 인구절벽 등으로 현재와는 완전히 다른 불확실한 미래가 문을 두드리고 있다는 점이다. 변화는 요동을 치는데, 우선순위는 여전히 성적과 대학 간판에 머물러 있다. 현재의 교육 체제와 현실 속에서 자기 주도성, 창의성, 문제 해결력, 협동, 공감, 갈등 관리, 책임감, 도덕적 인성 등을 고루 갖춘 아이들을 길러 낼 수 있다고 생각하는 사람이 몇이나 될까. 이런 난맥상의 원인은 대한민국 교육이 나아가야 할 큰 정책 방향, 즉 중장기 비전과 목표, 내용이 없다는 데 있다. 이에 대한 사회적 합의가 없으며, 이를 뒷받침할 교육 시스템도 제대로 구축돼 있지 않다.

이런 총체적 문제에 대한 해법이 국가교육위원회 설치다. 2002년부터 대선 후보 공약으로 꾸준히 제시돼 왔다. 지난 대선에서는 진보, 보수 등 모든 정당 후보들이 비슷한 내용을 공약했다. 핀란드, 프랑스, 일본 등 교육개혁을 일관되게 추진하고 있는 선진국은 국가교육위원회와 비슷한 기구를 설치해 성과를 내고 있다.

국가교육위원회는 10년 단위의 국가교육기본계획을 수립해 교육의 큰 방향을 제시하고 인적 자원 정책, 학제와 교원, 대입 정책의 장기적 방향을 수립한다. 또 교육과정의 연구 개발 및 고시와 함께 지방 교육 자치를 강화하도록 지원·조정하는 업무를 맡는다. 무엇보다도 교육 현장과 시민 사회 등 다양한 주체가 참여해 사회적 합의를 이뤄 낸다는 점이 큰 장점이다.

지난 2월 28일 국가교육위원회 설치를 위한 국회 토론회에서는 다양한 의견과 쟁점을 중심으로 토론이 이어졌다. 모두 논의와 조정을 통해 충분히 해결할 수 있는 문제다. 국가교육위원회라는 '대한민국 교육 대전환'의 기회를 잡아 우리 아이들을 위한 미래 교육 설계를 서둘러야 한다.

국가교육위원회 출범 이후 수립될 2030 미래 교육 체제의 화두 중 최우선은 직업교육을 통해 학생들의 분화된 발전 경로를 보장하는 것이다. 아이들이 교육으로 기른 능동성과 자기 주도성을 발휘해 자기 삶의 주인이 되고, 더불어 살아갈 능력을 기를 수 있도록 도와주는 것이다.

주겠다는 상을
받지 않겠다고 거절하다

총장을 하면서 인천재능대학교 사례가 대학뿐만 아니라 기업과 기관에서도 높은 관심을 가지면서 언론사와 기관이 수여하는 경영 대상을 주겠다는 곳이 많아졌다. 점점 소문이 나면서 나는 매년 몇 개의 경영 대상을 받았다.

한국비서협회에서 주는 베스트 리더상을 2014년 5월에 받았는데 선정 과정이 인상적이었다. 주최 측에서는 전국 10만 비서 관계자들로부터 '존경하는 상사'를 추천받아 심사를 거쳐 선정했고, 수상자 선정 기준으로 '비서들의 추천 글'이 중요한 비중을 차지한다고 덧붙였다. 부하 직원의 평가가 결정적인 역할을 했다는 말에 상을 더욱 의미 있게 받아들이게 되었다.

2014년 9월에는 한국인터넷기자협회가 주는 교육 부문 사회

공헌상을 수상했다. 선정 이유는 전문대학이 4년제 일반대학 밑의 하급 교육 기관이라는 인식을 바꾸기 위해 전문대 명칭에 '대학교'라는 교명을 사용할 수 있게 하고, 학장을 총장으로 명칭을 변경하게 만드는 등 전문대학의 위상을 높이는 데 주력한 점을 평가했다. 또 학사학위 전공심화 과정 설치와 간호학과 4년제 수업 연한 도입, 고등직업교육평가인증원, 고등직업교육연구소 설치 등 전문대학이 전문성을 갖춘 인력을 양성할 수 있도록 기여한 공로도 제시했다.

2015년 3월, 『중앙일보』의 한국을 빛낸 창조경영인 대상에서 인재경영 부문 대상을 받았다. "이기우 총장은 지난 2006년 취임 후 '변화'와 '혁신'을 화두로 열악한 교육환경과 행정·학과 시스템을 꾸준히 개선하여 취임 8년 만에 인천재능대를 취업률 전국 하위권 대학에서 수도권 1위, 전국 2위를 차지하는 성과를 냈다. 특히 2013년 서울·인천 지역에서 유일하게 세계적 수준의 전문대학(WCC)으로 선정된 것을 비롯해 지난해 교육부 특성화 전문대학 육성 사업에서 우수 대학으로 선정되는 등 괄목할 만한 성과를 거두었기에 상을 준다."라고 설명했다. 이후 2016년과 2017년에도 수상하여 3회 연속 경영 대상을 받았다.

2015년 5월에는 태촌문화대상 교육 부문 대상을 수상했다. 태촌문화대상은 신성대학교를 설립한 태촌 이병하 박사가 교육 및 지역사회 발전, 예체능, 해외 진출 활동 등을 통해 국위 선양과 국가 사회 발전에 공적이 현저한 인사에게 수여하기 위해 제정한 상이다. 충청도와 인연이 없는 수상자가 나온 것은 이때가 처음이었다. 예체능과 해외 진출 국위 선양 부분에는 수상자가 나오지 않았고, 대통령 직속 지방자치발전위원회 심대평 위원장 (전 충남지사)은 지역사회 발전 공로를, 나는 학교 교육과 사회 교육에 이바지한 공로를 인정받았다.

내가 이 상을 받은 것은 순전히 그 당시 인천재능대 이승후 부총장의 준비와 강권과 추천 덕분이었다.

"총장님, 태촌문화대상이라고 아시는지요? 태촌문화대상 시상 공고가 났는데요. 학교 교육 또는 사회 교육에 크게 이바지한 분도 시상을 한답니다."

그리고 잊어버리고 있었다. 어느 날 이 부총장은 두툼한 서류 뭉치를 가지고 왔다.

"총장님, 제가 지난번 말씀드린 태촌문화대상과 관련하여 우리 대학 성과와 한국전문대학교육협의회 회장으로서의 성과에 대한 자료를 찾아보았습니다. 자료가 이렇게나 많았습니다. 한번 살펴보시지요."

이 부총장이 자료를 꼼꼼히 정리하고 추천하여 생각지도 못한 상을 받게 되었다.

2016년 9월에는 한국언론인협회에서 수여하는 소비자 공감 브랜드 대상을 받았다. 인천재능대가 지역을 대표하는 대학으로 지역사회 발전과 세계화 시대를 선도할 맞춤형 전문 직업인을 양성한다는 점에서 그 공로를 인정받았다.

『동아일보』는 2017년 5월 한국 경제를 움직이는 CEO 창의인 재경영 부문 대상을 수여했다. '한국 경제를 움직이는 CEO'는 불확실한 대내외 환경 속에서도 대한민국의 양적·질적 성장을 이끌어 가고 있는 '최고경영자'들을 대상으로 상을 선정했다. '고졸 신화의 주인공', '대학 경영의 달인' 등 수많은 수식어가 따라붙는 나는 전문대학의 위상을 바꿔 놓는 일에도 최선을 다하여 공로를 인정받아 상을 받게 되었다. 『동아일보』에서는 2018년에도 대한민국 참교육 부문 대상을 수여했다. 각 분야에서 공감 경영에 앞장서며 대한민국 대표 기관으로서 혁신적인 가치를 창출한 기관에 수여하는 상을 받은 것이다.

『매일경제』에서는 2017년 한국 경제를 움직이는 CEO 창의인재경영 부문 대상을 수여했다. 수도권 3년 연속 취업률 1위, 사회맞춤형 산학협력 선도 전문대학 육성사업(LINC+) 선정, 대학구조개혁평가 전국 A등급, 특성화전문대학육성사업 최우수 대학 선정, 세계적 수준의 전문대학(WCC) 선정 등 취임 11년 만에 인천재능대학교를 대한민국 최고의 전문대학으로 성장시킨 점을 평가했다. 또 한국전문대학교육협의회 회장을 세 번 연임하여 맡으면서 학벌과 스펙이 아닌 능력에 따라 대우받는 능력중심사회에서 전문대학이 중심 역할을 담당할 수 있도록 모든 노력을 아끼지 않은 점도 고려했다.

『TV조선』에서는 2016년부터 3년 연속으로 한국의 영향력 있는 CEO 인재경영 대상을 수여했다. 2018년 2월에 선정 이유를 이렇게 설명했다.

"이기우 총장은 인천재능대를 전국 최고의 고등직업교육기관으로 탈바꿈시켰다. 교육부 발표 2016년 대학 취업률 80.8%를 달성하며 전국 1위, 수도권 4년 연속 1위의 쾌거를 이뤄 냈다. 또 사회맞춤형 산학협력 선도대학(LINC+) 육성사업 선정, 수도권 유일 전문대 재학생단계 일학습병행제 시범 운영 대학 선정,

전문대학 기관평가인증 무결점 획득 등 인천재능대가 정부 사업 9관왕을 달성하는 데 큰 공을 세웠다."

그 밖에도 『쿠키뉴스』가 수여하는 공공 정책 대상을 2016년부터 연속 3년 동안 수상했다. 2018년에는 『한국대학신문』이 주는 교육역량 부문 우수상을 수상했고, 인천광역시 의정회가 수여하는 교육 부문 의정 대상을 받았다.

나는 여러 기관에서 상을 주겠다고 하여 거절하느라 애를 먹고 있는 상황이다. 그래서 '주겠다는 상을 받지 않겠다고 거절하는 총장'이라는 소문도 났다.

탤런트 유인촌 씨와
TV「명불허전」에서 대담하다

신문에 많이 보도되었지만 TV와 라디오에도 자주 나왔다. 사실 나는 KBS, MBC, SBS, EBS 등 공중파 방송, YTN, MBN 등 케이블 방송, 경인방송 TV, 경인방송 iFM, 인천교통방송 등 지역 방송에 자주 출연해서 교육 문제에 대해 의견을 나누었다. 그중에서 많은 사람에게 인상을 준 프로그램이 있다. 바로 탤런트 유인촌 씨와 OBS 경인TV에서 2017년 2월에 50분 동안 대담한 내용이다.

안녕하세요, 총장님. 모습이 뭐 아직 한참 활동하시는 그런 모습이에요. 건강하신가 봐요. 운동도 많이 하세요?

건강 잘 챙기고 있습니다. 운동도 일주일에 네 번 정도, 1시간 20분씩

하고 있습니다. 1시간 걷고 20분 근력 운동을 하고 있습니다.

학생과 교직원 전체를 통솔하시려면 단순히 수지를 잘 맞추시거나 뭔가 행정을 잘하는 것만으로 되는 일은 아니잖아요. 어떤 생각을 가지고 하시는데 그렇게 오래 하시는 거예요?

각자의 역할, 즉 교수는 학생을 가르치면서 정성을 다하는 자세를 가지면 그것을 받는 학생들이 좋은 방향으로 받아서 변화를 가져오지요. 직원도 교수, 학생이 잘 가르치고 배울 수 있는 환경을 만들어 주는 역할을 하는 것이 중요합니다. 소위 건강한 긴장 상태가 유지되도록 조절해 주는 것이 총장의 역할이죠. 개인과 학교가 모두 필요로 하는 것입니다.

언제나 교육은 어려움을 가지고 있지만, 근래 최순실 사태, 부정 입학, 체육 특기자 문제 등 문제가 많은데 인천재능대는 어떤지요?

최근 감사원 감사를 3회나 강도 높게 받았어요. 각종 평가에서 1등 하고 잘하는데 왜 감사를 하느냐? 이유가 얼마나 잘하는지 보고 싶어서 감사를 한다고 하더군요. 그런데 지적 사항이 하나도 안 나오니 "아, 이렇게 하는 학교도 있구나." 하고 돌아갔어요. 정직하게 하는 것이 중요합니다. 정직하지 못하면 벌써 구성원들이 다 알게 됩니다. 정직이라는 것은 남과의 관계에서도 중요하지만 자기 자신에게의 정직, 자신을 속이지 않는 것, 이것이 첫걸음입니다. 그 기본을 지키면 모든 일이 투명하게 경영됩니다. 투명해야 자부심을 갖고, 일을 하면 보람을 느낄 수 있습니다.

총장님의 이런 생각을 교수님이나 직원 모두 공유하는 것인지요?

10년 전에는 인천재능대학이 지역에서 하위권 대학이었어요. 관료 생활을 하다가 재능대학에 와 보니 그런 부분이 너무 자존심 상했어요. 직원, 교수도 어디에 가면 재능대학에 근무한다는 이야기를 안 한다고 하더군요. 그래서 자신감을 갖도록 하고 무언가 열심히 하면 해낼 수 있다는 그런 생각을 가지고 할 수 있도록 변화와 자극을 주는 것이 중요했습니다.

지금 인천재능대학의 최고의 장점이라고 하면 무엇을 말씀해 주실 수 있는지요?

얼마 전 인천대 조동성 총장 취임식 때 대학 총장들을 대표해서 축사를 해 달라고 요청을 받았습니다. 처음에 조한규 전 교육부 장관이 축사를 하고 그다음에 두 번째로 제가 축사를 했습니다. 주위에 전부 서울대 출신이고, 국회의원, 마지막으로 황우여 전 교육부총리가 축사를 했습니다. 저는 우리 구성원들에게 "다른 대학과 경쟁하지 말자. 서울대학교와 경쟁하자." 이렇게 이야기합니다. 항상 대한민국 최고의 교육 기관인 서울대와 경쟁한다는 마음으로 저는 대학을 경영하고 있습니다.

평생을 교육 공무원 하시다가 학교에서 후학들을 이끌어 주시는 일을 하시는 거잖아요. 공무원으로 계실 때와 지금 총장 10년을 하신 느낌은 어떠세요?

공무원 시절에는 정책을 수립하고 정책을 어떻게 현장에 접목시켜서 그 정책이 성공할 수 있도록 하느냐 그런 부분에서 공무원 스스로가 하고 싶어도 그 정책이 제대로 되게 하려면 법률을 통해서 뒷받침되어야 했습니다. 그래서 마음을 먹어도 100% 실천이 어렵다고 할 수 있습니다. 지금은 현장에서 직접 교육을 담당하고 경영을 책임지고 있는 입장에서는 바로 성과가 나오기 때문에 보람과 재미를 느낄 수 있습니다.

지금 교육 현장에 계시면서 교육부 공무원들이 현장을 너무 모르고 정책을 만드는 것은 아닌가, 이런 생각은 안 하세요?

10년간 대학에 있으면서 교육부에서 같이 동료로 일했던 사람들이 현장에 많이 있는데 불평불만이 많습니다. 대학의 현실을 너무 모르고 있다는 이야기죠. 대학 나름대로 현장이 다른데 몇 개의 잣대를 가지고 거기에 맞추다 보면 숨이 막힐 지경이어서 그런 부분에 아쉬움을 가지고 있습니다. 특히 사람들의 인식이 일반대학과 전문대학을 차별하는 인식이 변하지 않기에 한국전문대학교육협의회 회장을 맡으면서 그것을 깨뜨리는 것, 불식시키는 것이 나라와 국민을 위해 좋은 일이라고 생각합니다. 전문대학이 정말 우리나라 경쟁력을 확보하는 데 효자 노릇을 하고 있다고 가는 곳마다 설명하고 있습니다.

공무원으로 시작하시면서 '내가 여기에 있는 동안 일을 잘해야겠다', '잘하고 나갔다는 소리를 들어야겠다' 이런 것 자체가 뭔가 다른 꿈이 있던 것은 아니었나요?

지금 이 위치에서 최선을 다하겠다는 일념으로 지내왔지요. 지금까지 모든 자리가 전부 다른 분이 필요로 해서 가게 된 자리였거든요. 교육부에서 기획관리실장으로 일곱 분의 장관을 모셨어요. 장관이 바뀌면 기획관리실장은 자동으로 바뀌게 되어 있습니다. 그때마다 자진해서 바꿔 달라고 장관님께 이야기하면 장관님 얼굴이 활짝 펴졌어요. 너무 좋아하시다가 4일 정도 지나면 저를 불러서 "이 실장, 내가 있을 때까지 있어 주면 안 되겠어요?" 하고 이야기합니다. 그래서 오래 할 수 있었습니다. 그 자리에 오래 있겠다고 생각했으면 벌써 바뀌었을 것입니다. 그러나 일 중심으로 최선을 다하고 정말 진실하게, 성실하게, 절실한 마음으로 한결같이 해 왔기 때문에 이 자리까지 오게 되었습니다.

요즘 공직자들도 많이 힘들어하거든요. 공직자로서 가져야 할 소신을 이야기해 주셨으면 좋겠어요.

공직자는 나라를 중심에 가지고 있어야 하고, 사사로운 일에 휩쓸리지 않아야 합니다. 나라를 위해서 내가 어떤 역할을 해야 하는지를 생각하면 답이 나오지요. 나라를 중심에 두기 위해 자신과의 싸움에서 이겨 내는 것이 성공의 지름길입니다.

어떤 인물로 기록되고 싶으신지요?

공무원 생활을 하면서 가장 기분 좋게 들은 말이 '일 하나는 이기우가 틀림없다' 이런 의미로 '정말 열심히 일하다 가는 총장'이란 말을 듣고 싶습니다.

제가 이렇게 말씀을 듣다 보니까 끝도 없어요. 물론 취업률도 높고 인천재능대 출신들은 어떻게 보면 행복한 환경에 있거든요. 그런데 그렇지 못한, 정말 1년에 60만이나 되는 졸업생이 나오고 그중에 반 정도만 취업한다고 해도 정말 많은 취업 준비생이 있잖아요. 그런 청춘들에게 한 말씀 하시면서 오늘 마무리를 해 주시지요.

누구나 자기 자신을 소중하게 생각해야 합니다. 자기 자신을 소중하게 생각하지 않으면 다른 사람도 소중하게 생각하지 않기 때문입니다. 좋은 기운은 좋은 기운이 있는 곳에 모이게 되죠. 자기 자신을 사랑하면 좋은 기운이 생기고 몸과 마음이 따뜻해지고 열정이 생깁니다. 열정이 생기면 도전을 할 수 있고 조그마한 실패도 감당할 수 있어요. 그 열정을 가짐으로써 자기 책임 아래 개척해 나가는 자신의 인생이 필요합니다. 자신을 사랑하고 열정을 가지면서 끊임없이 도전하는 마음으로 살아가기를 바랍니다.

"그 자리에 오래 있겠다고 생각했으면

벌써 바뀌었을 것입니다.

그러나 일 중심으로 최선을 다하고

정말 진실하게, 성실하게, 절실한 마음으로

한결같이 해 왔기 때문에

이 자리까지 오게 되었습니다."

전문대학을
평생직업교육대학으로 전환해야

2019년 8월 31일, 총장 취임 14년을 맞이하여 한국전문대학 교육협의회 회장으로서 『중앙일보』 양영유 교육 전문 기자와 심층 인터뷰를 가졌다.

학생 수 급감으로 대학들이 벼랑 끝에 섰다. 당장 올해 고3이 치르는 2020학년도 입시부터 대학입학 가능 학생 수(47만 9,376명)가 대입 정원(49만 7,218명)보다 2만 명 가까이 부족할 것으로 전망된다. 현재 대입 정원이 유지될 경우 심각한 대학 붕괴가 예상된다. 2022학년도에는 8만 5,184명, 2024학년도에는 12만 3,748명이 모자랄 것으로 보고 있다. 이를 단순히 계산하면 4년 후에는 전국 351개 대학의 4분의 1인 87곳이 신입생을 단 한 명도 뽑을 수 없다는 이야기다. 그런 상황이라면 전문대는 '핵폭탄'을 맞게 된다.

우리나라 근대화·산업화의 동력인 전문 기술인을 양성해 온 전문대는 이 난국을 어떻게 뚫고 나가야 할까. 전국 136개 전문대 총장의 협의체인 한국전문대학교육협의회 이기우 회장을 만나 고민과 대책을 들어봤다.

학령 인구 감소로 대학에 쓰나미가 몰려오고 있습니다.

지방 전문대, 수도권 전문대, 4년제 지방대 순으로 치명적입니다. 전문대는 2015년부터 이미 미충원 사태가 벌어지고 있어요. 올해는 입학 정원의 80%, 2020년대 중·후반에는 50%밖에 채울 수 없을 것이란 전망이 나옵니다. 전문대를 대표하는 입장에서 알몸으로 살얼음판을 걷는 기분입니다.

현재 전문대의 상황은 어떻습니까?

전국 136개 전문대의 신입생 정원은 16만 7,464명입니다. 전문대 제도는 1977년에 도입됐는데 90년대 중반 대학설립준칙주의로 급증했죠. 2002년이 전성기였어요. 전국 158개 대학에 입학 정원이 30만 명에 육박했으니까요. 현재는 22개 전문대가 사라졌고, 정원도 13만 명 줄었습니다. 4년제에 치이고 고졸에 치이다 보니 취업도 어려워지고 있어요.

전문대에 대한 정부 관심이 적은 것 같습니다. 지방 정부도 마찬가지고요.

세계적으로 고등직업교육을 우리나라처럼 사립 전문대가 도맡아서 하는 나라는 없어요. 국공립 비율이 경제협력개발기구(OECD) 회원국은 59%, EU21 국가는 66%인데 우리는 2%에 불과해요. 저출산·고령화 시대의 전문대 붕괴는 전문 기술직 양성과 지역 경제에도 치명적입니다. 중앙·지방 정부가 모두 관심을 가져야 해요.

어떻게 이 난국을 헤쳐 나가려 합니까?

전문대를 평생직업교육대학으로 전환해야 합니다. 전문대의 장점은 빠른 수업 연한, 빠른 입직, 전문 직무 교육, 산학협력, 저렴한 등록금(일반대의 83%)입니다. 지금이 그 패러다임을 바꿀 적기입니다. 「고등교육법」 제1장 2조(학교의 종류)에 명시된 '전문대학'을 '평생직업교육대학'으로 변경할 것을 제안합니다. 전문대를 일반대의 하위 기관이 아닌 전문 직업인 양성과 평생고등직업교육기관으로 자리매김하자는 뜻입니다. 그리고 만학도에게 문을 열어 줘야 합니다.

만학도에게 전문대 입학을 개방하자는 뜻입니까? 방법이 있습니까?

그렇습니다. 고교 졸업 후 20세에 대학생이 되는 시대는 지났습니다. 30세 이상 고졸 재직자, 직업교육 소외 계층, 산업체 근로자, 경력 단절자, 은퇴자, 전직자 등 누구나 대학생이 될 수 있습니다. 전문대의 만학도와 성인 학습자를 보세요. 전문대 신입생 중 26세 이상 학생은 2016년 8.5%, 2017년 9.1%, 2018년 9.5%로 높아졌어요. 반면 일반대는 1%에 불과합니다. 저는 고등직업교육 성인 학습 잠재 대상자를 55만 3,000명 정도로 봅니다. 30세 이상 고졸 경제 활동 인구 921만 명과 성인 학습자 중 전문대 진학 희망 비율(6%)을 기초로 산정한 겁니다. 만학도가 전문대의 돌파구입니다.

이 회장님은 정부에 30~70세 성인 만학도는 대입 정원 외 입학을 허용해 달라고 제안했습니다. 저출산·고령화 문제를 해결하고 전문대 공동화를 막을 가장 현실적인 방안이라는 것입니다.

평생직업교육 지원 장학금이나 평생교육지원사업에서 현재 일곱 개인 전문대 사업을 80곳(학교당 7억 원)으로 늘리면 됩니다. 정원 외 등록금 지원은 포용 국가 실현의 한 방법이기도 하고요.

법적 장치가 필요할 것 같습니다.

'직업교육진흥법'과 '고등직업교육 재정교부금법' 제정이 시급해요. 직업교육에 대한 법적 정의와 발전 계획, 재원 확보 등을 명시하자는 취지입니다. 교육에는 여야, 정권, 이념이 따로 없습니다. 범국가 차원에서 직업교육 희망의 사다리를 제공해야 합니다. 4차 산업혁명 시대에는 더 절실합니다.

자발적 노력 · 혁신도 절실합니다.

4차 혁명은 전문대의 위기이자 기회이기도 합니다. 저는 방향을 '뉴 칼라'로 설정했습니다. IBM 최고경영자 버지니아 로멘티의 말처럼 인공지능(AI) 시대에는 수많은 일자리가 블루나 화이트 칼라가 아닌 '뉴 칼라'에서 생겨날 겁니다. 전문대도 기존 전공만 고집하지 말고 융·복합을 통해 잘할 수 있는 전공 중심으로 혁신해야 합니다. 애완동물 관리나 노인 케어, 한옥 건축 등 블루오션은 많아요. 제발 4년제 대학이 카피를 안 했으면 좋겠어요. 물리치료·뷰티학·조리학까지 따라 하네요.

그래도 학생이 계속 급감하고 있으니 부실 대학 구조조정은 필요합니다.

당연합니다. 2024년에 고3 수가 40만 명 밑으로 떨어진들 대학이 반으로 줄까요? 한 명이라도 붙들고 끝까지 가려는 대학이 속출할 겁니다. 퇴로를 열어 줘야지요. 지자체 산하 지방 공기업이 폐쇄 대학 땅과 시설을 인수해 개발할 것을 제안합니다. 재개발 수익금 일부를 설립자에게 주면 정부 예산을 들이지 않고도 구조조정 효과를 볼 수 있어요. 왜 안 하고 못 하는지…….

인천재능대 혁신 경험을 전국 전문대와 나누면 좋겠네요.

물론입니다. 저는 펭귄의 지혜를 강조합니다. 남극에 사는 펭귄은 시속 100㎞의 눈보라와 영하 50도의 혹한에도 살아남아요. 비법은 허들링 (huddling)입니다. 서로 몸을 밀착시켜 체온을 나누며 추위를 이겨 냅니다. 거기에 놀라운 사실이 있어요. 맨 바깥쪽에서 강풍을 막던 펭귄의 체온이 떨어질 때쯤 안쪽 펭귄이 자리를 바꿔 주는 겁니다. 우리도 '지혜 허들링'이 절실합니다.

교육부 고등교육정책을 어떻게 봅니까?

지난달 일반대와 전문대 총장들이 사상 처음으로 모였어요. 등록금 동결, 입학금 폐지, 강사법 시행, 주 52시간제, 학교 소유 부동산 재산세 부과 등으로 대학이 임계점을 넘었기 때문이죠. 교육부가 현장의 아픔과 애로를 씻어 주려는 의지가 부족해요. 현장 중심의 피부에 와닿는 정책이 필요해요.

교육 공무원들은 영혼이 없다고 합니다.

일이 참 많고 고된 부처지만 아이들의 미래를 책임진다는 자부심을 잃어선 안 돼요. 공무원의 가장 큰 백은 '일'이니 자신감 있게 일로 승부하세요. 학생만 보기 바랍니다.

그리운 내 고향의 봄

나는 올봄 고향을 자주 찾으면서 고향의 의미를 되새겨 보았다. 고향은 나에게 늘 어머니 품처럼 평온하기 때문이다. 내 고향 거제에서 교육청 공무원을 마치고 고향을 떠났지만 어디를 가든 고향은 늘 마음속에 함께 다녔다. 봄이 아니어도 고향은 항상 봄을 생각나게 하는 마력이 있다. 대학 총장을 하면서 학생들을 교육하다 보니 늘 길을 제시해야 한다는 소망이 있다. 내가 정호승 시인의 시 「봄길」을 좋아하는 이유이다.

길이 끝나는 곳에서도
길이 있다
길이 끝나는 곳에서도

길이 되는 사람이 있다

스스로 봄길이 되어

끝없이 걸어가는 사람이 있다

"거제는 나라를 세 번이나 구했어요."

거제 사람들이 가지는 자부심이다. 세 번은 언제일까. 첫째는
이순신 장군이 일본 수군을 상대로 승리를 이끌었던 옥포해전
이고, 둘째는 15만 피란민이 전쟁을 견뎌냈던 6.25 전쟁 당시이
며, 셋째는 IMF 시절 거제 조선업이 우리 경제를 회복시키는 역
할을 했던 때이다. 나 역시 거제 출신으로서 고향에 대한 자부심
이 남다르다. 얼마 전까지만 해도 조선업의 호황으로 거제는 잘
사는 지자체로 소문이 나 있었다. 지역 소득에 있어서 타의 추종
을 불허할 정도로 부자 마을이었다.

하지만 지금 고향에 가 보면 예전의 영화는 점점 보이지 않는
다. 조선업의 불황으로 실업은 가파르게 증가하고, 문을 닫는 가
게는 늘어나고, 사람들이 떠나고 있다는 우울한 소식이 들린다.
지역 경제가 붕괴되고 있다는 비관론도 고개를 들고 있다. 현재
여건이 어려운 것은 사실이다. 그러나 거제인들의 핏속에는 위
기를 극복하는 DNA가 흐르고 있다.

"우리는 세계 최초로 철갑선인 거북선을 만들었습니다. 최고
의 조선 기술로 선박 수주량 세계 1위를 석권했던 민족이고 주
민입니다."

내가 강조하는 말이다.

나는 얼마 전 거제 한 지역 신문과의 인터뷰에서 이렇게 희망

을 노래했다.

아직도 거제에는 조선업과 관계되는 우수한 기반 시설과 기술자가 건재합니다. 조선업 경기가 회복세로 돌아서고 재고용이 이루어지면 옛 영화는 금방 찾을 수 있을 겁니다. 옛 영화를 기억하는 시민 모두가 희망의 끈을 놓지 말고 부활의 합창을 힘껏 부르면서 대한민국을 세 번 구한 거제의 저력을 믿었으면 합니다. 그러면 거제의 봄은 곧 오고, 꽃도 곧 필 것입니다.

동시에 나는 관광 산업에 대한 꿈도 함께 강조했다.

제 고향 거제는 우리나라 제2의 섬으로 한려해상국립공원으로 지정된 해금강과 구조라해수욕장 등 풍광이 장관을 이루고, 연중 기후도 온화해 사람이 살기 더없이 좋아 휴양지와 같은 곳입니다. 관광 산업이 발전할 수 있는 천혜의 조건을 갖추고 있다는 말이지요. 저는 조선업에 절대적으로 의존하는 지역 경제 구조를 완화하기 위한 대안으로 관광업이 더욱 발전했으면 좋겠습니다. 경기 불황에 따른 조선업 침체가 되풀이되어도 제 고향 거제가 다시는 지난 몇 년과 같은 어려움을 겪지 않고 조선업과 관광업 쌍두마차로 더욱 풍요롭고 안정적으로 발전하기를 바라는 마음입니다.

나는 젊은이들에게 항상 봄길이 되어 주고 싶다. 고향을 지키는 사람들에게도 희망의 봄길이 되고 싶다. 올봄에 고향을 찾으면서 나는 『한국경제신문』에 고향에 대한 그리움과 고마움을 이렇게 적어 보았다.

고향. 말만 들어도 아련한 향수가 묻어나는 곳이다. 우수(雨水)가 겹친 정월 대보름날, 그리운 고향을 만났다. 거제에 봄은 왔건만, 양광(陽光)은 먼 듯 바람이 찼다.

고향에 대한 그리움은 타향에서 오래 살아 봐야 실감이 난다. 사실 애타게 가고 싶어도 막상 가기 힘든 곳이 고향이다. 얼었던 대동강도 풀린다는 우수가 겹친 정월 대보름에 고향 방문은 감회가 새롭다. 경남 거제시 상문동에서 주최하는 '대보름 달집 태우기' 행사에 초청됐다. 마침 부산에 행사가 있어 일정을 마치고 거제로 향했다. 차창 너머로 다가오는가 싶더니 속절없이 멀어지는 부산 신항만의 위용이 놀라웠다.

상념에 젖는 사이, 차는 어느새 가덕도를 횡단하고 있다. 남해 바다는 푸르다 못해 시리다. 바다를 압도하는 거가대교가 반겼다. 재경향인회 회장 자격으로 대교 준공식에 참석한 때가 엊그제 같은데 바다 밑에 놓인 침매(沈埋)터널을 지난다니 감개무량하다. 바다 밑을 달린다는 사실이 경이롭다. 저도가 눈 아래 아름답게 전개된다.

바다는 언제나 마음의 고향이다. 파도 속에 청운의 꿈을 키우던 때가 있었다. 추억은 어느새 진한 그리움으로 변하고 고향을 앞두고 마음이 더욱 설렜다. 만물이 소생하는 희망찬 초봄이 아닌가. 화향에 취한 채 꽃길을 달리다 보니 동백꽃과 매화가 자태를 자랑한다. 삼동(三冬)을 이기고 피어난 동백꽃과 매화는 어떻게 추위를 이겨 냈을까. 계절의 전령사가 이렇게 빠르니 거제는 축복받은 땅임에 틀림없다.

6.25 전쟁 당시 포로수용소에서 조선 경기 호황으로 상전벽해를 이룬 상문동은 달집을 태우는 현장이다. 생솔가지 화목(火木)에 불이 붙어 힘차게 타오른다. 나는 액운과 소원을 적은 소원지를 접어서 활활 타는 달집 속에 던졌다.

"액운이여 날아가고 소원이여 오라!"

체증이 사라지듯 가슴속이 후련했다. 보낼 것은 보내고 알릴 것은 알린 홀가분함이다. 나는 기원했다.

"따뜻한 기운이 고향을 감싸게 하소서. 다시 이곳에 올 때는 따뜻한 봄날이기를……."

춘래불사춘(春來不似春), 고향에 봄은 왔는데 아직 춥다. 조선업 불황으로 경기가 바닥을 헤매고 있다. 봄은 왔건만 아직 추운 고향에 춘풍이 불기를 학수고대한다. 수구초심(首丘初心)이런가. 무의식 속에 잠재된 귀소본능이 꿈틀거린다. 대륙의 기가 모여 상승하는 포구에 닻을 내리는 꿈이다. 불야성을 이룬 항구가 보인다. 고향에 봄이 빨리 찾아와 주름살 펴진 얼굴에 웃음꽃이 필 날을 소망한다. 그렇다. 나는 고향을 사랑한다. 고향에 '진정한 봄'이 오는 꿈을 꾸며 귀향을 생각한다.

이름을 바꾸지 않길 잘했다

　1983년 가을 어느 날, 광화문 정부중앙청사 교육부 서무계장 재직 시 동료 직원들과 점심을 먹고 청사로 들어오는 길에 그 당시에 꽤나 이름이 알려져 있던 김봉수 철학관이 눈에 띄었다. 평소에는 그냥 지나쳤는데 그날따라 철학관 간판이 눈에 크게 들어온 것이다. 마침 점심시간이 남아서 호기심에 철학관 문을 살며시 열고 들어가 보았다. 나는 경남교육청에서 서울에 있는 교육부로 자리를 옮긴 지 얼마 되지 않아 내 삶이 어떨지 궁금하기도 해서 찾아가 본 것이다.

　그 유명하다고 하는 분이 "사주는 좋은데 이기우 이름이 안 좋으니 이름을 바꾸세요. 그러면 인생이 펴져요."라고 말하지 않는가.

이름을 바꾸라는 말에 마음은 조금 무거웠지만 그렇다고 이름을 바꾸는 일 자체가 쉬운 일이 아닐 것 같아 그냥 흘려보냈다.

나는 서울에서 열심히 일하면서 공무원으로서 보람과 긍지를 느끼며 공직자의 길을 걷고 있었다. 고졸 출신이지만 일하고 승진하는 데 학력이 방해 요인이 되지 않았다. 누구보다도 빠르게 승진하여 교육부의 꽃이라고 불리는 기획관리실장 자리에서만 3년 6개월 동안 일곱 분의 장관을 모시고 장기 근무를 했으니 이 또한 진기록이다.

2002년 12월 하순, 이상주 교육부 장관은 교육부 본부 실국장의 부부 동반 송년 모임을 서울 여의도 사학연금회관 18층 식당에서 가졌다. 이 장관은 실국장 한 명 한 명 이름을 부르면서 소개하다가 나에 대해서는 길게 소개했다. "100년에 한 번 나올까 말까 한 공무원으로 알려져 있는데, 이 말은 바꿔어야 한다."라고 말했다. 이와 관련된 이야기는 리더십 전문가인 정헌석 박사가 『꿈, 비전 그리고 목표』라는 책에서 자세히 소개하고 있어서 그대로 옮겨 본다.

그와 찰떡궁합이라는 이해찬 전 교육부 장관은 "이 실장(당시 기획관리실장)은 100년에 한 번 나올까 말까 한 우수한 공무원이다."라고 극찬했다. 뒤를 이은 이상주 전 교육부 장관은 "이해찬 전 장관은 무슨 말을 그리 하나? 100년에 한 명이라니 그거 잘못된 소리 아닌가?"라고 하니까 배석한 간부들이 모두 무슨 말실수라도 저지른 양 등줄기가 서늘했단다. 이윽고 "내가 볼 때 이 실장은 100년이 아니라 1,000년에 한 명 나타날까 말까 한 아주 탁월한 공무원이야."라고 말하니 그제야 모두 허리를 곧게 펴고 파안대소했다고 한다. 이 정도로 그는 모든 이로부터 능력을 인정받았다.

  2003년 2월 24일, 이상주 장관이 장관직에서 이임하는 날 송
별 기념사진을 찍고 티타임을 가졌을 때 장관께서 해 주신 말씀
이 아직도 귓가에 생생하다.

  "나는 대통령비서실 교육문화수석비서관, 강원대·울산대·한
림대 총장, 한국정신문화연구원 원장, 대통령 비서실장 등을 지
내고 교육부 장관으로 왔습니다. 이렇게 많은 곳에서 일을 했지
만 교육부에 와서 일을 가장 많이 배웠어요. 내가 외부 사람을
만나러 갈 때나 만나고 와서 이 실장에게 전부 이야기를 하면 그
때마다 기가 막힌 제언을 해 주었지요. 정말 많이 배웠고 장관을
물러나면서 감사하다는 말을 남기고 싶습니다."

  이처럼 과분한 평가를 받으며 나는 이름을 바꾸지 않은 덕분
이라는 생각이 들었다. 또 이기우라는 이름을 가진 유명한 분이
많다. 인터넷에 이기우를 검색하면 나는 항상 영화배우이며 탤
런트인 이기우 씨에게 밀린다. 그에 대한 기사는 매일 나오다시
피 한다. 젊고 미남인 유명 배우가 나와 이름이 같으니 참 기분
이 좋다. 제17대 국회의원을 지내고 현재 문희상 국회의장 비
서실장으로 있는 이기우 비서실장, 부산시 경제부시장을 지낸
이기우 전 산자부 공무원, 우리나라 지방자치단체 연구 분야의
1인자인 인하대 법학전문대학원 이기우 교수 등 참 능력 있고
좋은 분들이 있다. 책이 나오면 나와 이름이 같은 분들을 다 같
이 초청하려고 한다. 70억 인구에서 같은 이름으로 살아간다는
것이 얼마나 귀한 인연인가.

나는 이름이 정말 소중하다고 생각한다. 내가 성포중학교 행정실 책임자로 있을 때 몸이 아파서 출근하지 못한 선생님의 반을 며칠 동안 도와준 일이 있었다. 나는 이때 그 반 학생들의 이름을 전부 외우고 지도를 하여 모든 학생과 친하게 지냈다. 이름이 얼마나 중요한가. 이름은 한 사람의 인격 전체를 의미한다. 나는 김춘수 시인의 시 「꽃」을 좋아한다.

내가 그의 이름을 불러 주기 전에는
그는 다만
하나의 몸짓에 지나지 않았다.

내가 그의 이름을 불러 주었을 때
그는 나에게로 와서
꽃이 되었다.

나는 이름을 귀하게 여기고 공직을 이동할 때마다 이름을 외우는 일을 가장 먼저 한다. 교육부 총무과장 시절에도 수백 명의 직원들 이름을 다 외우고 소통했다. 교육부 본부 복도를 지날 때 "김○○ 사무관!" 하고 이름을 부르면서 근황을 물으며 관심을 보였다. 그 직원은 인사 실무 책임자인 총무과장이 자기 이름을 기억하며 관심을 보이니 깜짝 놀라 당황해하면서도 기뻐하는 모습을 보이고는 했다.

인천재능대학교에 와서도 교직원들을 만나기 전에 교수와 직원의 이름을 모두 외워 직접 이름을 부르면서 만났다. 교직원들이 더욱 가깝게 다가왔다. 어느 직장이든 기관장이나 간부가 직원의 이름을 기억하고 불러 주는 것이 직원 사기 진작에는 가장 기본이 되는 듯하다.

수십 년 전 옛날을 되돌아보면서 이름을 바꾸지 않길 참 잘했다는 생각이 든다.

이름이 얼마나 중요한가.

이름은 한 사람의 인격 전체를 의미한다.

"내가 그의 이름을 불러 주었을 때

그는 나에게로 와서

꽃이 되었다."

글을 맺으며

사람이 희망이다

어울리지 않는 일이라고 생각했다. 내가 나에 대한 책을 펴내게 될 줄은 몰랐다. 그러나 지금까지 지내온 내 삶을 한 번쯤 글로 정리하고 싶은 마음은 있었다. 기억이라는 것에는 시효가 있기 때문이다. 특히 기억의 무질서함에 질서를 부여하는 데 글은 가장 효과적인 매개라고 늘 생각해 왔다.

어느 구석에 있는지도 몰랐던 옛날 앨범에서 빛바랜 사진을 꺼내 보는 재미가 쏠쏠했다. 치기와 오기로 날이 바짝 서 있었던 소년·청년기의 그 어설픈 몸짓에 연민을 느끼기도 했고, 의욕 과잉으로 날이 새는지도 몰랐던 교육부 시절의 그 열정에는 찬사를 보내기도 했다. 돌이켜 보면 부끄러운 기억보다는 '그나마 잘했다'는 생각이 먼저다. 후회 남기는 일을 하지 말자며 스스로에게 결벽증에 가깝도록 엄격했던 것을 감안하면, 나에게 칭찬 한 번쯤 허락하고 싶은 마음이 있었다.

나는 이 글을 통해서 내가 모르던 나를 발견할 수 있었다. 내 정체성을 다시 확인하는 계기가 되었다. 무엇보다 가장 큰 수확은 사람이, 고마운 사람이 아주 많았다는 점을 발견한 것이다. 나보다 내 주위에 있던 사람들이 더 크게 보였다. 나는 부자 소리 한 번 들어 본 적 없고 남들이 부러워할 만한 지위는 물론 사람들이 두려워할 권력을 가져 보지 못했다. 재력과 지위와 권력을 기준으로 내 삶을 평가하면 나는 보통, 아니 낙제 인생이다. 그러나 사람을 기준으로 하면 나는 정말 부자다. 나에게는 사람이 아주 많기 때문이다. 특히 고마운 사람을 기준으로 보면 나는 세계적인 부호 반열에 오를 것이다. 빌 게이츠가 부럽지 않으니까.

지금까지 내 삶을 끌어왔던 동력이 나 스스로에게 있다고 믿고 있었다. 큰 착각이었다. 이 글을 계기로 다시 깨닫게 되었다. 내 삶의 기반은 내가 아니었다. 내 삶의 원동력은 내가 아니라 사람이었다. 아주 고마운 사람들이었던 것이다.

서로 자기네 집 제삿날을 알려 주면서 주린 배를 채웠던 유년 시절 배꼽 친구들, 아무런 기대 없던 소년 시절에 희망을 주었던 선생님들, 거제교육청에서 9급 공무원 시절 나를 혼냈던 상사, 교육을 위해 뒷골목을 배회하며 고민과 번민을 같이 해 준 교육부 선후배와 동료들, 기업 경영에 눈을 뜨게 해 준 한국교직원공제회 임직원들, 국정 전반에 걸쳐 공부할 수 있는 기회를 준 국무총리와 총리실 직원들, 오직 총장만 믿고 혁신의 길을 함께해 준 인천재능대학교 구성원들, 고등직업교육의 지평을 넓히기 위해 함께 분투해 준 한국전문대학교육협의회 가족들, 국가교육회의 의장과 위원들, 고향이 그리울 때마다 거제의 참맛을 공수부대처럼 날라다 주던 거제 사람들과 향인회 분들, 그리고 사회 곳곳에서 인연 따라 만난 사람들. 이들이 바로 오늘의 나를 이끌어 준 기반이었다. 내가 마음 편히 의지하고 비빌 수 있는 큰 언덕이었다.

그래서 「감사하고 또 감사하다」는 글을 별도로 쓰려고 했다. 어느 날 윤동주 시인의 마음이 나에게 별처럼 들어왔다. 윤동주 시인의 「별 헤는 밤」을 생각하면서 정리를 해 나갔다. 한 분 한 분 이름을 적으면서 감사의 뜻을 전하려고 했다. 사실 몇 개월이 걸렸다.

계절이 지나가는 하늘에는
가을로 가득 차 있습니다.
나는 아무 걱정도 없이
가을 속의 별들을 다 헤일 듯합니다.

가슴속에 하나 둘 새겨지는 별을
이제 다 못 헤는 것은
쉬이 아침이 오는 까닭이요,
내일 밤이 남은 까닭이요,
아직 나의 청춘이 다하지 않은 까닭입니다.

한참을 적어 가다가 펜을 살며시 내려놓았다. 정말 많은 분의 사랑 때문에 여기까지 왔음을 더욱 절실히 느꼈다. 휴대폰에 저장된 한 분 한 분의 이름을 불러 보면서 "감사하고 또 감사합니다."라는 말밖에 는 할 수 없었다. 아니 내가 할 수 있는 가장 정확한 표현이었다.

이제부터는 고마운 분들에게 내가 보답해야 할 차례다. 그 시작점 은 내 태를 묻은 고향 거제다. 거제는 내 삶의 원형적 공간이다. 고 향에 있을 때나 떠나 있을 때 나는 늘 거제와 함께했다. 그런데 최 근 그 공간이 경제적·사회적 어려움으로 훼손되고 있다. 이것은 내 기억은 물론 내 고마운 친구와 선후배와 어른들에게 상처를 입히 는 것이다. 나는 지금까지 그래 왔듯이 내가 가장 잘할 수 있는 것으 로 '고향 거제'를 지키고 싶다. 그것이 결국 나를 지키는 길인 까닭 이다.

또 하나는 내 분신이며 모든 것이라고 할 수 있는 '교육'을 지키는 일이다. 나는 교육부 공무원으로 38년을 봉직했다. 교육 현장에서 잔뼈가 굵었다. 대학 총장으로 14년을 지냈다. 한 번 하기도 힘들다는 한국전문대학교육협의회 회장을 네 번 연임하면서 8년이나 했다. 국무총리 교육개혁협의회 위원으로 1년, 대통령 직속 국가교육회의 위원으로 3년을 활동하며 국가 전체의 입장에서 교육을 바라보고 조율해 왔다. 지난 반세기 동안 대한민국의 중요한 교육정책은 내가 참여하지 않은 것이 없다고 해도 과언이 아니다. 교육의 A부터 Z까지 전 영역을 넘나들었다. 하지만 안타깝게도 교육 현장은 입시 지옥의 굴레에서 아직도 헤어나지 못하고 있다. 교육이 희망이 될 수 있도록 교육 현장은 항상 혁신되고 또 혁신되어야 한다. '교육이 희망이다'를 실천하는 일에 마지막까지 함께하고 싶다.

내가 태어난 고향을 지키고 교육 현장을 지키는 것. 내가 가고 싶은 길이다. 그리고 그 길은 내가 여기까지 오도록 도와준 모든 분의 관심과 사랑으로 갈 수 있는 길이다. 나는 나를 기억하는 사람들이 내 주변 사람들도 함께 기억해 주기를 바란다. 그리고 나를 이렇게 평가해 주었으면 좋겠다.

"이기우 주변에는 늘 사람이 있더라."

교육이 희망이다.

사람이 희망이다.

이기우의
행복한 도전

초판 1쇄 발행 2019년 10월 25일

지은이   이기우
펴낸이   정광성
펴낸곳   알파미디어

출판등록 제2018-000063호
주소   05380 서울 강동구 천호대로 1078, 208호(성내동 CJ나인파크)
주문전화 02 487 2041
팩스   02 488 2040

ISBN 979-11-963968-4-8 (03810)
값 15,000원

이 도서의 국립중앙도서관 출판예정도서목록(CIP)은 서지정보유통지원시스템 홈페이지 (http://seoji.nl.go.kr)와 국가자료종합목록 구축시스템(http://kolis-net.nl.go.kr)에서 이용하실 수 있습니다. (CIP제어번호: CIP2019037022)